누구에게나 친절한
교회 오빠 강민호

누구에게나 친절한 교회 오빠 강민호

이기호 소설

문학동네

차례

최미진은 어디로

*

지난달 중순 무렵, 외장 하드를 사려고 우연히 중고나라 사이트에 들어갔다가 누군가 내 책을, 그러니까 이 년 전에 나온 내 장편소설을, 염가 판매하고 있는 사실을 발견했다. 아이디가 '제임스 셔터내려'인 열심회원이 올린 글이었는데, 그는 내 책 말고도 쉰 권이 넘는 소설책과 스무 권가량 되는 철 지난 계간지를 팔고 있었다. 소설책은 그룹 1, 그룹 2, 그룹 3 하는 식으로 구분을 지어 칠천원, 오천원, 사천원 각기 다른 가격을 매겨놓았고, 계간지는 이천원 단일 가격이었다.

내 책은 그룹 3에 속해 있었다.

나는 외장 하드를 찾아볼 생각 같은 것은 잊은 채 '제임스 셔터 내려'의 판매 목록을 하나하나 꼼꼼히 살펴보기 시작했다. 그는 그룹별 사진을 찍어 보관 상태를 확인시켜주었는데, 사진 아래에는 각 책에 대한 짤막한 코멘트도 적어놓았다. 이를테면 그룹 1에 있는 박상륭의 『열명길』 같은 책에는 "압도적인, 전설의 시작"이라는 글귀와 함께 "그래서 7000원"이라는 설명이 붙어 있었다. 그룹 1에는 대체로 허먼 멜빌이나 존 치버, 테드 창 같은 외국 작가들이 많았고, 국내 작가로는 박상륭과 이문구가 유일했다. 그룹 2에는 가장 많은 작가가 포진되어 있었는데, 바르가스 요사도 있었고, 이노우에 야스시도 있었고, 이반 투르게네프와 은희경, 이승우도 있었다. 그룹 2에 포함된 작가들에 붙은 코멘트 역시 "세계의 나쁜 본질이 이 한 권에!" "상실을 긍정하는 힘"처럼 칭찬 일색이었다.

그리고 문제의 그룹 3…… 사천원에 팔고 있는 그룹 3…… 나는 마우스 휠을 돌려 내 소설책에 붙은 코멘트를 가장 먼저 확인했다.

49. 이기호/병맛 소설, 갈수록 더 한심해지는, 꼴에 저자 사인본 (4000원—그룹 1, 그룹 2에서 다섯 권 구매시 무료 증정)

나는 허리를 구부정하게 숙인 채 가만히 그 문구를 바라보았다. 그러다가 다시 스크롤을 올려 내 책의 보관 상태를 찍은 사진을 살펴보았다. 책은 마치 한 번도 펼쳐보지 않은 것처럼, 이제 막 서점에서 새로 구입한 것처럼, 겉표지가 깨끗했다. 나는 다시 화면을 내려 내 책 다음에 적힌 목록도 마저 읽어보았다.

50. 박형서/같은 병맛 계열 소설, 병맛이지만 나름 묵직한 한 방이 있는, 메타픽션 갑(4000원)

나는 내 위에 있는 작가들의 목록도 천천히 바라보았다. 그룹 3에 있는 열다섯 명의 소설가 중 '다섯 권 구매시 무료 증정'이라는 판매 조건이 붙어 있는 작가는 나 말고 아무도 없었다. 나는 마우스에서 손을 떼 잠깐 팔짱을 껴보았다. 허허, 일부러 소리를 내어 웃어보기도 했다. 하지만 웃음소리는 그리 오래가지 않았다.

나는 중고나라 사이트에서 나와 네이버 메인 화면으로 들어가 한화 이글스의 경기 결과를, 선수 한 명 한 명의 타율과 타점까지 세세하게 확인했고, 십 분이 넘는 하이라이트 영상을 끝까지 다 시청했다. 조석과 이말년, 곽백수의 웹툰을 보며 몇 번 낄낄거리기도 했다. 평소엔 보지 않던 웹툰에 달린 댓글까지, 페이지를 넘기면서까지 죄다 읽어보았는데, 의외로 악플보다는 "오늘도 믿음을 저버리지 않는" "다음주까지 또 어떻게 기다리죠?" 같은 응원들이 더 많이 눈에 들어왔다. 나는 그게 좀 신기했고, 무언가를 잃어버린 것처럼 찝찝하기도 했다.

나는 인터넷 창을 모두 닫고 잠깐 눈을 감았다. 엄지와 검지로 미간 사이를 몇 번 눌러보기도 했다. 그러곤 한글 프로그램을 띄워놓고 숨을 한 번 길게 내쉬었다. 한글 프로그램은 사흘 전부터 빈 문서 1, 빈 문서 2, 빈 문서 3 하는 식으로 새 창만 계속 늘어났는데, 정작 거기에 적힌 문장은 아무것도 없었다. 나는 십 분 넘게 새하얀 한글 프로그램 화면을 바라보다가 담배를 한 대 입에 물었다. 불을 붙이려 라이터를 켜다가 이런, 그만 부싯돌이 툭 바닥으로 떨어져버리고 말았다. 나는 책상에 앉아 바닥에 떨어진 부싯돌과 라이터를 잡고 있는 내 왼손을 내려다보았다. 그때까지 미처 몰랐는데 라이터를 부여잡고 있는 내 왼손엔 힘이 잔뜩 들어가 있었다. 손등엔 퍼런 힘줄이 드러나 있었고, 손톱 끝은 하얗게 변해 있었다. 꼴에 저자 사인본이라는 거지…… 다섯 권 구매시 무료로 준다는 거지…… 박형서는 그냥 사천원이라는 거지…… 나는 부싯돌이 빠진 라이터를 보며 아랫입술을 깨물었다. 그러곤 묵직하게, 책상을 한 방 내리쳤다.

*

그날 밤, 나는 평소보다 일찍 안방 침대에 누웠다. 침대엔 아내와 막내딸이, 침대 아래 방바닥에는 올해 열 살 된 첫째 아들이 마치 십자가에 못박힌 예수 그리스도의 형상으로, 둘째 아들은 올림픽 성화 봉송 주자의 자세로 잠들어 있었다. 나는 최대한 몸을 웅크려 막내딸 옆에 누웠다. 장마가 시작되기 직전의 후덥지근하고 끈끈한 밤이었다. 코앞에 있는 막내딸의 머리칼에선 연한 비린내가 났다.

"자기야, 자……?"

나는 한참 동안 누워 있다가 작은 목소리로 아내에게 물었다.

"으응…… 왜……?"

아내는 잠에서 덜 깬 목소리로 건성건성 대답했다.

"아니, 그냥 자나 해서……"

"왜……? 또 소설이 안 써져? 안 써지면 그냥 자."

아내는 막내딸의 베개를 바로 해주더니 다시 벽 쪽으로 돌아누웠다. 아내의 머리맡에는 알람 시계가 놓여 있었다. 아내는 내일 아침 여섯시에 일어나 막내의 유치원 체험 학습 도시락을 싸야 했다.

"저기, 자기야…… 나, 실은…… 오늘 좀 모욕적인 일을 당했다……"

"그래…… 목욕 좀 하고 자."

"아니, 목욕 말고 모욕."

그제야 아내는 한 손으로 머리를 쓸어넘기면서 상체를 일으켰다.

"왜 그래? 오늘 은행 갔다 온 거야?"

아내는 삼 년 거치 기간이 모두 끝난 아파트 담보 대출금 걱정을 했다. 지난달부터 시작된 원금 상환 때문에 아내는 몇 번인가 내게 은행을 다녀오라고 말했다. 대출금 갈아타기를 문의해보라는 뜻이었다.

"아니, 아니, 그게 아니고……"

나는 어두운 안방 천장을 바라보며 중고나라 사이트 이야기를 했다. 박형서는 사천원이고, 나는 원 플러스 원 같은 취급을 받았다고……

"그게 머릿속에서 지워지지 않네…… 사람들도 많이 보는 사이트인데…… 갈수록 더 한심해진다니…… 좀 심하지 않니?"

아내는 누워 있는 내 얼굴을 말없이 내려다보았다. 그러곤 다시 벽 쪽을 향해 돌아누웠다.

"그냥 잊고 자…… 당신 책이나 박형서 책이나 사겠다고 나서는 사람도 없을 테니까……"

"소설깨나 읽어본 사람 같더라구. 한데, 어떻게 그렇게 말할 수가 있지? 병맛이니, 끝에 저자 사인본이니……"

아내는 아무 말이 없었다.

"혹시…… 내가 아는 사람 아닐까? 일부러 나한테 모욕을 주려고…… 난 왠지 꼭 그럴 것만 같거든……"

나는 혼잣말처럼 중얼거렸다. 이거 무슨 모욕죄 같은 거에 해당하지 않나? 남의 인격을 무시하고, 명예훼손하고, 비방하고, 그걸 공공연하게 드러내고…… 뭐 그러면 걸린다고 하던데…… 나는 아내가 대꾸하든 말든 계속 구시렁거렸다. 아내는 몇 번인가 한숨 내뱉는 소리를 내다가 어느 순간 휙 등을 돌려 큰 소리로 말했다.

"그러니까 인터넷 그만하고 소설이나 쓰라고! 소설을 안 쓰고 있으니까 그런 것만 보이지! 소설가가 소설 못 쓰면 그게 모욕이지, 뭐 다른 게 모욕이야!"

아내의 큰 목소리 때문에 방바닥에서 자고 있던 둘째 아들이 자던 모습 그대로, 그러니까 오른손만 번쩍 치켜든 자세로, 자리에서 벌떡 일어났다. 나는 얼른 두 눈을 감고 자는 척을 했다. 그러면서도 속으로 혹시 박형서가 올린 건 아닐까, 하는 생각을 계속, 줄기차게, 쉬지 않고 해댔다.

잠은 좀처럼 오지 않았다.

*

그다음날 나는 다시 중고나라 사이트에 들어가 '제임스 셔터내려'의 휴대폰 번호를 확인했다. 그리고 그 번호로 그룹 2에 있는 다섯 권의 책을 구매하고 싶다는 문자를 남겼다. '제임스 셔터내려'는 채 오 분도 지나지 않아 답신을 보내왔는데, 입금 확인 즉시 착불 택배로 보내준다고 말했다. 나는 그에게 다시 문자를 보냈다.

—혹시, 직거래도 가능한가요? 집에 택배 받을 사람이 없어서요.

'제임스 셔터내려'는 십오 분쯤 답이 없다가 다시 문자를 보내왔다.

—일산 정발산역 근처라면 가능합니다.

—아, 그래요? 잘됐네요. 저도 그쪽 근처인데 직거래하시죠.

나는 그와 약속시간을 잡았다. 이틀 후인 목요일 오후 두시. 정발산역 2번 출구 롯데백화점 정문 앞. 나는 다시 메시지를 보냈다.

—한데, 그룹 2에서 다섯 권 구매하면 이기호 소설책은 무료 증정이라고 했는데……

—아, 네. 그것도 갖고 나갈게요. 그건 어차피 서비스니까요.

어차피 서비스, 어차피 서비스…… 나는 그가 보내온 문자를 오랫동안 노려보았다. 그러곤 다시 인터넷에 접속해 목요일 오전 열한시 광주송정역에서 출발하는 행신행 KTX 표를 구입했다. 뭐 이제 광주에서 일산까지는 금방 가니까…… 다 그쪽 근처니까…… 나는 마음을 다잡았다. 그러자 어떤 열기 같은 것이 훅 내게 밀려들어왔다. 어차피 서비스, 어차피 무료 증정, 어차피 박형서……

*

예전에, 그러니까 내가 작가가 되고 이 년쯤 지났을 무렵이었던가, 친구의 차를 얻어 타고 경부고속도로를 달리다가 교통사고를 당한 적이 한 번 있었다. 차가 중앙분리대를 들이받고 옆으로 넘어간 꽤 큰 사고였는데, 신기하게도 운전을 한 친구나 조수석에 앉아 있던 나나, 이마와 팔뚝에 찰과상만 입었을 뿐 다른 곳은 말짱했다. 그래도 엑스레이도 찍고 사후 경과도 지켜보겠다는 심정으로 입원을 했는데(친구가 그것을 강하게 원했다), 육인용 병실에 누워 의사와 간호사가 들어올 때마다 허리와 목을 부여잡고 끙끙 앓는 소리를, 거의 빈 소년합창단 수준으로 내고 있었는데(친구가 그것도 강하게 원했다), 그렇게 사흘쯤 지나자 보험회사 직원(친구가 강하게 기다리던)이 우리를 찾아왔다.

보험회사 직원은 우리를 보자마자 정중하게 인사를 했고, 자신의 명함을 침대 옆 탁자 위에 내려놓았다. 그는 분명 우리 또래처럼 보였지만, 입고 있는 양복 때문인지는 몰라도 한참 위의 형이나 선생님을 마주한 것 같은 기분이 들기도 했다. 보험회사 직원은 친구와 나를 번갈아 바라보면서 상태는 어떠시냐, 뭐라고 위로의 말씀을 드려야 할지 모르겠다, 같은 말들을 전혀 궁금해하거나 걱정되지 않는 표정으로 건넸다. 그러곤 대뜸 들고 온 서류철을 펼치고 우리의 직업을 물어왔다.

"파스퇴르유업에 다닙니다. 사무직이죠."

친구는 특히 '사무직'이라는 단어에 강세를 주면서 말했다. 그러곤 자신이 없으면 전국 우유 배송에 커다란 문제가 생길지도 모른다고, 자기네 회사 우유는 저온살균이라서 특히 유통기한이 짧은데, 이거 참 큰일이라고, 간간이 앓는 소리와 함께 덧붙였다.

보험회사 직원은 나에게도 같은 질문을 했다. 그러자 육인용 병실 침대에 누워 있던 사람들이 일제히 내 쪽을 바라보는 것이 느껴졌다. 나는 그들의 시선을 의식하면서 천천히, 조금 작은 목소리로 대답했다.

"저는…… 그러니까…… 작가인데요…… 소설을 쓰는……"

내 말을 들은 보험회사 직원은 들고 있던 서류철에서 시선을 떼 힐끔 나를 한 번 내려다보았다. 글쎄, 잘 모르겠다…… 소심한 내 성격 탓인지도 모르겠지만, 나는 그때 보험회사 직원의 한쪽 입꼬리가 살짝, 아주 살짝, 비스듬히 올라가는 것을 놓치지 않고 보았다. 그는 다시 아무렇지도 않은 표정으로 서류철을 뒤적거렸다.

"작가라, 작가라…… 작가들은 보통 교통사고도 잘 안 난다던데…… 운전하는 사람들도 별로 없어서…… 여기 있네요, 작가. 작가는 일용 잡급에 해당하니까…… 일당 만팔천원이네요."

아아, 그렇군요. 나는 속으로 그렇게 말하면서 연신 고개만 끄덕거렸다. 그렇게 열심히 고개라도 끄덕거려야지 다른 사람들한테도 아무렇지 않아 보일 것만 같았다. 나는 그가 말한 만팔천원보다, 웬일인지 그의 깨끗하게 다려진 양복과 넥타이에서, 들고 있는 펜과 서류철에서, 어떤 수치심 같은 것을 느꼈다. 어쩐지 내가 이제 막 그에게 포획된 짐승이 된 듯한 기분도 들었다.

그날 나는 그가 사인하라는 곳에 얌전히 사인했고, 그가 묻는 말에만 대답했으며, 아무런 질문도 따로 건네지 않았다.

*

그때와 지금은 무엇이 다른가?

나는 정발산역 2번 출구 앞에 서서 계속 그런 생각을 했다. 어째서 그때 기억이 자꾸 떠오르는 것인가? 그때의 수치심과 지금의 모욕감은 무엇이 다른가? 광주에서 행신까지 오는 KTX 좌석에 앉아서 나는 내가 무언가 살짝 뒤틀려 있다는 것을 깨달았다. 내가 모욕을 느낀 정확한 이유도 알 수 없었다. 그룹 3에 있기 때문인가, 병맛이라는, 갈수록 한심해진다는 표현 때문인가? 그도 아니면 무료 증정 때문인가, 박형서 때문인가? 그건 단순히 개인의 취향 문제 아닌가? '제임스 셔터내려'가 모욕한 것은 내가 아니고, 내 소설이 아닌가? 나는 시간이 지날수록 그가 내게 가한 모욕의 '이유'와 '대상'이 어쩌면 서로 상관없는 것들인지도 모른다는 생각을, 그런 의심을, 처음으로 하게 됐다. 하지만 이상한 것은 그럼에도 그를 만나야겠다는 생각만큼은 변하지 않았다는 점이다. 나는 용산역에서 내려 다시 광주로 돌아갈 수도 있었고, 행신역에서 내려 그만 멈출 수도 있었다. 나에게는 그만큼 많은 기회가 있었다. 하지만 나는 기어이 행신역 앞에서 버스를 갈아타고 정발산역 앞까지 오고 말았다. 후에, 그러니까 모든 것이 다 지난 후 그 이유에 대해서 생각해보니, 글쎄, 그건 어쩌면 이런 것과 같은 맥락이지 않았을까? 사귈 때는 별로 사랑하지도 않았던 사람이 막상 이별을 통보하자 목놓아 울게 되는…… 그렇게 슬퍼하면서 비로소 스스로 사랑을 완성하는…… 그때 당시 나는 바로 그 '목놓아 울고' 있는 상태가 아니었을까? 그러니까 그렇게 계속 어떤 열기 같은 것을 느끼고, 멈추지 못했겠지…… 바로 그 순간만큼은 내가, 내 소설이, 괜찮아 보였을 테니까. 돌아서면 인정하고 말아야 할 테니까……

*

'제임스 셔터내려'는 약속시간보다 십 분 정도 늦게 나타났다. 누군가 내 어깨를 톡톡 두들겨 뒤돌아보니, 거기에 그가 서 있었다.

"직거래하기로 한 분 맞으시죠?"

나는 마치 좁은 골목길에서 커다란 개와 맞부닥뜨린 것처럼 당황했지만, 이내 아무렇지도 않은 척 그에게 짧게 묵례를 했다. 그는 아무리 많이 잡아도 삼십대 초반으로 보였는데, 갈색 야구 모자에 아무런 무늬도 없는 흰 면티, 축구 유니폼 같은 반바지에 삼선 슬리퍼를 신고 있었다. 키는 일 미터 칠십 센티미터가 채 안 될 것 같았고, 종아리와 팔뚝은 마치 초등학생처럼 얇고 가늘었다. 나는 야구 모자 아래에 있는 그의 얼굴을 보려고 노력했다. 쌍꺼풀 짙은 눈매와 조금 낮은 콧대, 경계선이 흐릿한 입술까지, 그는 분명 박형서도 아니었고, 내가 아는 사람도 아니었다.

"우선 물건부터 좀 볼까요?"

내가 그렇게 말하자, 그는 들고 있던 이마트 로고가 새겨진 누런 종이봉투를 앞으로 내밀었다. 거기에 책들이 들어 있었다.

나는 백화점 앞 화단에 책들을 내려놓고 한 권 한 권 마치 부동산 등기부 등본을 검토하듯 차분하게 상태를 확인하는 척했다. 책들은, 과연 그가 중고나라 사이트에 올려놓은 사진들처럼 깨끗했고 또 상태가 좋았다. 페이지를 접어놓았던 흔적도 없었고, 밑줄 하나 그어진 부분이 없었다.

"소설책 많이 읽으시나봐요?"

나는 책 앞부분에 나와 있는 초판 발행일을 살펴보면서 물었다. 그는 내 질문엔 대답하지 않은 채 슬리퍼 신은 발끝으로 툭툭 화단 경계석만 쳐댔다. 그는 어쩐지 피곤해 보였고, 또 조금 무료해 보이기도 했다. 백화점에서 나온 젊은 연인들이 우리 앞을 지나갈 때마다 주변 공기는 조금 더 진해졌고, 상대적으로 그와 내가 서 있는 자리는, 풍경은, 조금 흐릿해지는 기분이 들었다.

나는 마지막으로 내 장편소설을 집어들었다. 주황색 겉표지는 다른 책들과 마찬가지로 스크래치 하나 없이 말끔했다. 나는 나도 모르게 숨을 멈추고 겉표지를 펼쳐보았다. 겉표지 바로 다음에 있는 면지에는 내 서명이 적혀 있었다.

—최미진님께. 좋은 인연. 2014년 7월 28일 합정에서 이기호.

2014년 7월 28일이라면 책이 발간된 지 이 주쯤 지난 시점이었다. 출판사에서 책 홍보차 합정에 있는 한 카페를 빌려 독자와의 만남 행사를 열었는데, 아마 그때 온 독자 중 한 명에게 해준 서명이었으리라. 그때 행사에 참여한 독자가 채 스무 명도 안 되었던 걸로 기억하는데……

"그럼, 여기 이 최미진님이 바로……?"

내가 그렇게 물으면서 고개를 들자, 그가 "어, 어?" 하면서 내 얼굴을 빤히 바라보았다.

"어, 어…… 이러면 안 되는데……"

그는 주춤주춤 뒤로 물러서기까지 했다. 그러면서도 내 얼굴에서 시선을 떼지 않았다. 나는 내 책을, 책날개에 내 사진이 실린 내 책을, 한 손에 든 채 그에게 한 걸음 더 다가섰다.

"저기, 그러니까 제가……"

내가 그렇게 말하는 순간, 그는 아예 등을 돌려 호수공원 쪽으로 후다닥 내달리기 시작했다. 슬리퍼를 신었지만, 믿을 수 없을 만큼 빠른 속도였다.

그가 나를 알아본 것이었다.

*

하지만 얼마 지나지 않아서 '제임스 셔터내려'는 터덜터덜 내 앞으로 다시 돌아왔다. 그는 내 얼굴을 제대로 쳐다보지도 않았고, 내게 아무런 말도 걸지 않았다.

우리는 롯데백화점 뒤편 벤치에 가 앉았다. 책이 든 종이봉투는 내가 들었고, 그는 고개를 푹 숙인 채 내 뒤를 졸졸 따라왔다. 벤치 앞 작은 공터에는 유모차를 끌고 나온 젊은 엄마 한 명이 선 채로 책을 읽고 있었고, 유치원생으로 보이는 여자아이 한 명은 잠자리를 쫓아 팔랑팔랑 뛰어다니고 있었다.

"담배 피울래요?"

나는 멀찍이 떨어져 앉은 그에게 담배 한 개비를 내밀며 물었다. '제임스 셔터내려'는 내 손에 들린 담배를 물끄러미 바라보다가 이내 고개를 저었다. 나는 어쩐지 조금 머쓱해져 벤치에 담배를 톡톡 두들겨댔다. 그냥 그대로 헤어지는 편이 나았을까? 나는 잠깐 후회했다. 그가 도망치지 않았다면, 내 얼굴을 알아본 뒤에도 아무렇지 않은 표정을 지었다면, 그랬다면 어떻게 됐을까? 아마 나 또한 별다른 말을 하지 않고 그저 이만오천원을 건넨 후 다시 행신역으로 가는 버스를 탔을 것이다. 웃으면서 '진짜 꼴에 사인본이네요'라고 말하는 게 전부였을지도 모른다. 그것이 내가 상상한 최대치였다. 하지만 그가 갑자기 나를 알아보고 내달리는 바람에, 그런 후 얼마 지나지 않아 다시 내 앞으로 되돌아오는 바람에, 모든 것이 이상해지고 말았다. 모욕을 당한 것은 분명 나라고 생각했는데, 이제는 둘 다 함께 어떤 잘못을 저지른 처지가 된 기분, 서로 눈치를 보는 상황이 되어버린 것이었다. 술이라도 한잔하러 가자고 해볼까? 나는 그 생각도 하지 않은 것은 아니었지만, 그 말만큼은 쉽게 나오지 않았다. 그가 거절할까 염려해서 그렇기도 했으나, 무엇보다 나는 그냥 그렇게까지는 하고 싶지 않았다. 왠지 좀 억울한 기분이 들었기 때문이다.

"그냥 다른 뜻은 없었어요. 혹시 제가 아는 사람인가, 해서…… 진짜 필요한 책도 있었고……"

나는 앞뒤가 안 맞는 말을 했다. 그는 그 말에도 계속 묵묵부답이었다.

"혹시 글쓰는 분이세요?"

그는 그 말엔 짧게 고개를 흔들었다. 나와 잠깐 눈이 마주치기도 했다. 나는 다행이라고 생각하면서도, 어쩐지 조금 실망스러운 마음이 들었다.

"어쨌든 직거래하기로 했으니까……"

나는 지갑에서 삼만원을 꺼내 그에게 내밀면서 말했다. 그는 주저하다가 내가 내민 삼만원을 두 손으로 받아들었다. 그러더니 주머니에서 주섬주섬 오천원짜리 지폐를 꺼내 내게 내밀었다. 나는 아무 말 없이 그 오천원짜리 지폐와 그의 얼굴을 번갈아 바라보다가 짧게 손사래를 쳤다. 그러면서 슬쩍 웃기도 했다. '제임스 셔터 내려'는 한동안 그 오천원짜리 지폐를 빤히 내려다보다가 다시 자신의 반바지 주머니에 쑤셔넣었다.

나는 벤치 옆에 놓여 있는 종이봉투를 들고 자리에서 일어났다. 어쨌든 셈은 다 치렀으니까, 그럼 이제 우리 사이의 직거래는 모두 끝난 셈이었다.

"저기……"

그가 나를 따라 엉거주춤 벤치에서 일어나며 말했다.

"죄송해요……"

이번엔 내가 대꾸 없이 그의 얼굴을 바라보았다. 그는 계속 고개를 숙이고 있었지만, 시무룩한 표정은 손끝에서, 어깨에서, 고스란히 다 묻어났다.

"작가들도…… 그런 사이트에 들어올 줄…… 몰랐어요……"

나는 일부러 미소를 지으려고 애썼다. 나는 너한테 악의가 없어, 그냥 진짜 필요한 책이 있었을 뿐이야, 나는 끝까지 그에게 그렇게 보이고 싶었다.

"에이, 뭐 작가라고 별거 있나요? 다 똑같은 사람이죠."

"그래도……"

나는 그와 대화를 나누는 것이 점점 더 불편해졌다. 분명 내가 먼저 시작한 것인데도 그랬다. 아마도 그래서 기어이 그런 질문까지 하고 말았을 것이다.

"근데, 나 진짜 궁금해서 그러는데요…… 왜 내 책만 무료 증정인 거예요? 다른 작가들 거는 다 그렇지 않으면서……"

그는 더 깊이 고개를 숙였을 뿐, 말이 없었다.

"진짜 그렇게 한심했어요?"

나는 그가 대답할 때까지 기다렸다.

"죄송해요……"

그의 입에선 끝내 그 말밖에 나오지 않았다. 나는 어쩐지 더 큰 모욕을 받은 기분이었다. 하지만 나는 티 내지 않고, 더 밝은 목소리로 말했다.

"아니, 뭐 내가 따지자는 게 아니고…… 그냥 궁금해서…… 신경쓰지 마요. 그럴 수도 있죠."

이제 그만두자고, 이쯤에서 멈추자고, 나는 마음먹었다. 이상하게도 내가 더 초라해지고 더 비참해지는 기분이 들었기 때문이다.

나는 그에게 인사를 하고 뒤돌아섰다. 그러다 무언가 퍼뜩 떠오르는 게 있어서 제자리에 멈춰 섰다.

"아 참, 근데 그럼 이 최미진이라는 분은 누구예요?"

내가 그렇게 말을 하자, '제임스 셔터내려'는 모자챙 아래 그늘진 눈동자로 멍하니 나를 바라보았다. 그는 내게 무언가 말하려고 속으로 무던 애쓰는 것처럼 연신 입술 끝을 씰룩거렸지만, 그러나 정작 그의 입에선 아무런 목소리도 새어나오지 않았다. 대신 그의 어깨가 작게 떨리기 시작했다. 훌쩍훌쩍 콧물을 들이켜는 소리도 들려왔다. 나는 갑작스러운 그의 반응에 얼떨떨해져 "아니, 나는 단지 그냥 궁금해서……"라고 작게 중얼거렸지만, 더이상은 아무런 말도 하지 못했다. 아니, 할 수가 없었다. 그가 다시, 이번엔 주엽역 방향으로 후다닥 달려갔기 때문이다. 팔뚝으로 연신 눈가를 훔치면서…… 고개는 계속 숙인 채……

그는 다시 그 자리로 돌아오지 않았다.

*

광주로 돌아오는 KTX 안에서 나는 아내의 전화를 받았다.

"어디야?"

"으응…… 좀 취재할 게 있어서……"

나는 객실에서 나와 화장실 문 앞에서 통화를 했다. 아내의 옆에선 막내와 둘째가 서로 전화를 바꿔달라며 떼쓰는 소리가 들려왔다.

"오늘 혹시 은행 갔다 왔어?"

"아, 그게…… 내일쯤 갈까 해서…… 이게 수수료 문제도 더 알아볼 게 있고……"

나는 한 손으로 이마를 문지르면서 이제 또 한소리 듣겠구나, 생각했다.

"가지 말라고."

"응?"

"괜히 은행 가서 아쉬운 소리 하지 말라고."

군인 한 명이 화장실을 가려는지 내 앞에 우뚝 멈춰 섰다. 나는 자리를 피하면서 작은 목소리로 말했다.

"안 가면 어떡해. 당장 이번 달도……"

"나, 다음달부터 일하기로 했어. 아파트 앞 상가 보습학원에서 파트타임 강사 구한대. 오늘 거기 면접 보고 왔어."

"아니, 저기…… 뭐 꼭 그럴 거까지야……"

나는 아내에게 이번 기회에 아파트를 팔고 조금 더 싼 곳으로, 나주나 화순쯤으로, 그도 아니면 다시 전세라도 알아보자고 말하려고 했다. 하지만 나는 그 말을 하지 못했다. 아내의 마음이 어떨지 또 알 수 없었기 때문이다. 그리고 무엇보다 결정적으로 바로 그 순간, 둘째 아이가 아내의 휴대폰을 뺏어 들었기 때문이다.

"아빠 나 있잖아, 아빠 노트북을 막 치는데, 거기 있는 글자가 하나 쏙 빠졌다."

나는 아무 말 없이 전화를 끊었다.

광주송정역에 도착해 종이봉투를 들고 막 택시를 타려는 순간, 다시 전화가 울렸다. 집에서 온 거려니 생각했는데, 액정에 '제임스 셔터내려'의 번호가 찍혀 있었다. 나는 택시를 보내고 뒤돌아섰다. 밤 아홉시가 넘은 역광장에는 띄엄띄엄 떨어져 담배를 피우는 사람들 몇 명을 빼고는 아무도 없었다. 오토바이 한 대가 빠르게 송정시장 쪽으로 지나갔고, 노숙자로 보이는, 겨울 점퍼를 껴입은 남자 한 명이, 누군가 버리고 간 담배꽁초를 주우면서 어기적어기적 돌아다니고 있는 것이 보였다.

'제임스 셔터내려'는 통화가 연결된 이후에도 한참 동안 말이 없었다. 수화기 너머에선 가느다란 숨소리가 나는가 싶더니, 후우, 길게 한숨을 내쉬는 소리만 났을 뿐이다. 나 또한 아무런 말도 하지 않았다. 나는 그의 숨소리만 듣고도 그가 지금 어떤 상태인지, 얼마나 술을 마셨는지, 짐작할 수 있었다.

"저기요…… 혹시 우리 미진이 잘 아세요?"

그가 더듬더듬 물었다. 그는 계속 숨을 크게 내쉬면서 말했다. 나는 잠자코 그의 목소리를 듣기만 했다. 내가 어떤 대꾸를 하는 것이 별 의미가 없을 거라고 생각했기 때문이다.

"미진이가요…… 그러니까…… 난 걔가 지금 어디 있는지도 잘 모르거든요…… 우린 헤어졌는데, 지금은 어디 있는지도 잘 몰라요…… 걔가 나한테 남기고 간 건 책뿐인데…… 그 책이 꽤 많아요…… 버린 것도 있는데…… 아직도 여기 책장에 많이 꽂혀 있어요……"

나는 저기, 잠깐만요, 하면서 말을 끊으려고 했지만, 그는 내 말을 듣지 않았다.

"한데요…… 이제 내가 이사를 해야 해요…… 방을 빼야 하거든요…… 걔는 그것도 아마 모를 거예요…… 미진이는 모를 거라구요…… 나는요, 나는 그 책들을 다 갖고 갈 수가 없어요…… 갖고 가고 싶어도 갖고 갈 수가 없다구요……"

통화를 하고 있는 내 앞으로 겨울 점퍼를 껴입은 남자가 다가왔다. 나는 계속 전화기를 든 상태에서 다른 한 손으로 그에게 담배 한 개비를 내밀었다. 그는 내 손에 들린 담배를 가만히 바라보다가 몸을 돌려 다시 광장 반대편 쪽으로 걸어갔다. 그는 계속 담배꽁초를 줍고 있었다.

"아저씨…… 아저씨는 우리 미진이도 잘 모르잖아요…… 모르면서 그냥 좋은 인연이라고 쓴 거잖아요…… 그건 그냥 쓴 게 맞잖아요…… 씨발, 아무것도 모르면서…… 내가 왜 책을 파는지…… 내가 당신이 쓴 글씨를 얼마나 오랫동안 바라봤는지……

우리 미진이가 어디서 어떻게 사는지…… 아무것도 모르잖아요…… 모르면서 그냥 그런 거잖아요…… 그런데 씨발, 내가 뭘 그렇게 잘못했다고…… 내가 죄송하다는 말을 얼마나 많이 하고 사는데…… 꼭 그 말을 들으려고…… 꼭 그 말을 들으려고 그렇게……"

전화는 거기에서 툭 끊겼다. 그는 다시 전화를 걸어오지 않았고, 나 또한 그에게 전화를 걸지 않았다. 나는 종이봉투를 들고 한동안 그 자리에 가만히 서 있었다. 그의 전화를 기다린 것은 아니었다. 그저 내 호의를 거절한 남자의 뒤를 눈으로만 좇았을 뿐이다. 남자는 역광장 화단 앞에 기대앉더니 담배꽁초를 물고 가만히 밤하늘을 올려다보았다. 밤하늘엔 먹장구름이 잔뜩 끼어 있었지만, 그는 그곳에서 눈길을 떼지 않았다. 역에서 나온 일군의 사람들이 아무렇지도 않게, 그가 거기 앉아 있는 것이 보이지 않는다는 듯, 눈길 한 번 주지 않고 바쁘게 걸어가는 것이 보였다. 나도 그 무리에 끼어서, 그 무리의 맨 뒤에 서서, 천천히 역광장을 빠져나왔다.

나는 나의 적의가 무서웠다.

*

아내는 이번 달 초순부터 주 나흘씩 보습학원으로 출근하기 시작했다. 오후 두시에 출근해서 밤 아홉시에 퇴근을 했는데, 그 때문에 내가 세 아이의 저녁식사를 모두 챙기게 되었다. 저녁을 다 먹고 난 후 종종 아이들과 함께 슬리퍼를 신고 아파트 앞 상가에 나가 있기도 했다. 상가 일층 문구사에서 내놓은 백원짜리 탱탱볼 뽑기를 하면서 아내를 기다렸는데, 늘상 막내 아이가 우리 중 가장 많은 탱탱볼을 뽑곤 했다. 아내는 단 한 번도 정시 퇴근한 적이 없었다. 하지만 거기에 대해선 아내나 나나 따로 불만을 내보이진 않았다. 동네 학원이라는 게 다 그렇지, 뭐. 아내가 지나가듯 그렇게 말한 것이 전부였다. 몇 번인가 보습학원 원장과 마주친 적도 있었다. 같은 아파트 주민이기도 한 그녀는 그러지 말라고 말렸는데도, 기어이 우리 아이들을 데리고 문구사로 들어가 킨더조이 초콜릿을 사주곤 했다. 나는 그 모습을, 탱탱볼을 쥔 두 손을 뒤로한 채, 가만히 지켜만 보았다.

나는 '제임스 셔터내려'에게서 구입한 내 책을, 본래 최미진의 것이었던 내 책을, 내 방 책장 구석에 꽂아두었다. 그에게서 구입한 나머지 다섯 권의 책도 그 옆에 세워두었다. 살만 루슈디와 오에 겐자부로, 배수아는 원래 있던 것이었고, 시마자키 도손과 헤르타 뮐러는 내게 없는 책이었다. 그 책들을 내가 다시 꺼내 보는 날들이 있을까. 글쎄, 지금으로선 잘 모르겠다. 잘 모르지만, 어쨌든 내게는 그 책들을 보관하고 꽂아둘 만한 책장이 있었다. 그것들은 나와 아주 가까운 거리에 있었다. 그렇다면 나는 언제든 그것들을 읽어볼 가능성이 있겠지. 나는 그렇게 되기를 희망한다.

나는 중고나라 사이트에 들어가서 '제임스 셔터내려'가 올린 게시물을 다시 찾아보기도 했다. 그를 만나고 온 다음다음 날까지도 멀쩡하게 그 자리를 지키고 있던 게시물은, 그러나 일주일 뒤에 들어가보니 흔적도 없이 사라지고 말았다. 그사이 책들이 다 팔린 것일까? 아마, 그렇진 않을 것이다. 그렇지 않을 거라고 예상을 하면서도, 나는 그 책들이 모두 다른 주인들을 만났기를 바랐다. 그것이 그에게도 보탬이 되는 일이라고 생각했기 때문이다.

때때로 나는 생각한다.

모욕을 당할까봐 모욕을 먼저 느끼며 모욕을 되돌려주는 삶에 대해서.

나는 그게 좀 서글프고, 부끄럽다.

나정만씨의

살짝 아래로 굽은 붐

2009년 1월 19일 새벽 다섯시 무렵, 일군의 사람들이 서울 용산구 한강로2가에 위치한 사층짜리 남일당 상가 건물 옥상을 점거했다. 그들은 재개발로 인해 그곳에서 쫓겨난 중국집 주인, 호프집 주인, 백반집 주인 같은 세입자들과 그 가족들이었으며, 남의 동네 딱한 형편을 듣고 아무 조건 없이 도우러 간 또다른 지역의 철거민들이었다. 후에 검찰의 공소사실에 따르면 그들은 그날 그곳 옥상에 사층짜리 망루를 지었고, 화염병과 돌을 던지며 재개발조합측에서 고용한 철거 용역들에 맞서 저항했다. 그들이 원했던 것은 최소한의 이주 보상이었다.

망루 농성이 시작된 지 하루가 지난 2009년 1월 20일 오전 여섯시, 테러 진압을 목적으로 창설된 경찰특공대가 남일당 건물에 전격 투입되었다. 작전을 위해 백 톤짜리 크레인 한 대와 특수 제작된 컨테이너 한 개가 동원되었다. 컨테이너에 특공대원들을 태워 옥상으로 올려보내는 작전이었다. 본래 계획은 백 톤짜리 크레인 두 대와 컨테이너 두 개를 이용, 양쪽 방향으로, 한쪽은 망루 지붕을 걷어내고, 다른 한쪽은 출입문 쪽으로 진입하는 것이었다. 하지만 당일 새벽, 약속한 크레인 기사 한 명이 잠적하는 바람에 작전은 수정될 수밖에 없었다. 훗날 일심 재판에 검찰측 증인으로 나온 경찰특공대 1제대장은 원래 계획한 작전대로라면 참사를 면하거나 희생자들을 크게 줄일 수 있었을 거라는 취지로 진술했다. 철거민측 변호사는 그것이 바로 성급하고 무리한 작전의 증거가 아니냐고 물었다. 1제대장은 자신은 상부 지시를 따랐을 뿐이라고 대답했다.

크레인은 오전 일곱시와 일곱시 이십분, 두 차례에 걸쳐 경찰특공대원들을 남일당 옥상으로 올려보냈다. 특공대원들은 물포를 쏘며 각각 방패조와 플래시조, 소화기조 등으로 역할 분담을 한 채 망루 안으로 진입했다. 하지만 그들은 망루 안에 세녹스 이십 리터 육십 통이 있었다는 사실을 알지 못했으며, 도대체 몇 명이 그 안에 있는지도 알지 못한 상태였다. 그들은 그저 지시에 따라 움직였을 뿐이다. 지붕 처마밑에서부터 시작된 불길이 벽 모서리를 따라 망루 전체로 옮겨붙은 것은 오전 일곱시 이십일분, 불이 붙은 망루가 무너진 것은 오전 일곱시 사십오분, 소방관들이 옥상에 올라가 망루를 해체한 것은 오전 여덟시 삼십분이었다. 그리고 그로부터 다시 세 시간이 흐른 후, 경찰은 불에 탄 망루를 수색해 세입자 두 명과 전철연 회원 세 명, 경찰특공대원 한 명의 시신을 수습했다.

이것은 그날 오지 않은 크레인 기사 이야기다.

1. 만남 — 부천시 소사구 심곡본동 ××숯불돼지갈비

제가 좀 늦었죠? 이게 서두른다고 서두른 건데…… 저희 일이란 게 원래 좀 그래요. 현장 상황에 따라서 늘 퇴근시간이 바뀌고…… 아, 예…… 기출이 선배 되신다구요? 뭐 대충 얘긴 들었습니다. 나정만이라고 합니다. 70년생이죠, 개띠. 그쪽은……? 아, 그럼 뭐 거의 동년배네요. 저도 생일은 12월이라서…… 이거요? 이거 염색한 거예요. 코발트블루.

기출이하곤 그럼 같은 고등학교 출신이신가봐요? 걔가 그때도 그렇게 정신이 없었나요? 아니, 뭐 꼭 그렇다는 건 아니고…… 허풍이 좀 세잖아요. 이건 뭐 당최 믿음이 안 가서…… 걔가 오늘도 같이 나오기로 했는데…… 아니에요. 아마 피시방 갔을 거예요. 요즘 롤인가 뭔가에 잔뜩 빠져 있더라구요. 전화도 안 받죠? 밤새 그러다가 다시 현장에 나오고…… 그러니 옆에서 보는 사람들도 다 조마조마하고…… 하여간 요즘 좀 그래요. 지난번엔 걔가 샤클이라고, 이렇게, 이렇게 허리띠처럼 생긴 벨트가 있거든요. 그걸 단단하게 채워야지 철골 같은 걸 들어올릴 수 있는데, 걔가 그 핀을 빼먹고 안 채운 거예요. 완전히 넋이 나갔다는 증거죠…… 장비 밑에 사람들이 없었으니까 망정이지 여러 명 작살낼 뻔했다니깐요. 언제 만나면 말씀 한번 해주세요. 제 얘긴 도통 들어 처먹질 않네요…… 근데, 이건 돼지갈비인가요? 아, 아니요…… 갈비면 됐죠, 뭐…… 그래도 이 집은 떡갈비가 좋은데…… 에이, 이미 시켰는데요, 뭘……

아니에요…… 처음엔 카고를 몰았어요. 왜 거 짐칸에 기중기 같은 거 달고 다니는 트럭 있잖아요? 짐도 싣고 간판도 달고 판넬 작업도 하고 바스켓 작업도 하는 거. 그건 대형 운전면허만 있으면 몰 수 있거든요. 95년도인가, 아니구나, 제대하고 바로 탔으니까 94년도가 맞네요. 전문대 다니다가 그만두고 시작했으니까 그해 가을부터였어요. 그걸 한 오 년 탔죠……

사실, 이게 말하자면 좀 긴데…… 전 좀 특별한 케이스였거든요…… 우리 아버지가 차주였어요. 아버지가 실리콘 공장 다니다가 퇴직하고 십일 톤 카고를 중고로 장만했거든요. 시쳇말로 몰빵한 거죠. 뭐, 퇴직금 조금하고 살고 있던 연립 담보 잡아서 육천이던가? 아마 그쯤 했을 거예요. 그걸 다 몰아넣고 시작한 거예요. 아, 전문대요? 하하, 이게 좀 쑥스럽긴 한데…… 충청도에 있는 전문대였는데, 거기서 의상디자인과를 다니다가…… 아니, 아니, 뭐 딱히 옷에 관심이 있었다기보단 그냥 거기 가면 여자들이 많다길래…… 근데 갔더니 순 나 같은 남자 놈들밖에 없어서…… 일 년 내내 걔네들하고 학교 앞 당구장에서 죽때리다가 군대 끌려가고, 뭐 그러다가 그만둔 거죠. 옷이라곤 맨날 추리닝만 입고 다니고…… 철이 좀 없었죠. 노는 게 좋았고.

이 카고라는 게 말이에요, 지금도 그렇지만 그때도 경쟁이 살벌했거든요. 개인 차주들도 있고, 회사 차들도 있는데, 서로 공정가격 정하고 네 구역 내 구역 딱딱 정하고, 그러면 이 얼마나 아름다운 상부상조겠어요. 한데 거기에 꼭 나사못처럼 튀어나오는 놈들이 생긴단 말이에요. 말하자면 덤핑 때리는 놈들…… 하루에 사십만원 정도 받아야 기름값이니 밥값이니 기사 인건비니 제하고 다만 얼마라도 남길 텐데, 이걸 삼십만원, 이십오만원 팍팍 부른단 말이에요. 그럼 어쩌겠어요? 현장 다 떨어져나가고 단골들 다

빠져나가는데 혼자만 사십만원 부를 수 있겠어요? 같이 따라 내려갈 수밖에 없는 거죠. 아, 회사 차들이야 카고 끼고 추레라니 크레인이니 같이 뛰니까 얼추 타산이 맞을 수도 있지만, 개인 차주들은…… 이게 안 그렇거든요. 가진 건 그게 전부고, 그렇다고 트럭을 안 굴릴 수도 없고…… 그러니 뭘 어쩌겠어요? 기름값은 정해져 있으니까 어쩔 수 없고, 기사 대신 차주가 뛰고, 백반 먹을 걸 김밥 먹으면서 백날 그렇게 뛰어다니는 거예요. 편의점 점주가 알바 뛰고 삼각김밥 먹고, 뭐 그런 거랑 비슷해요. 그러고도 일거리가 없다보니 '우린 인부도 한 명 보너스로 더 부릴 수 있다' 우리 아버지가 뭐 그런 영업 전략을 쓰신 거죠. 물론 그 인부가 바로 저였고요……

아, 고생 많이 했죠. 그냥 노가다였어요…… 공장에 박스 하역 작업 같은 거 하러 나가면 제가 일일이 테핑질도 다 한 다음에 트럭에 실었고요, 맨홀 같은 거 인양하러 나가면 삽으로 좆나게 평탄 작업도 하고, 뭐 그랬어요. 폐자재 집하 같은 걸 나가면 현장이 새끼들이 으레 당연하다는 듯이 "저쪽 뒤에 있는 오비끼하고 다루끼도 좀 정리해줘요" 이러고 지들은 모닥불 옆에서 실실 담배나 피우면서 농담 따먹기를 해요. 그걸 꾹꾹 참으면서 비질까지 해줬으니 말 다 했죠. 에휴, 뭘 어쩌겠어요. 남들도 다 그렇게 한다는데…… 월급이요? 아이, 월급이 다 뭐예요. 우리 아버지가요,

한 가지 생각을 못한 게, 이게 트럭만 장만한다고 끝나는 게 아니거든요. 카고 트럭이란 게 열 달에 한 번씩 타이어를 교체해줘야 해요. 안 그러면 차가 버텨주질 못하니까요. 한데 이게 한 짝에 오십만원이 조금 넘는다, 이 말이에요. 그걸 돌아가면서 한 짝씩 한 짝씩 바꿔준다고 생각해보세요. 거기에 보험료 내고, 정비하고 엔진오일 같은 거 갈아주고 나면…… 그러니까 웃긴다는 거 아니에요. 차를 사서, 차로 돈을 벌어서, 차를 위해서 쓰는 구조라니깐요. 가끔 새벽에 일 나가려 아버지하고 주차된 카고 앞에 서면요, 이게 탁, 무섭다는 생각이 들기도 하는 거예요. 막 우릴 덮치고 있단 느낌도 들고…… 근데, 떡갈비도 미리 시켜두는 게 좋지 않을까요? 한 이 인분만 더 시킬까요?

기출이 그 새끼가 그런 얘기까지 했어요? 아 나, 이 새끼가 사람 쪽팔리게 별 얘길 다 했네…… 맞아요, 한 사 년 저쪽 심곡본동 지점에서 일한 적이 있어요. 현대자동차 심곡본동 대리점…… 99년도인가, 2000년도인가, 그때 우리 아버지가 카고를 정리했거든요. 그래서……

이게 설명하자면 좀 어이가 없는데…… 하하, 내 참…… 한번은 가평에 있는 농협 창고에서 여주 근처 정미소로 쌀가마니를 옮겨준 적이 있었어요. 그때 그 일이 결정적이었죠. 이게 그냥 일반 쌀가마니가 아니고 하나에 일 톤씩 나가는 타원형처럼 생긴 커다란 쌀가마니인데, 그걸 여덟 개 옮겨주는 일이었어요. 그땐 아버지가 디스크로 좀 고생하던 시절이라 저 혼자 일을 뛰곤 했는데…… 아, 이 개새끼들이 기껏 쌀가마니 다 부리고 났더니 하나가 빈다는 거예요. 여덟 개가 아니고 아홉 개라고…… 내가 진짜 어이가 없어서…… 아니, 이게 무슨 팔십 킬로그램짜리 쌀가마니도 아니고, 그 커다란 게 가긴 어딜 가요? 뭔가 당했다고 생각했는데 빠져나갈 방법이 없는 거예요…… 그렇죠, 그게 제 실수인 거죠. 화물운송표 같은 게 있긴 있었는데, 그걸 제대로 확인도 안 하고…… 워낙 덩치가 큰 물건이니까 숫자를 세고 말고 할 것도 없다고 생각한 거죠. 혼자 아우트리거 설치한다 어쩐다 정신이 없었던 것도 있었고요…… 처음엔 그냥 버티고 싸우려고 했는데, 발주한 애들이 무슨 입을 맞춘 것처럼 서류부터 내밀고 나오니까 할말이 없더라구요. 아버지도 말없이 가만히 지켜보다가…… 그게 한 가마니에 백이십만원인가 그랬거든요. 운송비용 제하면 기껏해야 칠십만원 정도인데…… 돈으로 따지면 얼마 안 됐지만…… 제가 막 그러지 말라구 말렸는데도 기어이 물어주시곤, 그러곤 그다음에 바로 카고를 정리하시더라구요…… 거, 다른 쪽에서 만회하면 되는데…… 암튼, 좀 그런 사정이 있었어요……

자동차 영업소 일은 뭐 별다르게 할말이 없는데…… 그런 얘기까지 다 해야 해요? 아니요, 뭐 딱히 특별한 게 없으니까…… 백수로 한 일 년 지내다가 아는 선배 소개로 들어갔죠. 한데, 저하곤 잘 안 맞았어요. 처음엔 양복 입고 다니고 손에 기름칠 안 하고 노가다 뛸 일도 없으니까 좋고 편했는데, 그것도 얼마 동안 일이고…… '012부대'라고, 한 달에 차 한두 대 파는 영업맨들 가리키는 말이 있거든요. 뭐, 제가 늘 그랬죠…… 거기 소개시켜준 선배가, 이 선배가 진짜 대단한 양반인데, 설날이 되면요, 저쪽 상동 쪽으로 가면 아파트 단지가 쭉 있거든요, 거기에, 트럭 한 대에 곶감을 박스째 싣고 가서 집집마다 일일이 찾아다니면서 세배를 하는 선배였어요. 고객 관리한다고…… 아니요, 사십 평대 이상만…… 그래서 나도 따라 한다고 비누 세트 대량 구매해서 아파트 입구까지 가긴 갔는데…… 아이, 난 못하겠더라구요. 선배는 벨 누르고 사람만 나오면 현관이든 신발장 앞이든 넙죽 절부터 했다는데…… 나는 이게 차마 벨이 눌러지지 않아서…… 덕분에 한 삼 년 그때 산 비누로 샤워도 하고 머리도 감고 수건도 빨고 설거지도 하고…… 내가 그때부터 오이를 잘 안 먹잖아요. 에이, 지랄 같은 오이비누.

그래도 그때 결혼도 하고 아이들도 낳고 정신도 차렸으니까 뭐 아주 허송으로 보낸 건 아니네요. 아, 아이들이요? 딸만 둘이에요. 쌍둥이 자매…… 초등학교 삼학년이에요…… 아이, 그럼요, 좋죠. 걔들 애교 때문에 내가 하루하루 사는데…… 걔들 태어나고 바로 자동차 영업소 그만두고 산업인력공단에서 운영하는 학원에 들어간 거예요. 거기서 기중기 자격증 따고 바로 맹꽁이 크레인 부기사부터 시작해서 한 이 년 동안 이십오 톤 크레인 몰다가, 다시 백 톤짜리 크레인 부기사로 들어가고…… 우리 업계에선 이게 톤수가 올라갈수록 기사 월급도 따라 뛰거든요. 계속 이십오 톤 기사로 있을 수도 있었지만…… 애들 생각해서, 다시 이 년 가까이 월급 백만원만 받으면서 백 톤짜리 부기사로 일한 거예요. 완전히 밑바닥부터 긴 거죠. 정기사가 된 건 그해 초, 그러니까 2009년부터예요. 뭐, 얼마 안 된 거죠.

이게…… 이게 제가 모는 크레인이에요.

네, 괜찮아요, 사진 찍어도…… 저도 책자에 있는 거 오려서 넣고 다니는 건데요, 뭐. 이게 독일 립헬이란 곳에서 나온 건데, 장비 가격만 한 십억 할 거예요. 차 무게만 육십 톤이 넘게 나가고…… 아니죠, 이건 개인이 차주인 경운 거의 없고, 대부분 회사 소속이에요. 자격증 따고 부기사 생활 일이 년 거쳐야 기사로 일할 수 있는 거예요…… 여기, 여기 이 운전석 위에 긴 막대 같은 거 보이죠? 이게 '붐'이라고 하는 건데, 육 단으로 모두 펴고, 거기에 보조 붐까지 연결하면 육십 미터 이상으로 늘어나요. 이걸로 물건을 들어올리고 내리고 하는 거예요. 그렇죠, 뭐. 낚싯대 비슷한 거라고 보시면 돼요. 오무리 매달고 윈치 작동시키고, 뭐 그런 복잡한 절차가 있긴 한데…… 그거야 뭐…… 아무튼 이 지구상에 있는 웬만한 것들은 다 들어올릴 수 있는 놈이라고 보면 돼요. 어지간한 중력 따위는 너끈히 이길 수 있는……

그날요? 하, 그럼 이제 본론으로 들어가는 건가요? 이게 참…… 사실 설명하고 말고도 없는데…… 뭐 별게 없거든요. 그래서 기출이한테도 뭘 만나냐고, 그렇게 말한 건데…… 뭐, 어쨌든 그것 때문에 이렇게 나오셨으니까…… 들어보세요, 이게 간단하다면 아주 간단한 거예요. 우리 같은 회사 소속 기사들은요, 배차 나고 사장이 나가라고 하면요, 그냥 무조건 나가야 하는 거예요. 그게 맞아요. 뭐, 일하기 힘든 곳이네, 거기가 머네, 위험한 곳이네, 꿈자리가 뒤숭숭하네, 이런 게 없다, 이 말이에요. 그런 게 싫으면 한국에서 크레인 못 몰죠. 어디 사우디 같은 곳이라면 모를까…… 이 바닥이 그렇게 넓은 것도 아니고, 한번 소문나면 큰 톤수 크레인은 다신 못 몰거든요. 사장들도 인터넷 카페 같은 거 만들어서 크레인 기사 정보 공유하고 그러는데……

그러니까 그날도 그렇게 배차받고, 사장 지시 따라 움직인 거예요. 그게 전부죠, 뭐…… 오전에 개봉동에 있는 초등학교 신축 체육관 건물에 구조물 하나 올려주고 왔더니, 우리 사장이 좀 보자고 그러는 거예요. 야간작업 하나 들어왔는데 신경 좀 써줘야 할 거 같다고…… 사실 좀 이상하긴 이상했죠. 우리 일이라는 게 그렇게 하룻저녁에 새로 배차 나고 움직이고, 뭐 그러는 게 아니거든요. 최소한 사흘 전이라도 배차가 떨어져야 현장 답사하고 장비 손보고 그런단 말이에요. 사장도 그런 게 못내 걸렸던지 봉투 하나 건네면서 넌지시 그러더라구요. 경찰 애들 올려주는 일이라고…… 더블에 더블로 주는 조건이라고…… 조용히 갔다 오라고……

에이, 어디요. 그런 일은 그때까지 한 번도 없었죠. 우리가 아무리 못 드는 게 없다고 해도 사람을 들어올리는 일은…… 그런 건 하지 않거든요. 사고도 날 수 있고…… 이게 어쨌든 굉장히 높이 올라가는 일이라서…… 그런 건 스카이라고 따로 제작된 차량이 있어요. 한데 그쪽에서 꼭 우리여야 한다는 거예요. 컨테이너에 경찰 애들 태워서, 가급적 먼 곳에서부터 수평 맞추면서 접근해야 한다고……

그럼요, 그날 오후에 바로 우리 부기사랑 답사 갔다 왔죠. 택시 타고 금방 다녀왔어요. 아니요. 뭐, 조용하던데요…… 경찰 버스 죽 늘어서 있고, 전경 애들이 줄 맞춰 돌아다니는 거 말고는 여느 거리와 별다를 게 없었어요. 버스도 그냥 다니고, 사람들도 아래로 지나다니고…… 아, 한 가지 좀 이상했던 건요, 분명 경찰 일이라고 했는데…… 우리한테 인사하고 작업 설명해주는 사람들은 죄다 무슨 건설회사 명함을 내밀더라구요. 내가 그때 알아봤다니깐요. 건설회사는 쥐뿔…… 왜 거 철거하는 용역회사들 있잖아요, 걔네들이었어요. 걔네들은 딱 보기만 해도 티가 나거든요. 경찰 하는 일에 용역 애들이 돈 대고 편의 제공하고…… 뭐, 다 그렇고 그런 거 아니겠어요? 그냥 그런가보다 하고 말았죠. 우리야 작업 지시에 따라서 컨테이너만 올려주면 됐으니까…… 작업도 뭐 어렵지 않겠더라구요. 도로 통제만 제대로 해주면 보조 붐 매달 것도 없이 후크에 바로 매달아서 옥상까진 수월하게 올리겠더라구요. 사람을 태운다는 게 좀 걸려서 그렇지…… 사실 그 정도 높이는 일도 아니거든요.

보긴 봤죠…… 옥상 위 망루 근처에 몇 명 돌아다니더라구요…… 글쎄요, 저는 뭐 딱히 다른 생각은 들지 않던데요. 그동안 그런 사람들, 많이 봤잖아요? 티브이나 신문에도 종종 나오고…… 그냥 철거민들이구나, 여기서 다 쫓겨나겠구나, 뭐 그런 생각만 들었죠. 철거민들이 버틴다고 언제 안 쫓겨난 적이 있던가요? 그냥 다 부질없어 보이고…… 끝도 빤히 보이는데 떼쓰는 것 같고, 그게 전부죠, 뭐. 사정이야 빤한 것일 테고…… 에이, 어디 눈을 마주쳐요? 그냥 지나가던 사람처럼 다시 택시 타고 사무실로 돌아왔죠. 멀어서 얼굴도 잘 안 보이고, 죄다 마스크에 안전모들 쓰고 있어서 꼭 우리 일 나가는 현장 사람들 같더라구요. 하긴, 거기가 진짜 현장이 되긴 했지만…… 저기…… 후식으론 냉면 어떠세요? 아니, 왜요? 아니, 그래도 고기를 먹었으면 냉면을 먹어줘야…… 아이 참, 그렇다고 어떻게 저 혼자…… 그럼, 전 비냉으로.

어디까지 얘기했었죠? 아, 예…… 그러곤 새벽 세시까지 사무실에서 계속 대기한 거예요. 회사 기사들도 다 퇴근하고, 사장도 일 끝나면 전화하라면서 그냥 들어가고, 저랑 우리 부기사랑 단둘이서만 기사 대기실에서 짜장면 시켜 먹고 멀뚱멀뚱 앉아 있었던 거죠. 뭐, 딱히 할 일 있나요? 자정쯤 통닭 한 마리 배달시켜 먹고…… 또 뭐했더라, 인터넷으로 맞고를 쳤던가? 소파에서 쪽잠 자다가 다시 깨서 티브이도 보다가 벼룩시장도 들춰 보다가……

뭐, 그러다가 새벽 세시 십분쯤이었던가? 그때 휴대폰으로 연락받고 나간 거예요……

잠적이요? 에이, 잠적은 무슨 잠적이에요? 잠적 아니에요…… 우린 갔다니깐요. 가다가…… 끝까지 못 가서 그렇지……

아이, 이게 참…… 말하려니까 또 한번 열받네…… 그러니까, 그게…… 그날 용산으로 가다가요…… 내 참, 더러워서……

과적 단속에 걸린 거예요.

그렇다니깐요…… 여기, 여길 한번 봐봐요. 우리 사무실이 여기 이 구로동에 있잖아요? 그럼 여기서 용산까지 가려면 한강 다리를 하나 건너야 하는데, 이게 좀 더럽다, 이 말이에요. 우리나라에는 도로법 54조라는 좆같은 법률이 하나 있는데, 이게 쉽게 말하자면 사십삼 톤 이상은 다리를 건널 수 없다, 뭐 이런 거예요. 한데, 우리 같은 크레인은 차량 무게만 오륙십 톤이 넘거든요. 나라에서 분명 허가를 내준 차량 무게가 오십 톤, 육십 톤, 이렇게 나간다, 이 말이에요. 그러니까 그건 뭐냐, 한쪽에선 허가를 내주고, 한쪽에선 하지만 미안한데 다리는 건널 수 없어, 이러는 거죠. 지나다니려면 크레인 모두 해체해서 다녀라…… 그게 말이 됩니까?

아, 물론 건널 수 있는 다리가 하나 있긴 있어요. 강동대교라고…… 우리 업계에서 하도 난리를 치고 관청 가서 청원도 넣고 하니까 예외적으로 딱 하나 허가해준 곳이 바로 거기예요. 그러니까 한강을 건너려면 구로동에서 용산을 가든, 노량진에서 여의도를 가든, 이게 삥 돌아서 강동대교로 가야 한다, 이 말이에요. 문제는…… 이걸 누가 그렇게 하냐, 그거죠. 아, 먹고살기 바빠 죽겠는데, 현장에선 빨리 오라고 난리 치는데, 이런 한강 다리에 무리가 생기면 안 되지, 조금 막히더라도 올림픽대로 타고 다시 강변북로 타고 올라가야지, 이러는 사람이 어디 있겠냐, 이 말이에요? 그럼요…… 그래서 다 새벽에 몰래몰래 눈치보면서 한강 다리 넘는 거죠. 그러니까 따지고 보면 우리도 이게 다 범법자들이에요. 이게 걸리면 교통 범칙금처럼 그냥 딱지 날아오고 그러고 끝나는 게 아니거든요. 정식으로 재판에 회부되고, 그리고 벌금형 받고…… 뭐, 그래도 어쩌겠어요? 먹고살자면 그냥 건너가야지…… 아마 대한민국 크레인 기사 중 한두 번씩 걸리지 않은 사람은 없을걸요? 제 사수는 여섯 번인가, 일곱 번 걸렸는데요, 뭘.

하지만…… 그날은 그런 걸 좀 우습게 본 게 사실이에요. 평상시 같았으면 다리 건너기 전에 부기사가 먼저 가서 단속 초소 살펴보기도 하고, 속도도 이빠이 올리고 그랬을 텐데, 그날은…… 뭐 그냥 편하게 생각하고 한강대교 쪽으로 간 거죠. 거기만 건너면 바로 용산이잖아요? 이게 어차피 일종의 공무 집행 같은 거니까 문제될 게 없겠다, 생각한 건데……

아 나, 그 공익 새끼들…… 내가 지금도 그 새끼들 얼굴을 안 까먹고 있다는 거 아닙니까. 한 놈은 거 왜 〈방귀대장 뿡뿡이〉라고 있지 않습니까? 거기 나오는 뿡뿡이처럼 볼이 빨갛고 배가 툭 튀어나온 놈이었고요, 또 한 놈은 이게 이런 표현이 맞을지 모르겠지만, 거 뿡뿡이 친구 뿡순이라고 있어요. 꼭 개처럼 입술이 약간 튀어나온…… 암튼 둘 다 똑같이 뚱뚱한 놈들이었는데…… 아, 그놈들이 무조건 통저울로 올라가야 한다고, 총량으로 재야 한다고 난리를 치는 바람에……

물론 말했죠. 경찰 쪽 일이다, 확인해봐라, 시간이 없다, 계속 설명했다니깐요. 아, 그런데 이 새끼들이 도통 말귀를 못 알아듣는 거예요. 자기네들은 연락받은 거 없다고…… 그리고 자기네들은 경찰 쪽하곤 관계없다는 거예요. 서부도로사업소인가, 뭐 그쪽이라고, 크레인 기사들마다 걸리면 열에 아홉은 다 공무 집행이라고 한다고…… 아, 그럼요, 물론 전화도 했죠. 그쪽 건설회사 상무인가 부장인가 하는 친구를 직접 바꿔주기도 했다니깐요. 그래도 뭐 이게 소용이 없더라구요…… 거 뿡뿡이처럼 생긴 놈이 휴대폰에 대고 대뜸 그러더라구요. 경찰 일이라면서 왜 건설회사 분이 그러시냐고, 공익이라고 함부로 말씀하지 마시라고, 우리도 다 안다고…… 그러니까 환장하는 거죠. 다시 용산경찰서 누구라는 사람한테서도 전화가 왔는데…… 이 뺑뺑이 뺑순이 들이 요지부동인 거예요. 공문 받은 거 없고, 따로 위에서 전화받은 것도 없다고……

그러니 어쩌겠어요? 나도, 우리 부기사도, 그냥 담배만 물고 상황만 살피고 있었죠. 한데, 이 건설회사 상무인가 부장인가 하는 인간이 다시 전화를 걸어와서 벌금 물어줄 테니까 무조건 건너라는 거예요. 하 참, 나 어이가 없어서…… 그 인간이 그러면서 욕까지 했다니깐요. 씨발 뭘 그렇게 병신처럼 꾸물거리느냐고…… 그래서 내가 그 전화 끊자마자 바로 우리 사장한테 전화한 거예요. 이건 좀 아닌 거 같다, 배보다 배꼽이 더 클 수도 있다, 언제 현장에서 우리 벌금 책임져준 적 있냐, 계약서도 없고, 영 믿을 만한 사람들이 아닌 거 같다…… 그러니까 우리 사장도 잠깐 가만히 있더니 바로 오케이 하더라구요. 차 돌리라고…… 그래서 그렇게 한 거죠, 뭐. 다리 앞에서 다시 유턴. 그게 전부예요.

왜요? 아니, 그냥 좀…… 표정이 안 좋아 보여서요. 다른 거요? 다른 거라, 다른 거라…… 글쎄요…… 그게 끝인데…… 그리고 그냥 회사에 차 넣어두고 퇴근했거든요. 그쪽에서 전화가 몇 번 더 오긴 했지만, 안 받았죠, 뭐. 받으면 바로 욕부터 나올 거 같고,

그러면 나도 성질대로 붙어버릴 거 같고…… 이 새끼들이 그래서 잠적이라고 그랬나? 잠적은 무슨…… 자기들도 사정 빤히 알았으면서…… 뭐, 그냥 핑계 삼아 하는 말 아니겠어요?

그럼요, 알죠, 여섯 명 죽은 거…… 그다음날 늦게 일어나서 티브이 보는데 바로 나오더라구요. 아, 그래서 내가 티브이 보면서 그랬다니깐요. 와, 안 가길 정말 잘했네. 갔으면 저거 붐대 아작나고 고생깨나 했겠구나…… 우린 이게 붐대 한번 망가지면 난리 나거든요. 독일에서 기술자가 와야 하고 수리비도 어마어마하고…… 그래서 제가 작업할 때마다 붐대가 조금이라도 아래로 휘면 오줌이 찔끔찔끔 나온다는 거 아닙니까? 이게 무게를 오버해서 들면 그렇거든요. 어휴, 그런데 불이라도 붙었으면…… 우리 사장도 나중에 그러더라구요. 차 잘 돌렸다고, 갔으면 돈도 제대로 못 받았을 거라고……

에이, 그건 말씀이 좀 그러네요…… 아니, 꼭 우리가 안 가서 그 사람들이 죽은 것처럼 말씀하시니까…… 허허, 이거 참…… 그렇죠, 그럼 애초에 경찰들이 미리 길을 터주든가, 아님 오후부터 미리 대기를 시키든가, 뭐 그렇게 일을 진행했어야죠. 그게 맞지 않나요? 아까 그 말씀대로라면 우릴 막아선 공익 놈들도 죄가 있는 거고, 건설회사 상무인가 부장인가 하는 놈도 죄가 있는 거고, 도로법 54조도 죄가 있는 거고, 거기 있거나 거기 없거나 다 죄가 있는 거 아닙니까? 근데 왜 제가 죄책감을 느껴요? 나, 그 사람들한테 아무 원망 없어요. 아, 물론 돌아가신 분들은 안타깝게 생각하죠…… 하지만 제가 뭘요? 저는 그분들하고 아무 상관 없는 사람이에요. 제가 뭐 그쪽에 땅이 있습니까, 건물이 있습니까? 전 그냥 사장 말 잘 듣고, 처자식 굶기지 않으려고 해 뜨면 현장에 나가고, 해 지면 퇴근하는, 뭐 그런 평범한 사람인데…… 내가 그 사람들한테 뭔 잘못을 해요……

근데 이 집은 밥을 다 먹었는데 왜 수정과를 안 내와. 예전엔 불 빼기도 전에 갖다주더니…… 아, 아줌마!

아니요…… 아니에요, 화난 거…… 허허, 참, 진짜라니깐요…… 이제 그만 일어날까요? 아, 진짜 그런 거 아니라니깐요…… 내일 또 일찍 동인천 쪽으로 가봐야 해서 그래요…… 아, 그럼요, 다 이해하죠…… 이거 제가 도움이 됐는지 모르겠네요. 저는 뭐 워낙 책이라는 걸 읽지 않아서…… 거, 마지막에 제가 목소리 높인 거…… 그건 그냥 이해해주세요. 우리 같은 사람들은요, 하루종일 찜통 속에서 일하다가 저녁때 먹을 게 입으로 들어가면요, 막 졸음도 몰려오고, 짜증도 나고 그러니까…… 아, 그럼요. 나중에 기출이하고 다 같이 보죠…… 그나저나 기출이 그 새끼가 빨리 정신을 차려야 할 텐데……

2. 오해 — 그로부터 십 분 후

잠깐, 잠깐, 잠깐만요…… 아니죠, 그건 또 경우가 다른 거죠. 아니, 녹음을 하면 녹음을 한다, 먼저 말씀을 하셨어야죠? 그게 맞는 거잖아요? 아, 나 참, 또 꼬여버리네…… 그럼요, 기분 나쁘죠. 입장을 바꿔놓고 한번 생각해보세요. 그냥 밥 먹으면서 편하게 한 말을 누가 몰래 도청을 했다고…… 아, 그거나 그거나요!

아아, 다른 말 필요 없고요, 어서 빨리 휴대폰 줘봐요. 아, 씨발 난 또 휴대폰을 왜 그렇게 조몰락조몰락거리나 했네…… 아, 글쎄 이리 줘요, 내가 직접 보고 지우게…… 뭐요? 아, 그걸 내가 어떻게 믿어요? 당신이 소설을 쓸지, 방송국에 갖다줄지, 거 뭐 무슨 시민 단체 그런 데다 갖다줄지! 아, 그러니까 지우고 쓰라고요. 그거 다 지우고 소설을 쓰든지 영화를 만들든지 마음대로 하라구요! 왜 기분 나쁘게 사람 목소리를 증거로 남겨요, 증거로 남기길…… 아, 다 필요 없고…… 난, 그 말을 한 사람이 내가 아니기만 하면 된다구요. 아, 글쎄 난 그렇게 남는 게 싫다니깐요!

정말 이럴 거예요? 정말 계속 이런다 이거죠? 잠깐만 기다려봐요, 내 이 기출이 새끼를…… 글쎄 가만히 있어봐요…… 이건 뭐 후배 생각해서 기껏 시간 내줬더니 사람 뒤통수나 치고…… 아나, 이 개새끼 또 전화 안 받네…… 내가 이 새끼하고 인연을 끊든지 해야지, 일생에 도움이 안 되는 새끼 이거…… 좋아요, 좋아요. 다 그만두고, 나 지금 기분이 많이 나쁘니까 얼른 지우고 갑시다. 나, 이거 조금 있으면 버스도 끊겨요. 내일 아침 여섯시까지 사무실로 나가야 한다고요…… 그러니까 좋게 좋게 마무리합시다, 네? 비싼 밥 먹고 이게 뭐하는 겁니까, 길바닥에서? 배울 만큼 배운 분이……

아, 진짜 환장하겠네…… 이거 봐요, 내가 아까 얘기했잖아요? 우리 바닥이, 이게 그렇게 넓은 데가 아니라니깐요. 서울 시내, 아니, 경기도까지 통틀어서 백 톤짜리 크레인 굴리는 사무실이 몇 군데나 될 거 같아요? 그게 그렇게 많지가 않다니깐요? 거, 사무실도 뻔하고 기사도 뻔한데, 행여 당신이 이상한 맘 먹고 내 목소리 다른 곳에 내보내기라도 해봐요. 나, 이거 그만둬야 해요. 앞으로 크레인 레버 못 만진다고요, 알아요? 나, 엊그제 대출받아서 생애 최초로 아파트란 걸 사본 사람이에요. 거기 이자 못 내서 우리 애새끼들 길바닥에 나앉으면, 그러면 당신이 책임질 수 있어요? 뭐요? 아, 가능성이라는 게 있잖아요? 만에 하나라는 거! 경찰들은 뭐 가만있겠어요? 내가 막 용역하고 경찰들하고 그렇고 그렇다고 했는데…… 나, 그런 거 싫어요. 경찰들이라면 아주 딱 질색이라구요.

당신…… 당신 정말 소설 쓰는 사람 맞긴 맞아요? 근데 소설 쓰는 사람들은 원래 다 이렇게 비열해요? 뭐요? 내가 뭔 말을 심하게 했다고 그래요? 당신 하는 짓이 지금 그렇잖아요? 당신 같은 사람이 무슨 그런 얘길 쓴다고…… 뭐요? 내가 틀린 말 했어요? 아까는 나한테 뭐 죄책감을 느끼네 마네 떠들어대더니…… 당신은 그 얘길 왜 쓰려고 하는데? 당신은 죄책감을 느껴? 당신이 뭘 안다고? 당신이 뭘 쓸 수 있다고…… 똥폼은 젠장…… 어어? 이거 봐요! 가긴 어딜 가요? 가더라도 그거 지우고 가야지! 이거 봐요! 이거 봐!

아이 진짜…… 내가…… 힘을 안 쓰려…… 했는데…… 에헤, 진짜…… 바지 주머니에 넣으면…… 뭐…… 아, 아, 악…… 아…… 놔요…… 사람들이 다 보잖아요…… 힘…… 쓰지…… 말라고요…… 쪽팔리게 이게…… 이게…… 뭐하는…… 짓이냐구요…… 어허…… 만지긴 뭘 만져요…… 어허, 참…… 그러니까…… 먼저 놔요…… 먼저…… 놓으라니깐요…… 어허…… 이러다간…… 아, 아악! 손가락 다 나가요…… 아, 아, 아…… 그럼 셋 세고 같이 놉시다, 셋 세고 같이…… 알았어요, 알았어…… 하나…… 둘…… 아…… 이거 봐, 이거 봐…… 내가 이래서 못 믿는다니까…… 누가 먼저 그랬다고 그래요? 그쪽이 먼저 힘줬잖아요? 에헤, 참…… 아아, 아…… 이 사람이 진짜…… 아, 아, 어어…… 아! 아! 에잇 진짜!

3. 휘어진 붐대 — 그로부터 다시 삼십 분 후

저기, 그러지 말고 한잔해요. 이 술은 내가 살 테니까…… 거, 그래서 내가 처음부터 그냥 달라고 했잖아요…… 그거, 아이폰 맞죠? 아이, 이거 참…… 이거 액정도 다 나갔네…… 아작이 났네, 아작이…… 이봐요, 울어요 지금? 할부 때문에요? 얼마 안 됐어요? 아, 진짜 사람 난처하게 만드네…… 그러길래 왜 휴대폰으로 녹음을 하고 그래요, 휴대폰으론 전화를 해야지……

아, 그나저나 나도 내일 일 조졌네. 교량 상판 올리는 일인데 이거…… 에이, 까짓것, 그냥 마십시다. 뭐 어떻게든 되겠죠…… 통닭 한 마리 시킬까요? 힘 뺐더니 금방 배가 꺼졌네…… 아, 울지 마요. 다 큰 사람이 휴대폰 하나 때문에 울고 그래요…… 아, 알았어요, 알았어…… 할부 이십 개월…… 그래서 내가 술 산다니깐요.

섞어 마시려고요? 아, 난 이거 조금만 마셔도 확 가는데…… 내일 운전도 하려면 이거…… 에헤, 참. 천천히 마셔요, 천천히…… 너무 그러지 마요…… 입장 바꿔놓고 한번 생각해보라구요. 내가 괜히 그러는 게 아니고…… 아, 요즘 세상이 어떤 세상인데, 찜찜하고 켕기고 살벌하고…… 다른 게 무서운 게 아니고요, 밥벌이 떨어져나가는 거, 그게 제일 무섭잖아요? 이건 나만 죽는 게 아니니까…… 아, 내가 그래서 그러는 거지, 뭐…… 에헤, 참. 천천히 마시라니까…… 어어…… 어, 그건 사이다인데? 에헤, 그렇다고 또 뭘……

저기요…… 거, 아까 내가 한 말이요…… 어쩌면 그거 다 쓸데없는 얘기인지 몰라요. 그게 무슨 소설거리나 되겠어요? 아까, 아까 그래서 좀 당황했잖아요? 이게 뭐 사건도 있고, 스릴도 있고, 비밀도 있고, 그래야지 사람들이 읽을 텐데…… 이건 뭐 아무것도 없잖아요? 그렇다고 뻥뻥이 뻥순이 그놈들 얘기를 쓸 수도 없을 거고…… 다른 거 찾아봐요, 다른 거…… 이게 뭐 원래 현실은 좀 재미없잖아요? 쓸 만한 것도 없고…… 뭐요? 아 나, 이 기출이 새끼…… 뭔 뻥을 얼마나 쳤길래……

이거 봐요…… 아, 나 참…… 내가 이런 말까진 안 하려고 했는데요…… 그러니까 내가 아까 한 말 중에요…… 사실 좀 다르게 말한 것도 있긴 있어요…… 아니요, 아니요. 그날 일 말고……

그냥 내 얘기 중에서…… 아이, 이거 진짜…… 내가 남한테 이런 말까지 다 하게 되네…… 하, 참 나…… 아까요, 왜 거 내가 아버지하고 카고 몰던 시절 얘기한 적이 있잖아요. 거, 가평에서 여주까지 일 톤짜리 쌀가마니 옮겨준 일…… 그래요, 그거…… 그거 사실은…… 허허, 참…… 맞아요, 내가 빼돌린 거예요…… 아, 나 참, 이거 쪽팔려서…… 아니요…… 뭐, 그냥…… 놀고 싶고, 그런데 돈은 없고…… 뭐, 그래서 그런 거죠…… 친구랑 같이 클럽도 가보고 싶고, 양주도 한번 마셔보고 싶고…… 뭐 그런 거 있잖아요. 그 나이에 해보고 싶었던 거…… 그래서 친구 한 놈이랑 따로 트럭 한 대를 빌려서…… 그러니까 말이에요…… 그냥 농협 창고 사람들이 어수룩해 보여서 안 들킬 줄 알았지, 뭐예요…… 서류 같은 것도 남기는지 몰랐고…… 허허, 놀긴 뭘 놀아요. 그걸 친구랑 국도변에서 일일이 바가지로 사십 킬로그램짜리 가마니로 옮겨 담는데…… 아이, 참 그냥 노가다를 하고 말지, 뭐 그런 생각이 다 들더라구요…… 웃긴 건요…… 그걸 어디다가 내다팔지도 못했다는 거예요. 뭐, 쌀이면 금방 돈으로 바꿀 수 있을 거라고 생각했는데…… 에휴, 뭐 아는 데가 있어야죠. 친구랑 계속 생쌀 씹으면서 트럭 몰고 돌아다니다가 무슨 군부대던가, 거기 정문 옆에 몰래 두고 왔어요…… 어디 딱히 놔둘 곳도 없고, 트럭도 갖다줘야 해서…… 그러게 말이에요. 어디 고아원이나 갖다줄걸……

문제는요…… 우리 아버지가요…… 나한테 말은 안 하셨지만…… 그걸 다 눈감아줬다는 거예요…… 아버지도 당연히 이상하게 생각하셨겠죠. 뭔가 앞뒤도 안 맞고 시간도 안 맞고…… 한데도 끝까지 나한테 묻지 않으시더라구요…… 아, 씨발, 내가 이래서 말을 안 하려고 했는데…… 아니에요, 우는 거…… 아무 말도 묻지 않고 그냥 그쪽 사람들한테 돈 물어주고…… 그러곤 카고를 정리하시더라구요…… 내가 그때 알아봤죠. 아버지가 다 아시는구나, 알면서도 모른 척하시는구나, 그러니까 카고를 정리하시지…… 그렇지 않으면 카고를…… 우리 아버지가요…… 그러고 나서 사 년 후에 돌아가셨거든요…… 아니요, 원래 좀 지병이 있으셔서…… 그때까지도 그 얘긴 한 번도 꺼내시지 않더라구요…… 근데도 그 생각이 계속 나는 거예요…… 그냥 계속 카고를 몰았으면 어떻게 됐을까, 그렇게 매일 집안에만 틀어박혀 계시지 않았다면…… 어떻게 되셨을까…… 나 때문에 그렇게 되신 것만 같고…… 아, 씨발, 내가 진짜…… 쌀가마니 때문에……

아, 뭐 어때요? 이미 마시기 시작한 걸…… 통닭 잘 먹네요? 한 마리 더 시킬까요? 아니, 난 자꾸 뭘 더 시켜놓는 버릇이 있어서…… 에이, 괜찮아요. 이미 좀 취했는걸요, 뭐…… 내가 이게 진짜 오랜만에 마시는 술이거든요. 아파트 이자 때문에, 씨발 술도 제대로 못 마시고……

더 웃긴 것도 하나 얘기해줄까요? 사실은요…… 하나 더 있어요…… 아니, 아니, 아까 좀 다르게 말한 거…… 쌀가마니 말고 또다른 거…… 에이, 그건 아니라니까…… 그날 말고…… 내 얘기 말이에요, 내 얘기…… 아, 내가 용산에 대해서 뭘 알아요? 그런 건 난 모르고…… 내 얘기…… 아, 진짜 내가 오늘 왜 이러냐, 이러면 안 되는데……

그러니까 그…… 자동차 영업맨 시절 말이에요…… 네, 맞아요…… 그때도 내가 좀 다르게 말한 게 있어요…… 아니, 아니, 이건 뭐 그냥 들으라고 하는 소리가 아니라…… 내가 마음에 계속 남아서…… 하하, 그래요, 그 오이비누…… 그 오이비누가 문제지요…… 사실은요, 그 오이비누를 쑥스러워서 못 돌린 게 아니고요…… 내가 그때 막 영업소에서 잘려서…… 그래서 못 돌린 거예요…… 아니에요, 그런 거…… 실적은 안 좋았지만 뭐 그렇다고 막 잘리는 그런 분위기는 아니었는데…… 또 나도 잘해보려고, 그래서 오이비누도 잔뜩 산 건데…… 그때 좀 문제가 생겼거든요…… 그즈음에 우리 애들이 막 태어났는데…… 얘네들이 그만 채 삼십이 주를 못 채우고 태어난 거예요. 이 킬로그램도 안 되는 몸으로 세상에 나온 건데…… 그러니 어떡해요, 바로 인큐베이터로 들어가야지…… 한데, 요즘도 그러는지 몰라? 그땐 인큐베이터에 들어가려면 따로 입원비라는 것을 받았거든요. 퇴원할 때까지 미리 예상해서 얼마, 이런 식으로…… 아, 물론 내가 바로 전셋집을 빼려고 그랬죠…… 하지만 그게 시간이 좀 걸리잖아요. 집 내놓고 계약하고 뭐 그런 시간…… 그걸 좀 기다렸어야 하는데…… 기다릴 시간은 없고, 마음은 바쁘고…… 그러다가…… 그러다가 내가 그만 고객 돈을 건드리고 만 거예요…… 그렇죠. 회사로 들어갈 돈을 내가 내 계좌로 돌린 다음에…… 그렇게 쓴 거죠…… 우린 중고차도 처리해야 하고, 우리 인센티브로 할인도 더 해주고, 그런 게 있었거든요…… 그래서 종종 고객들 대금을 우리 계좌로 넣기도 하는데…… 그걸 건드린 거죠…… 며칠만 먼저 쓰고 채우자, 한 건데…… 곧장 채우질 못하고…… 사실, 이건 애들 엄마도 모르는 건데…… 나중에 그거 때문에 내가 경찰서 유치장에서 며칠 보내기도 했어요…… 대리점에서 형사 고발이 들어가서…… 아, 아니에요. 금방 나왔어요…… 거 왜 곳감 돌린다는 선배 있잖아요? 그 선배가 돈을 좀 융통해줘서…… 그렇죠, 진짜 고마운 선배죠…… 그 선배 아니었으면 운명이 바뀌었을 테니까…… 그러고 나서 집에 돌아와보니까 진짜 남은 건 오이비누밖에 없더라구요…… 내가 씨발, 그걸 집집마다 돌아다니면서 팔 생각까지 했다니깐요…… 그걸 들고 아파트 단지 앞까지 갔다가…… 그냥 몇 번을 돌아오고, 몇 번을 돌아오고…… 에휴, 씨발 오이비누……

아, 진짜 구질구질하다, 그렇죠?

4. 우리는 왜 만났을까 — 그로부터 다시 두 시간 후

이봐요? 눈 좀 떠봐요. 취했어요? 아니, 아니, 계속 눈을 감고 있길래…… 나, 누군지 알겠어요? 아이 참…… 이거 어떡하냐…… 나도 좀 취했는데…… 아이 씨, 내가 오늘도 꼬박 열두 시간을 운전석에만 앉아 있다가 왔는데…… 내가 지금 이게 뭐하는 건지도 모르겠고…… 당신한테 왜 이러는지도 모르겠고……

저기요…… 나, 근데 아까부터 진짜 궁금한 게 하나 있었어요…… 아니, 아니, 다른 게 아니고…… 거 용산에서 일어난 그거 말이에요…… 지금 형씨가 그걸 쓰겠다고 이러는 거 아니에요…… 그거 때문에 우리가 그 난리를 쳤고…… 한데요…… 그걸 쓰려고 하는 사람이…… 하필 왜 나를 찾아왔어요? 기출이 그 새끼한테 다 듣고서도, 그러고서도 나를 찾아온 거잖아요? 그러니까, 난 그게 진짜 이상하다는 거예요…… 거기 있었던 사람들을 만났어야지, 거기에 갔던 크레인 기사를 만났어야지, 왜 나를 찾아왔냐…… 나는 그게 진짜 궁금한 거예요…… 그게 정상 아니에요? 거기에 갔던 크레인 기사를 만나는 게? 아니에요? 내가 소설을 잘 몰라서 그러는 거예요? 아이, 씨발, 그게 맞는 거 아닌가? 난 이게 뭐…… 할말도 없고…… 그러니까 자꾸 구질구질한 이야기나 하게 되고……

말해봐요…… 아, 왜 자꾸 사람 말을 듣고도 눈만 감고 있어요? 내 말이 틀렸어요? 형씨도…… 그러니까 형씨도 나랑 비슷한 거 아니냐구요. 안타까운 건 안타까운 거고, 무서운 건 무서운 거 아니냐구요. 네? 내 말이 틀렸어요? 아, 나 참, 이 사람…… 아, 씨발 울지 좀 말고! 내가 그 아이폰 물어준다니까! 그게 맞죠? 그래서 나를 찾아온 거죠?

권순찬과 착한 사람들

내가 그 이상한 남자를 처음 만난 것은 지난해 여름, 그러니까 마른장마가 이 주 이상 계속되고 있던 7월 초순의 목요일 자정 무렵이었다.

장마 따위는 다 죽어버리라지.

나는 그날 밤도 살고 있던 아파트 단지 정문 옆 작은 호프집에 앉아 혼잣말을 내뱉었다가 또 버릇처럼 머리카락을 쓸어올렸다가 하면서 소주 탄 생맥주를 야금야금 마셔대고 있었다. 호프집 창문 밖으론 사우나 불빛을 닮은 가로등이 하나 서 있었고, 비어 있는 공중전화 부스와 어둠에 잠겨 있는 도로 건너편 야산도 한눈에 들어왔다. 거리엔 지나다니는 사람 한 명 보이질 않았고, 테이블 네 개가 전부인 호프집엔 사십대 중반의 여주인과 나, 그렇게 단둘뿐이었다. 벽에 매달린 선풍기가 파닥거리며 내 쪽으로 고개를 돌릴 때마다 머리는 점점 더 아래쪽으로 수그러졌고, 얼굴은 불콰하게 변해갔다.

그즈음 나는 알 수 없는 무력증에 빠져 일 년 넘게 소설 한 편, 에세이 한 꼭지 쓰지 못하고 있는 처지였다. 그건 나로서는 생경한 경험이었는데, 이상하게도 화난 사람처럼 자꾸 주먹을 움켜쥐었고, 혼자 있을 땐 책상 귀퉁이나 의자 팔걸이를 주먹으로 툭툭 내리쳤으며, 그러다보면 실제로 화가 났다. 나는 내가 왜 화가 나는지도 알 수 없었고, 그래서 화가 난 것을 주위 사람들에게 들키지 않으려고 자주 숨을 길게 들이마신 후 그대로 멈춰 있는 일을 반복했다. 그렇게 하루를 지내다가 집으로 돌아오면 온몸에서 열이 오르고 팔꿈치와 종아리가 아팠다. 그 상태에서 또 무언가 써보겠다고 한글 파일을 열면 깜빡이는 커서가 화면 아래로, 모니터 밖 방바닥으로 뚝뚝, 떨어지는 것만 같은 착시가 일었다. 나는 관절이 아예 없는 고무 인형처럼 의자에 널브러져 있다가 그대로 잠이 들곤 했다.

딱 한 번 화를 내는 것을 남에게 들켜버린 적이 있긴 있었다. 나는 팔 년째 G시에 있는 한 대학교에서 선생으로 일하고 있었다. 칠 년째 되는 해엔 동기 교수들과 함께 부교수로 승진을 했고, 학과 강의 말고도 학교 내 이런저런 위원회와 TF팀, 교수협의회와 학생상담센터 운영위원 같은 일도 함께 하고 있었다. 그건 뭐 내 또래 교수들이라면 대다수가 엇비슷하게 맡고 있는 일들이어서 별다른 불만은 없었다. 내가 지금 뭘 하고 있는 거지, 생각하면서도 엑셀 파일에 최근 삼 년간 도서 구입비 증감 현황이나 전임교원 강의 담당 비율 같은 것들을 표로 작성했다. 그렇게 한참 동안 엑셀에 숫자를 기입하다보면 내가 지금 뭘 하고 있는 거지, 따위의 생각들은 잊을 수 있었다. 온전히 숫자에 몰입할 수 있었다.

회의가 많다보니 그만큼 회식도 잦았는데, 그날이 그랬다. 교육부에서 시행하는 무슨무슨 사업에 신청서를 내기 위해서 회의와 서류 검토가 방학 내내 이어지던 시기였다. 도시락을 먹으면서 밤 열시까지 회의를 하고 나서려던 순간, 교무부처장이 내 팔을 슬쩍 잡았다. 이선생, 한잔하고 가야지? 집에 가면 누가 있다고? 나는 순순히 교무부처장에게 고개를 끄덕여주었다. 나 말고도 젊은 교수 두 명이 더 교무부처장의 일행이 되었는데, 학교 근처 꼬치어묵집 앞에서 문제가 생겼다. 여기로 가지. 교무부처장이 다시 내 오른팔을 쓱 잡아당기며 말했다. 그 순간 내가 왜 그랬을까? 나는 그 자리에 우뚝 멈춰 선 채 교무부처장에게 잡힌 내 팔꿈치를 내려다보았다. 이렇게 잡아당기지 좀 마요. 내 목소리는 낮았고, 날이 서 있었다. 교무부처장과 다른 교수들이 어리둥절한 얼굴로 나를 바라보았다. 나는 멈추고 싶었으나, 그게 잘 되지 않았다. 이렇게 사람 좀 잡아당기지 말라고! 말로 하면 되지 왜 이렇게 잡아당겨! 나는 교무부처장의 팔을 뿌리치고 성큼성큼 도로에 정차해 있던 택시를 잡아탔다. 택시 룸미러를 통해 굳은 듯 그대로 서 있는 교무부처장과 다른 교수들의 모습이 보였으나, 나는 택시를 멈추지 않았다. 주먹을 쥔 채 택시 시트를 반복적으로 툭툭 내리쳤을 뿐이다. 그러곤 집으로 돌아와 또다시 고무 인형처럼 의자에 앉아 있다가…… 나는 교무부처장에게 미안하다고, 몸이 좋지 않아서 신경이 날카로워진 거 같다고, 죄송하다고, 문자를 보냈다. 교무부처장은 바로 답 문자를 보내왔다. 이선생, 글쓰는 사람이라는 걸 내가 잠깐 잊었네요. 난, 다 이해합니다. 그럴 수도 있지요. 신경쓰지 마세요.

G시에서 내가 살고 있는 곳은 학교에서 차로 이십 분 정도 떨어진, 지은 지 이십오 년이 넘은 국도변 아파트였다. 큰방과 작은방이 있고 거실은 없는, 전 세대 동일하게 십삼 평형으로 지어진 복도식 아파트였다. 시 경계 지역에 있고, 버스도 한 시간에 한 대꼴로 다니고, 변변한 교육 시설이나 상업 시설이 없어 아파트 시세는 다른 곳에 비해 놀랄 만큼 쌌지만, 전체 백오십 세대 중 비어 있는 곳이 삼십 세대가 넘는다는 말을 듣기도 했다. 실제로 아파트 정문 옆 단층짜리 작은 상가를 제외하곤 주변에 다른 건물은 없었다. 작은 상가 건너편은 야산이었고, 야산을 지나면 비닐하우

스 단지와 공장단지가 나왔다. 아파트에 사는 사람들 가운데 노인 수가 압도적으로 많았으며, 주차장에는 주로 낡은 트럭이나 택시, 오토바이 등이 세워져 있었다.

나는 그 아파트에 혼자 세 들어 살았다. 아내와 아이들은 서울에서 지냈다. 처음 G시에 내려올 때부터 그랬으니 어느새 팔 년이 흐른 것이었다. 이 주나 삼 주에 한 번꼴로 서울에 올라가 아내와 아이들을 만나고 프랜차이즈 뷔페나 대게 전문점에서 외식을 하는 것, 그러다가 다시 일요일 오후에 아내가 싸준 밑반찬이나 속옷, 비타민 등을 챙겨 G시의 낡고 가난한 아파트로 돌아오는 것, 알 수 없는 무력증에 빠진 이후에도 나는 꼬박꼬박 그 일을 거르지 않았다. G시에서 서울로 올라가는 고속버스 안에서는 애꿎은 가족에게 화를 내지 말자고 계속 혼잣말을 했고, 다시 G시로 돌아오는 고속버스 안에서는 애꿎은 가족을 향해 속엣말로 마구 화를 냈다. 주먹으로 버스 좌석 팔걸이를 툭툭 내리치면서까지 화를 냈다.

나는 왜 자꾸 애꿎은 사람들에게 화를 내는가? 나는 왜 자꾸 애꿎은 사람들에게 화를 내려 하는가? G시의 작은 아파트 책상 앞에 앉아 나는 자주 그런 생각을 했고, 그러다가 아파트 정문 옆 작은 상가에 있는 호프집으로 나가 술을 마시는 날들이 늘어갔다. 호프집 여주인은 내가 갈 때마다 말하지 않아도 오백 시시 생맥주 한 잔과 소주 한 병을 내왔고, 거기에 다시 천 시시짜리 빈 맥주잔을 내주었다. 나는 천 시시짜리 빈 맥주잔에 맥주와 소주를 섞어 마셨다. 혼자 그걸 다 마시고 나면 적당한 취기가 올랐고, 그러면 아무에게도 화를 내지 않은 상태에서, 한글 파일을 열지 않은 상태로, 잠이 들 수 있었다. 그러니까 내가 그 이상한 남자를 만난 것은 바로 그런 나날 중 하루였던 것이다.

몸을 조금 비틀거리면서 화장실을 다녀오니 호프집 창가 바로 앞 테이블에 못 보던 남자 한 명이 앉아 있었다. 팔 년째 살고 있는 덕분인지 몰라도 나는 아파트에 거주하고 있는 대부분의 사람을 알고 있었다. 이름이나 직업까진 몰라도 얼굴은 모두 눈에 익었다. 나는 그 호프집에서 전직 구청 공무원인 육십대 중반의 입주민 대표와도 술을 마신 적이 있었고, 관리소장과 경비 용역업체 사장과도 눈인사를 나눈 적이 있었다. 호프집 오른편 '참좋은 마트' 사장과는 비치파라솔 아래에 앉아 담배를 나눠 피운 적이 있었고, 딸기 비닐하우스 단지에서 일하는 402호 남자와는 호프집 왼편 '란 헤어센스'에서 함께 머리를 자른 적이 있었다. 그들은 하나같이 내게 친절했고, 무리한 부탁을 한 적이 없었으며, 모두 나를 '교수님'이라고 불러주었다.

그러니까 그 남자는 아파트 입주민이 아닌 것이 확실했다. 나는 자리에 앉으면서 호프집 여주인을 향해 입 모양만으로 '누구?'라고 물었지만, 그녀는 어깨를 짧게 한 번 으쓱하고 말았을 뿐이다. 나는 다시 맥주잔에 담긴 술을 마시면서 남자의 뒷모습과, 창가에 비친 남자의 얼굴을 간간이 훔쳐보았다. 파마를 한 것인지 원래 곱슬머리인지 알 수 없는 부스스한 머리칼과 툭 불거져나온 광대뼈, 거기에 계절에 맞지 않는 검은색 양복까지. 머리가 유달리 커 보인다고 생각했지만, 자세히 보니 그건 어깨가 지나치게 좁고 굽은 탓이었다. 호프집 조명 때문인지 취기 때문인지 몰라도, 내게 등을 보인 채 조용히 생맥주를 마시고 있는 남자는 그냥 좀 흐릿해 보였다. 이런 표현을 쓰긴 뭐하지만…… 남자를 보며 당시 내 머릿속에 떠오른 이미지는 '먼지 뭉치'였다. 오랫동안 청소를 하지 않아 방구석에 머리카락과 함께 둥글게 부풀어오른 '먼지 뭉치'. 실이라도 뽑아낼 수 있을 것만 같은 '먼지 뭉치'. 나는 그게 좀 이상했다. 왜 사람이 사람으로 보이지 않고 유리창에 덧댄 패널처럼, 힘없이 흩날리는 눈송이처럼 보이는 걸까? 저 남자의 무엇이 그런 것들을 떠올리게 만드는 것일까?

그러거나 말거나 나는 다시 고개를 숙인 채 남은 술을 다 마셨고, 얼마 지나지 않아 계산을 마치고 호프집 밖으로 빠져나왔다. 잠깐, 호프집 여주인이 걱정되었지만, 별 위험은 없어 보였다. 카드 전표에 사인을 하면서 또 한번 슬쩍 바라본 남자의 얼굴은 왠지 겁을 잔뜩 집어먹은 듯한 표정이었다. 무언가 어떤 대상을 겁내는 것이 아닌, 아예 그 상태 자체가 표정이 되어버린 듯한 얼굴. 그래서였는지 몰라도 나는 호프집 밖으로 나오는 순간 쉽게 그 남자를 잊었고, 그 남자 발치에 놓여 있던 커다란 여행용 배낭 또한 미처 보지 못했다. 그리고 후에 내가 그 남자의 멱살을 잡고 흔들면서 화를 내게 될 것이라는 사실 또한 전혀 예상하지 못했다. 하긴, 내가 그걸 어찌 예상할 수 있단 말인가. 흩날리는 눈송이를 손아귀에 움켜쥔 채 화를 내게 될지, 그 누가 예상할 수 있단 말인가.

그것이 나와 권순찬씨의 첫 만남이었다.

*

다음날 오전, 나는 차를 몰고 출근을 하다가 다시 그 남자를 만났다. 단지 정문 출입구 옆 버스 정류장에 나와 있는 사람들이 일제히 도로 건너편 야산이 시작되는 철조망 부근 쪽으로 몸을 돌린 채 서 있는 것이 보였다. 정문 경비도 밖으로 나와 팔짱을 낀 채 그쪽을 향해 돌아서 있었다. 뭐지? 나는 차 속도를 천천히 줄이면서 유리창을 내렸다. 후끈한 7월의 공기가 차 안으로 훅 밀려들어왔다. 공장단지에서 나는 비릿한 사료 냄새도 함께 섞여 들어왔다.

거기, 야산이 시작되는 버려진 땅 앞에는 소나무가 두 그루 있었는데, 그 나무들을 기둥 삼아 파란 천막이 지붕처럼 펼쳐져 있었다. 그리고 그 아래 한 남자가 돗자리를 편 채 가만히 앉아 있었다. 남자는 대자보 두 장을 합판에 붙여 들고 있었는데, 한 장은 글씨가 너무 작아 잘 보이지 않았지만, 나머지 한 장은 똑똑히 읽을 수가 있었다.

103동 502호 김석만씨는 내가 입금한 돈 칠백만원을 돌려주시오!

붉은색 매직펜으로 큼지막하게 쓰인 그 글씨들을 읽고 나는 남자의 얼굴을 다시 한번 바라보았다. 분명 어젯밤 호프집에서 만난 그 남자가 맞았다. 부스스한 머리칼도, 검은색 양복도 그대로였다. 남자는 사람들을 향해 대자보를 높이 쳐들지도 않았고, 아파트 쪽도 쳐다보지 않은 채, 그저 가만히 고개를 숙인 상태로 앉아만 있었다. 돗자리 끝부분엔 남자의 것으로 보이는 감색 운동화 한 켤레가 가지런히 놓여 있었다.

나는 창문을 올리고 다시 차를 움직였다. 정문 경비가 내 차를 보자 인사를 했고, 나도 꾸벅 고개를 숙였다. 망신을 주려고 온 사람이었구나. 나는 핸들을 돌리면서 그렇게 생각했다. 뭐야, 그럼 어젯밤부터 저기에 저러고 앉아 있었다는 건가? 502호? 502호에 누가 살지? 저런다고 소용이 있을까? 직접 찾아가서 담판을 내야지. 나는 속도를 높이면서 그런 생각들을 하다가 이내 다시 그날 작성해야 할 서류들과 학과 취업률 따위들을 떠올렸다. 칠백만원이든 천칠백만원이든 남과 남 사이에 벌어진 일이었다. 내가 참견할 만한 일도 아니고, 참견할 수도 없는 일이었다. 그저 누군지 모를 사람의 망신을 한 번 보았을 뿐. 저러다가 금세 말겠지. 나는 그렇게 생각했다. 나는 학교에 도착한 후 인터넷으로 죽은 아이의 아빠가 단식을 시작했다는 기사와, 교육부에서 대학의 구조조정 로드맵을 발표했다는 기사를 차례로 읽었고, 교무처와 인재개발원 팀장들과 길게 통화를 했다. 그러다보니 어느 순간 점심시간이 되었고, 자연스레 아침에 보았던 남자를 잊을 수 있었다.

그러나 저러다가 말겠지, 했던 남자는 내 예상과는 다르게 몇날 며칠 그 자리에 계속 앉아 있었다. 그사이 파란 천막 모서리에는 커튼처럼 얇은 비닐이 사면으로 매달렸고, 돗자리 위에는 스티로폼 두 장이 새로 깔렸다. 밤이 되면 비닐을 내리고, 스티로폼 위에 침낭을 깔고 자는 모양이었다. 그리고 다시 아침이 되면 비닐을 둘둘 말아올린 후, 합판에 붙인 대자보를 자신의 무릎 앞에 세웠다. 남자는 여전히 말이 없었고, 아파트 단지 안으로 들어오는 일도 없었으며, 아파트로 들어가는 사람들을 붙잡고 말을 거는 일도 없었다. 그는 그저 고요하게 거기에 앉아 있을 뿐이었다.

그 며칠 사이 나는 '참좋은 마트' 사장에게서 남자에 대한 사정을 좀더 자세히 듣게 되었다. 그게요, 사정이 좀 딱하게 됐더라구요. '참좋은 마트' 사장은 나를 비치파라솔 의자에 앉힌 후 음료수 한 병을 따주면서 말을 이었다. 저 사람이 어린 시절부터 부모 떠나서 어렵게 지낸 모양인데, 아, 얼마 전까지는 인천에 있는 무슨 세차장에서 일을 했다고 하더라구요. 한데, 저 사람 어머니라는 분이 몇 달 전에 갑자기 찾아와서는 자기가 빚을 졌으니 조금 도와달라고 하면서 계좌번호를 놓고 간 모양이에요. 알고 봤더니 이 사람 어머니라는 분이 사채를 쓴 모양인데…… 추어탕집 주방에서 일했다나 어쨌다나. 뭐 아무튼 거기에서 일하다가 관절염 때문에 그만두고 철없이 사채를 썼나봐요. 처음에 이백만원을 빌린 게 금세 사백만원이 되고 육백만원이 되고 칠백만원까지 된 모양이에요. 그러니 덜컥 겁이 났겠죠. 그래서 할 수 없이 오래전부터 왕래가 없던 아들을 찾아간 모양인데…… 남자도 선뜻 돈을 보내진 못한 모양이에요. 당장 그만한 돈을 마련하기도 어려웠겠지만, 뭐 안 봐도 뻔한 거 아니겠어요? 거 왜 섭섭하고, 원망 같은 게 없었겠어요? 딱 봐도 해준 것도 없는 어머니 같은데, 갑자기 찾아와서 도와달라고 하니…… 아무튼 그래도 이 사람이 몇 달 뒤에 그 계좌로 돈을 넣은 모양이에요. 군소리 없이 칠백만원 전부.

'참좋은 마트' 사장은 그 대목에서 잠시 말을 끊었다. 언제부터인가 '란 헤어센스' 여사장도 우리 옆에 와서 자리를 잡고 앉아 있었다. 매미가 울고, 날파리가 많은 여름 저녁이었다.

한데, 여기서부터가 더 안타까운 얘기인데…… 그사이에 저 사람 어머니도 그 돈을 갚았다는 거예요. 살고 있던 방 보증금도 빼고 여기저기 아는 사람들한테 조금씩 융통도 하고…… 그리고 그 돈을 갚고 얼마 뒤에 바로 돌아가셨대요. 저 사람이 말은 안 하는데 아마도 스스로 목숨을 놓은 모양인데⋯⋯ 그러니까 결과적으로 사채업자에게 돈이 두 번 들어간 거죠. 저 사람이 한 번, 저 사람 어머니가 한 번⋯⋯ 저 사람, 얼마 전 어머니 장례를 뒤늦게 치르고 곧장 여기로 내려온 모양이에요.

그걸 저 남자가 다 얘기했어요?

나는 도로 건너편 남자를 슬쩍 바라보며 '참좋은 마트' 사장에게 물었다.

뭐 대충 그랬다나봐요. 여기 사는 어르신들이 한 분 두 분 지나다니면서 말을 걸고 말을 들어보니 대강 그런 사연이더래요.

그런데 김석만이 누구지? 502호? 502호에 그런 사람이 살았나?

'란 헤어센스' 여사장이 물었다.

있긴 누가 있어? 우리 아파트에 사채업 하는 사람이 어디 있다고. 왜 거 유모차 할머니 있잖아⋯⋯ 그 할머니 아들이래. 그 아들이 주소지를 여기로 올려놨다나봐.

유모차 할머니라면 나도 얼굴을 알고 있었다. 새벽, 신문이 올 시간이면 어김없이 유모차에 의지해 공장단지로 폐지를 주우러 가는 할머니. 눈썹 끝에서부터 귓불 근처까지 검버섯이 피어 있는 할머니. 유모차 없이는 제대로 걷지도 못하는 뚱뚱한 할머니.

아니, 그러면 그 할머니 통해서 연락하면 되잖아? 아무리 사채업자라도 돈이 두 번 들어간 거까지 나 몰라라 하진 않을 거 아니야?

'란 헤어센스' 여사장 말에 '참좋은 마트' 사장이 담배를 꺼내 물면서 대답했다.

관리소장 말이 할머니도 아들 연락처를 모른대요. 한 사 년 전인가, 설날에 잠깐 얼굴을 비친 이후론 코빼기도 안 보였대요. 뭐 교도소에 갔다는 말도 있고, 경찰에 쫓기는 중이라는 말도 있고…… 아이고, 그러니까 더 안타깝다는 거 아니에요. 저 남자도 안됐고, 유모차 할머니도 불쌍하고…… 이 할머니가 저 남자 저러고 있는 뒤부터는 밖으로 나오지도 않아요. 폐지 안 주우면 제대로 살 수도 없는 할머니가……

나는 '참좋은 마트' 사장 말을 다 들은 후에도 별다른 반응을 보이지 않았다. 담배 필터를 몇 번 툭툭 비치파라솔 탁자 위에 두들기다가 슬그머니 비닐봉지에 담긴 생수와 치약을 들고 집으로 돌아왔다. 집으로 돌아와서는 라면을 끓여 먹었고, 신문을 펼쳐놓고 발톱을 깎았으며, 서울에 있는 아이들과 짧게 통화를 하기도 했다. 날이 너무 무더워 에어컨을 켤까 하다가 그냥 샤워를 했다. 샤워를 하면서 나는 남자 생각을 했다. 양복 재킷이라도 좀 벗고 있지. 이제 다 아니까 그거라도 좀 벗고 있지. 나는 머리에 샴푸 거품을 내면서 그렇게 중얼거렸다. 남자는 어머니 대신 칠백만원을 보내기까지 어떤 시간을 보냈을까? 돈을 보낸 뒤에는 왜 바로 어머니한테 연락을 하지 않았던 것일까? 나는 남자가 돈보다는 자신에게 느닷없이 찾아온 죄책감을 어쩌지 못해 저러고 있는 것이라고, 어쩔 수 없는 것이라고, 저러고 있는 시간을 보낼 수밖에 없는 것이라고 생각했다.

샤워를 마친 후, 나는 다시 한글 파일을 열어놓고 컴퓨터 책상 앞에 앉아 있다가 채 삼십 분도 지나지 않아 슬리퍼를 끌고 어기적어기적 호프집으로 걸어나갔다. 남자는 계속 거기에 앉아 있었지만, 나는 가급적 그쪽을 바라보지 않으려고 노력했다. 타닥타닥. '참좋은 마트' 차양 아래 설치해놓은 형광색 해충 퇴치기에서 요란한 소리가 들려왔다. 장마 없는 여름밤은 무덥기만 했다.

*

7월이 다 가고 8월 중순에 이를 때까지도 남자는 계속 그 자리를 지키고 앉아 있었다. 그사이 양복을 벗고 흰 면티와 베이지색 칠부바지로 갈아입었다는 것이 그나마 남자의 달라진 점이라면 달라진 점이었다. 남자는 중간중간 딸기 비닐하우스 단지 근처에 있는 약수터까지 물을 길으러 가기도 했으며, 때가 되면 아파트 단지를 등지고 앉아 휴대용 가스버너로 밥이나 라면을 끓여 먹기도 했다. 그러고 나선 다시 아파트 단지를 향해 대자보 판을 들고 앉아 있었다. 남자의 얼굴은 조금 까무잡잡하게 변했고, 그래서 그런지 광대뼈는 더 도드라져 보였다.

광복절 다음날이었던가, 아침에 나가보니 남자도, 천막도 사라지고 없었다. 그래서 나는 아, 이제 다 끝났구나, 남자도 지쳤구나, 생각했다. 하지만 오후에 담배를 사러 나가다보니 다시 천막이 쳐져 있고 남자가 앉아 있는 것이 눈에 들어왔다. 저 양반 취직도 했대요. '참좋은 마트' 사장이 턱으로 남자를 가리키며 말했다. 우리 단지에 사는 경비 용역업체 사장이 저쪽 봉선동 아파트 지하주차장 청소 일을 소개시켜주었다나봐요. 월수금 오전에만 일하고 한 달에 오십만원씩 받는 조건으로. 나는 그래요? 잘됐네요, 라고 짧게 대답했다. 한데, 저 양반 웃긴 게, 출근할 때마다 저 천막 다 걷고 나갔다가 돌아와서 다시 치고 그러는 거 있죠. 이사 갔다가 들어오고, 다시 이사 갔다가 들어오는 사람처럼. 나는 말없이 고개를 끄덕거려주었다. 스티로폼은요? 그건 갖고 나가기가 힘들 텐데. 그건 저기 경비 아저씨한테 맡기는 모양이에요. 저 아저씨가 김치도 몇 번 갖다주더라구요.

한번은 호프집에 나갔다가 아파트 입주민 대표와 경비 용역업체 사장, 관리소장과 함께 앉아 있는 그를 보기도 했다. 사람들은 내가 호프집에 들어서는 것을 보자 인사를 건넸고, 교수님도 이쪽에 같이 앉으시죠, 라고 권하기도 했다. 나는 그들에게 살짝 고개를 숙이고 그냥 그들 뒤 테이블에 앉았다. 호프집 여주인은 바로 생맥주와 소주를 내왔다.

권순찬씨, 우리가 다른 뜻 때문에 이러는 건 절대 아니에요. 그러니까 오해하지 말아주었으면 좋겠어요. 여기 있는 사람들 다 같은 마음입니다.

입주민 대표의 굵고 낮은 목소리는 얇은 나무판으로 만든 테이블 칸막이 너머로 선명하게 들려왔다. 그래서 나는 남자의 이름이 권순찬이라는 것을 비로소 알게 되었다.

권순찬씨 사정 딱한 것도 잘 알고요, 뜻도 잘 알겠어요. 한데 여기서 이런다고 해결되는 건 없잖아요?

이미 알고 있겠지만 502호엔 그 사람이 안 살아요. 불쌍한 할머니 한 분만 사시지.

입주민 대표와 경비 용역업체 사장, 관리소장이 돌아가면서 말을 했지만, 남자는 묵묵부답이었다. 호프집 여주인이 무언극 배우처럼 남자 쪽을 가리키며 가슴을 팡팡 치는 시늉을 해서 나는 씨익, 한번 웃어주었다.

그쪽 관리소장이 권순찬씨 칭찬을 많이 하더라구요. 성실하고 청소도 아주 잘한다고.

권순찬씨 때문에 우리가 불편한 건 전혀 없어요. 권순찬씨가 우리에게 피해를 입히는 건 아무것도 없으니까요. 이건 진짜 순수하게 권순찬씨 개인을 위해서 드리는 말이에요.

입주민 대표는 그러면서 남자에게 자신이 책임지고 김석만이라는 사람이 나타나면 꼭 연락을 주겠다고, 그것도 안심이 안 되면 자신의 연락처를 적어가도 좋다고, 그러니 거기에서 그러지 말고 거처를 구하거나 인천으로 돌아가는 게 어떻겠냐고 말했다.

여기 사는 사람들이 다 형편이 뻔하고 어려운데…… 그래도 다 착한 사람들이에요. 저쪽 102동 203호에 혼자 사는 할아버지가 한 분 계신데, 정 그러면 당분간 당신 작은방을 내줄 테니 거기에서 지내도 좋다고, 젊은 사람이라도 한데에서 자면 큰일난다고 꼭 전해달래요. 여기 사는 사람들 다 같은 마음이라니깐요.

나는 더이상 술을 마시면서 그 자리에 앉아 있으면 안 될 것 같은 기분이 들었다. 그 남자 때문이 아니고 입주민 대표나 관리소장, 경비 용역업체 사장 때문에 그랬다. 지갑을 챙겨 일어서는데 관리소장이 나를 보고 말을 걸었다.

교수님도 한말씀해주시죠.

나는 어정쩡하게 테이블 앞에 선 채 제가 무슨…… 하면서 뒤통수를 긁적거렸다. 그 순간 짧게 그 남자, 권순찬이라는 사람과 눈이 마주쳤다. 그는 마치 죄를 지은 사람처럼, 그러나 자신이 지은 죄가 무엇인지 모르는 사람처럼, 두 눈을 끔벅거리면서 관리소장 옆에 앉아 있었다. 나는 정말 할말이 없었다. 내 말보다 입주민 대표나 관리소장, 경비 용역업체 사장의 말이 그에게 더 도움이 될 것 같았다. 나 또한 그를 안타깝게 생각하긴 했지만, 그렇다고 아파트의 작은방을 내주거나 일자리를 알아봐줄 만큼 성의를 갖고 있지는 않았다. 안타깝지만 성가신 것. 그것이 그때 내 솔직한 마음이었다. 나는 그들에게 다시 한번 고개를 숙이곤 호프집을 빠져나왔다.

*

안 써도 좋고 쓴다 해도 그만인 그와의 일화 하나를 여기에 적어놓자면…… 이학기가 시작되고 얼마 지나지 않아서인가 권순찬 씨와 나, 단둘이서 호프집에 앉아 술을 마신 적이 딱 한 번 있었다.

학생들과 술을 마신 후 택시를 타고 돌아왔는데, 아파트 단지 정문을 막 들어서려던 나를 그가 불러 세웠다.

저기…… 교수님이시죠?

그는 맨발에 운동화를 신은 채 도로를 뛰어 건너왔다. 평상시 앉아 있는 것만 봐서 잘 몰랐는데, 그는 오른쪽 다리를 조금 절었다. 손에는 A4 용지 두 장이 들려 있었다.

죄송한데…… 이것 좀 봐주시면 안 될까요……

남자는 내게 종이를 내밀면서 말했다. 남자의 목소리는 얇은 철삿줄이 울리는 것처럼 여렸고, 몸에선 쉰내가 났다. 종이엔 남자가 대자보에 옮겨 쓸 내용이 적혀 있었다. 2014년 6월 3일 하나은행 권순찬 계좌로부터 일금 칠백만원을 국민은행 김석만 명의 계좌로 이체하였고, 다시 6월 25일 권순찬의 모친 김복순의 농협 계좌로부터 일금 칠백만원이 국민은행 김석만 계좌로 또 한번 입금……

나는 종이에 적힌 문장들을 가로등 불빛에 의지해 읽어나가다가 말고 남자에게 물었다.

한데, 이걸 왜 저에게……?

저기…… 맞춤법 좀 봐주셨으면 해서요…… 이게 틀린 게 없이 정확해야 하거든요……

나는 말없이 남자의 얼굴을 바라보다가 그를 데리고 호프집으로 들어갔다. 그러고는 가방에서 빨간색 플러스펜을 꺼내 남자의 문장을 하나하나 고쳐주었다. 취기가 조금 올랐지만 나는 정신을 집중하려고 노력했다.

문장을 다 고친 뒤엔 남자와 소주를 탄 생맥주를 한 잔씩 나눠 마셨다. 나는 남자에게 입주민 대표나 다른 사람들이 했던 말들을 또 한번 건네진 않았다. 우리는 말없이 그저 술만 마셨을 뿐이다. 전작이 있었던 나는 어느 순간부터 그만 정신을 놓아버렸는데, 그래서 남자와는 더더욱 다른 말을 할 수가 없었다. 다만 남자와 함께 호프집을 나선 후, 아파트 단지 정문 입구에 서서 이런 말을 나누었던 기억만은 어렴풋이 남았다.

저려요?

나는 몸을 제대로 가누지 못하면서 남자에게 물었다.

네?

그 다리, 계속 앉아 있어서 저리냐고요.

아, 이거요. 아니에요…… 원래부터 좀 절었어요. 어렸을 때 다

쳐서.

어쩌다가 그랬는데요?

그냥…… 어릴 때 뒷산에서 놀다가 떨어지는 바람에…… 그때 뼈에 이상이 생겼는데 아버지가 믿어주질 않더라구요. 아무리 아프다고 해도…… 그렇게 두 달 정도 지났더니 이렇게 되더라구요.

어머니는요? 어머니한테라도 말해보시지……

그땐 어머니가 돌아가셨을 때라……

네? 뭐라고요? 지금 어머니 돈 찾으려고 이러는 거 아니었어요?

맞아요…… 새어머니……

*

추석 연휴가 지나고 10월에 접어들 때까지도 남자는 계속 그 자리를 지키고 앉아 있었다.

늦더위가 남아 있다고는 하나 아침저녁으론 한기가 느껴져 보일러를 실온으로 가동시키고 따뜻한 커피를 손에 쥐고 있는 날들이 늘어가는, 그런 계절이 돌아온 것이었다. 오후엔 황사 섞인 바람이 불어올 때가 잦았는데, 그런 날이면 남자의 천막 비닐 끄트머리에 묵직한 돌덩이가 정면 후면 가지런히 놓여 있기도 했다. 바람은 비닐이, 한기는 스티로폼이 막아준다고 하지만, 가로수가 헐거워지고 하늘이 높아갈수록 그의 천막을 바라보는 마음은 상대적으로 점점 더 무거워져갔다. 더운 국을 먹을 때나 따뜻한 물로 샤워를 할 때, 그러지 않으려고 하는데도 저절로 남자 생각이 났다. 어렸을 때 키우던 고양이가 가출했던 기억이 새삼 떠오르기도 했고, 군 시절 혹한기 훈련을 하면서 보았던 은하수와 언 강물 같은 것들이 뒤죽박죽 계통 없이 떠오르기도 했다. 늑골에 자잘한 돌무더기가 우르르 굴러다니는 듯한 기분도 들었다.

그런 기분은 비단 나뿐만은 아니었는지, 10월 첫째 주엔 아파트 엘리베이터 옆 게시판에 특별 모금을 한다는 안내문이 나붙었다. 딱한 사정에 처한 502호 할머니와 단지 정문 건너편 남자를 위해 작은 정성을 모으자는 취지의 안내문이었다. 입주자 대표 명의로 작성된 그 안내문엔, 해마다 연말에 실시했던 불우이웃 돕기 성금을 올해는 이것으로 갈음한다는 내용도 적혀 있었다. 안내문이 나붙은 지 사흘 뒤엔 반장 회의를 한다는 공고문이 그 옆에 내걸렸고, 그로부터 다시 이틀이 지난 후엔 반장이 집집마다 돌아다니면서 성금을 걷었다. 만원씩 내는 것으로 했는데, 나는 십만원을 냈다. 반장은 내 돈을 건네받으면서 실은 자기도 오만원을 냈다고 콧잔등을 찡긋거리면서 말했다.

금세 모을 것 같았던 칠백만원은 그러나 쉬이 모이지 않는 모양이었다. '참좋은 마트'에 들를 때마다 나는 사장에게서 지금 얼마가 모였고, 얼마가 모자란다, 약수터에 드나들던 사거리 약국 약사가 백만원을 선뜻 내놨다, 구의원하고 구청 직원들도 얼마를 내놨다고 하더라, 입주민 대표가 이곳저곳 뛰어다니면서 애를 쓰는 모양이다, 라는 말을 들을 수 있었는데…… 그래서인지는 몰라도 전처럼 호프집에 거리낌없이 드나들기가 어려웠다. 혼자 술을 마시고 있노라면 어쩐지 무슨 잘못을 저지르고 있는 듯한 기분이 들었고, 비정한 사람이 된 것만 같은 찜찜함이 계속 머릿속을 맴돌았다. 나는 몇 번이고 호프집으로 내려가려던 마음을 다잡고 집에서 그냥 캔맥주를 마시거나 그도 아니면 그냥 아무것도 마시지 않았다. 마시지 않을 수 있었다.

그 덕분인지 몰라도 나는 한글 파일에 무언가 조금씩 적어나갈 수 있게 되었다. 무력증은 여전했고, 나도 모르게 주먹을 움켜쥐는 일들 또한 비일비재했지만 그래도 그때마다 숨을 길게 내쉬면서 문장을 써보려고 노력했다. 떠오르는 이야기마다, 그것이 말이 되든 되지 않든 포스트잇에 휘갈겨 일단 컴퓨터 책상 뒷벽면에 물고기 비늘 모양으로 길게 붙여놓기도 했다. 학교에서의 생활도, 가족에게 보여주는 모습도, 별 이상은 없지 않은가. 소설만 쓴다면, 문장과 문장을 이을 수만 있다면, 이 모든 것들을 무사히 유지할 수 있을 것만 같았다. 기꺼이 그렇게 돌파할 수 있을 것만 같았다.

무엇이 잘못됐는지도 모른 채, 나는 그렇게 계속 자리를 지키려 꾸역꾸역 애를 썼던 것이다.

*

칠백만원이 다 모인 것은 11월 초순의 일이었다.

성금을 전달하기 하루 전, 나는 '참좋은 마트'에 라면을 사러 갔다가 그곳에 모여 있던 입주민 대표와 여러 사람을 만날 수 있었다.

막판에 502호 할머니가 사십칠만원을 냈대요. 그래서 칠백십만원이 조금 넘게 모였대요.

'참좋은 마트' 사장은 내게 귓속말로 그렇게 전해주었다.

자, 그럼 이 돈을 어떻게 전달해줄까요?

입주민 대표가 사람들을 쭉 한번 둘러보면서 말했다. 나는 라면을 고르는 척하면서 창문 너머 권순찬씨를 힐끔 바라보았다. 처음 이곳에 왔을 때 보았던 검은색 양복 위에 초록색 패딩 점퍼를 새로 걸쳐입은 그는, 자신의 옆구리를 주먹으로 통통 쳐대면서 그 자리에 그대로 앉아 있었다. 길게 하품을 하기도 했고, 대자보 판을 다시 바르게 고쳐 세워놓기도 했다.

제가 아는 지방신문 기자가 한 명 있는데요, 내일 부를까요?

누군가 그렇게 말하자 입주민 대표가 손사래를 쳤다.

정중하게 합시다, 정중하게. 이건 정확하게 말하자면 저 남자를 돕는 게 아니고 502호 할머니를 우리가 도와드리는 거예요. 저 남자는 받을 돈을 받는 거구요.

입주민 대표가 말하자 아무도 이의를 제기하지 않았다. 나 또한 그의 말이 맞는다고 생각했다.

아, 그래도 저 남자하고 정이 참 많이 들었는데…… 뭘 한 것도 없지만 몇 달 동안 매일매일 얼굴 보고 인사했는데……

그나마 첫서리 내리기 전에 일이 이렇게 돼서 얼마나 다행이에요. 저러다가 겨울 맞으면 큰일나죠.

502호 할머니는 나서지 않을 거 같으니까 우리가 직접 전하는 거로 하죠. 뭐, 절차가 따로 필요 있나요?

나는 거기까지만 듣고 '참좋은 마트'를 나섰다. 바로 집으로 들어가려다가 말고 걸음을 멈춘 채 뒤돌아 남자를 한 번 바라보았다. 남자는 대자보 판을 아예 양팔로 끌어안은 채 꾸벅꾸벅 졸고 있었다. 남자는 이제 어디로 가게 될까? 인천으로 돌아가겠지. 나는 남자의 인천 거처가 그때까지도 무사히 남아 있기를 바라보았다. 거기까지가 내가 남자를 위해 할 수 있는 전부라고 생각했다.

후에, 호프집 여주인으로부터 전해 들은 이야기에 따르면, 다음날 그 남자는, 권순찬씨의 행동은, 편지봉투에 정성껏 오만원권 지폐로 칠백만원을 마련해간 아파트 입주민들을 충분히 당혹스럽게 만들었다고 한다.

입주민 대표는 여비조로 따로 이십만원이 든 편지봉투도 들고 갔고, 신문기자를 부르진 않았지만 '참좋은 마트' 사장이 스마트폰으로 그 모든 과정을 동영상으로 남기기로 했고, 사람들은 남자와 일일이 악수를 하고 박수를 칠 생각이었으며, 기꺼이 남자의 천막 철거 작업을 도울 작정이었지만……

하지만, 남자는 사람들의 그 모든 선의를 거부했다.

저는 이 돈을 받을 수가 없습니다.

남자는 그렇게 말하고 다시 대자보 판을 잡고 제자리에 앉았다.

아니, 권순찬씨. 이게 우리가 다른 뜻이 있는 게 아니고요, 502호 할머니 대신해서 전해드리는 겁니다. 여기 502호 할머니 돈도 포함되어 있어요.

입주민 대표가 그렇게 말했지만, 남자는 요지부동이었다.

저는 원래 그 할머니한테 돈을 받을 생각이 없었습니다. 저는 김석만씨를 만나러 온 거예요. 그 사람을 직접 만나서 일을 해결하려고요……

모여 있던 사람들의 탄식이 흐르고, 몇 번의 실랑이가 더 오갔지만, 남자는 뜻을 굽히지 않았다. 그는 아무 일 아니라는 듯 천연스럽게 스티로폼 위로 올라온 모래를 손바닥으로 쓸어내리기도 했다.

그만 갑시다! 사람들의 성의를 원 저렇게 무시해서야……

누군가 그렇게 외쳤고, 사람들은 하나둘 단지 정문 쪽으로 다시 되돌아왔다. 그것이 내가 전해 들은 그날 일의 전부였다.

아파트엔 그가 칠백만원에 대한 이자를 받으려 한다는 소문이 돌기 시작했다.

*

그날 이후, 입주민 대표는 나를 따로 두 번 찾아왔다. 구청 계장으로 정년퇴직한 이 사내는, 재작년 암으로 아내를 잃었다. 아들이 두 명 있는데 지금은 모두 서울에서 직장생활을 하고 있다고 들었다.

입주민 대표는 내가 서재로 쓰고 있는 방 한가운데 책상다리를 하고 앉아 한참 동안 엄지와 검지로 자신의 미간을 누른 채 말이 없었다. 나는 그가 입을 열 때까지 아무 말 없이 기다려주었다.

우리가 뭘 잘못한 걸까요?

그가 중저음의 목소리로 내게 물었다. 나는 아니라고, 대표님이 애 많이 쓰신 거 잘 알고 있다고 말해주었다. 실제로 나는 그렇게 생각하고 있었다. 나는 그의 선의를 의심하지 않았고, 그래서 그가 느꼈을 씁쓸함이나 허탈함도 이해할 수 있었다. 아무리 따져봐도 입주민 대표가 잘못한 일은 없는 것 같았다. 그게 맞았다.

사람들 인식이 점점 안 좋아지고 있어요. 원래 안 그러던 사람들인데……

나는 입주민 대표의 말에 가만히 고개만 끄덕거려주었다.

이교수님은 혹시 다른 생각이 있으신지……?

입주민 대표는 나에게 그렇게 물었다.

제가 무슨…… 저도 똑같죠, 뭐……

날도 더 추워지는데…… 저러다가 사고나 나지 않을까, 걱정입니다.

네, 그러게요……

입주민 대표는 잠시 뜸을 들였다. 나는 그 대목에서 그가 나를 찾아온 진짜 이유를 짐작할 수 있었다. 입주민 대표는 그 짐작 그대로 내게 말을 꺼냈다.

저기, 이교수님이 권순찬씨를 한번 만나보시는 게 어떨까요? 아직 돈도 저한테 있는데……

제가요? 제가 만난다고 딱히……

그래도 해볼 때까진 해봐야죠. 이교수님도 설득하고, 저도 설득하고, 관리소장님도 찾아가보고, 뭐 그러는 수밖에 없지 않겠어요?

나는 잠깐 말없이 손가락으로 방바닥에 의미 없는 그림을 그렸다. 나는 입주민 대표도 종류는 다르지만 나와 같은 무력증을 겪고 있는 게 아닐까, 잠시 그런 생각을 하기도 했다.

나는 그에게 노력해보겠다고 말하고 대화를 끝냈다.

입주민 대표의 말 때문인지 몰라도 나는 퇴근을 할 때마다 그를 만나러 가야 한다는 부담감에 시달렸다. 차를 주차하고 바로 집으로 들어가선 안 된다고, 어디선가 사람들이 내가 권순찬씨를 만나기를, 내 걸음이 어디로 향할지를 지켜보고 있을 거라고, 그런 생각들이 계속 따라다녔다. 실제로 나는 차를 주차하고 곧장 집으로 들어가지 않고 몇 번 다시 아파트 정문 앞까지 걸어나오기도 했다. 하지만 그 이상 더 나아가지는 못했다. 그를 설득할 자신도 없었지만, 왜 내가 그를 설득하려고 노력해야 하는지 그 이유를 알 수 없었다. 이유를 알 수 없는 일에 시달리고 신경을 쓰자니, 다시 무력감이 찾아오고 다시 화가 나는 기분이었다. 나는 아파트 정문 옆에 한참 동안 주먹을 움켜쥔 채 서 있다가, 이유 없이 상체를 앞뒤로 까딱까딱거리며 앉아 있는 그를 바라보다가, 말없이 집으로 돌아오는 일을 반복했다.

그리고…… 나는 다시 또 호프집에 나가기 시작했다. 아무 거리낌 없이.

*

12월에 접어든 이후, 그의 천막은 구청 공무원들에 의해 세 번 철거를 당했다. 누군가 신고를 한 모양이라고, '참좋은 마트' 사장이 말해주었다.

그냥 가만히 보고만 있던데요.

구청 공무원들이 가위로 소나무에 연결된 끈을 자르고 바닥에 깔려 있던 스티로폼을 반으로 꺾어 트럭에 실을 때도 그는 얌전히 한쪽에 서 있기만 했다고 한다. 구청 공무원들이 떠난 후에도 한동안 대자보 판을 들고 멀거니 인도 턱에 앉아 있던 그는 이틀씩, 사흘씩 자리를 뜨기도 했다. 그러곤 다시 나타나 천막을 치고 스티로폼을 깔고 대자보 판을 들고 앉았다. '참좋은 마트' 사장 말에 따르면 월수금 오전에만 나가던 지하 주차장 청소 일도 이미 보름 전에 그만둔 모양이라고 했다.

세번째 철거를 당한 이후 그는 다시 천막을 치지 않았다. 대신 어디선가 휴대용 낚시 의자를 구해와 조용히 그곳에 앉아 있기만 했다. 대자보 판은 언제나처럼 그의 무릎 앞에 세워져 있었다. 그리고 밤에는…… 박스를 얼기설기 연결해 직사각형으로 만든 후, 그곳에 들어가 잠을 잤다. 바닥엔 무엇을 깔았는지 알 수 없었지만, 분명 그는 그 안에 들어가 잠을 잤다. 관처럼 생긴 박스 안에서…… 바닥엔 마찬가지로 박스가 깔려 있었겠지…… 그 위에 침낭을 깔고 잠을 잤겠지…… 아파트 주민 모두가 숨죽인 채 그의 행동을 하나하나 훔쳐보고 있는 눈치였지만, 다들 서로 그런 말은 하지 않았다. 그런 내색도 비치지 않았다.

G시에 첫눈이 내리던 날, 나는 호프집에서 술을 마시다가 충동적으로 문을 열고 나가 도로를 건넜다. 눈 때문이었는지 주위는 환했고, 가로등 불빛은 더 흐려 보였다. 눈 쌓인 야산의 경계는 선명했고, 야산 너머 멀리 공장단지의 굴뚝에서 하얀 연기가 피어오르는 것이 눈에 들어왔다. 힘없이 흩날리는 눈송이들, 바닥에 쌓이는 눈송이들. 나는 그것들을 밟고 그의 앞으로 다가갔다. 초록색 패딩 점퍼에 달린 모자를 둘러쓰고, 면장갑 낀 두 손으로 대자보 판을 들고 있는 남자. 휴대용 낚시 의자에 앉아 있는 그의 뒤편에는 크기가 서로 다른 박스들이 차곡차곡 개켜져 있었다. 그리고 바로 그 옆에는 속이 빈 커다란 업소용 식용유 깡통이 놓여 있었는데, 무언가를 태운 듯 잔뜩 그을려 있었다.

남자는 어깨를 잔뜩 웅송그리고 있다가 슬쩍 나를 쳐다보았다.

어머니 때문에 그래요?

나는 점퍼 주머니에 손을 넣은 채 말했다.

어머니가 당신 때문에 죽은 거 같아서 그러냐고요!

남자는 나를 쳐다보던 눈길을 거두고 다시 고개를 숙였다.

아닌데요…… 어머니가 왜 나 때문에 죽어……

남자가 거기까지 말했을 때, 나는 점퍼 주머니에서 손을 빼 그의 멱살을 잡았다.

아니긴 뭐가 아니야! 그런 거잖아! 당신이 늦어서 어머니가 그렇게 됐다고 생각하는 거잖아!

멱살을 잡힌 남자는 엉거주춤 자리에서 일어났고, 그 바람에 휴대용 낚시 의자는 뒤로 나뒹굴었다.

아닌데요…… 돈이 육백만원밖에 없어서…… 두 달을 더 일해야 돼서…… 그렇게 된 건데요……

남자가 거기까지 말했을 때, 나는 그의 멱살을 잡았던 손을 풀었다. 나는 남자의 말을 제대로 듣지도 않았다.

애꿎은 사람들 좀 괴롭히지 마요! 애꿎은 사람들 좀 괴롭히지 말라고!

나는 뒤로 주춤 물러선 그를 향해 그렇게 말하곤 다시 도로를 건너 아파트 정문 쪽으로 걸어왔다. 호프집 여주인이 문을 열고 서서 나와 권순찬씨를 가만히 바라보고 있었다.

*

거기까지였다.

그는 그날 이후 사흘을 더 그 자리를 지키고 앉아 있었다.

나흘째 되는 날 오전, 'G시 노숙인 쉼터'라는 글자가 박힌 승합차가 아파트 정문 건너편에 서더니, 건장한 청년 두 명이 내렸다. 그들은 아무 말 없이 권순찬씨의 팔을 양쪽에서 잡아 일으켜세웠다. 그것이 끝이었다.

이를 덜덜덜 떨면서 끌려가더라구요. 아무 저항 없이.

나는 '참좋은 마트' 사장이 하는 말을 잠자코 듣기만 했다. 나는 그들을 누가 불렀는지 대강 짐작이 갔다. 그러나 그런 짐작에 대해선 한마디도 하지 않았다. 그저 '참좋은 마트' 유리창을 통해 도로 건너편, 그가 다섯 달 가까이 앉아 있던 자리만 우두커니 바라보았다. 거기엔 휴대용 낚시 의자와 대자보 판, 차곡차곡 쌓여 있던 박스들은 온데간데없고, 불에 그슬린 업소용 식용유 깡통만 쓸쓸하게 모로 누워 있었다.

*

나는 원래 그의 이야기를 문장으로 쓸 마음은 갖고 있질 않았다. 아니, 처음엔 쓸 생각이었지만 중간에 그만, 쓰지 않기로 마음을 고쳐먹었다. 도무지 그에 대해서 쓸 자신이 없었기 때문이다. 하지만 나는 지금 여기에, 그의 이야기를 썼다. 그건 지지난주 금요일, 아파트 단지 주차장에서 만난 한 사람 때문이다.

학교에서 돌아와 차를 주차하고, 102동 출입구 쪽으로 걸어가는데 못 보던 검은색 승용차 한 대가 내 옆을 스쳐지나갔다. 내가 사는 아파트에서 못 보던 쿠페형 외제 차였다. 나는 잠깐 멈춰 서서 그 차가 주차하는 것을 지켜보았다. 차에서 나온 사람은 내 또래의 남자였는데, 꽉 끼는 청바지에 검은색 가죽 재킷을 입고 있었다. 가죽 재킷의 칼라 부분엔 흰색 털이 달려 있었고, 재킷 안에는 빨간색 줄무늬 티셔츠를 입고 있었다. 복부 비만인 듯 배가 고스란히 드러나 보였고, 손에는 쇼핑백을 들고 있었다. 남자는 가만히 서 있는 나를 쓱 한번 바라보더니 그대로 103동 출입구 쪽으로 걸어갔다. 나는 그의 뒷모습을 보며 누굴 찾아왔구나, 우리 아파트에 저런 차를 모는 사람도 찾아오는구나, 생각하며 102동 쪽으로 걸어갔다. 그렇게 몇 걸음 걸어가다가 말고 나는 다시 몸을 돌려 그가 들어간 103동 쪽을 바라보았다. 그였구나! 그 사람이었구나! 나는 숨을 멈춘 채 103동 오층 복도를 쳐다보았다. 때마침 오층에 엘리베이터가 멈춰 섰는지 복도에 하나둘 불이 들어오기 시작했다. 나는 그 불빛들을 노려보며 한참 동안 그 자리에 서 있었다.

그리고 지금 여기에, 그 이야기를 쓰기 시작했다. 우리는 왜 애꿎은 사람들에게 화를 내는지에 대해서.

나를 혐오하게 될

박창수에게

이것은 나의 진술서이다.

*

나는 지금 광화문에 위치한 서울지방경찰청 칠층 조사실에 혼자 앉아 있다. 조사실이라곤 하지만 이곳은 마치 어느 중소기업의 회의실처럼 깔끔하고 또 조도도 높다. 조사실 정중앙엔 여섯 명이 한꺼번에 앉을 수 있는 테이블이 있고, 한쪽 구석엔 커다란 우산 모양으로 잘 자란 행복나무 화분이 하나 놓여 있다. 그 옆으론 두 칸짜리 책장이 있는데 거기엔 『수사연구』『경찰청소관법규집』『심리추적 프로파일링』 같은 책들이 가득 들어차 있다. 그 맞은편 벽

면엔 일인용 소파도 하나 자리잡고 있다. 창문은 없지만, 소파 옆에 세워져 있는 공기청정기 때문인지 그리 갑갑한 기분은 들지 않는다. 공기중엔 치약 냄새 같은 것이 나기도 한다.

나는 그 테이블 가운데에 앉아 이 글을 쓰고 있다.

좀 전까지 이 방에 나와 함께 앉아 있었던 하준영 팀장은 편하게, 그 어떤 형식에도 구애받지 말고, 하고 싶은 말은 모두 다 써도 좋다고 말했다. 그러면서 황토색 서류철에 묶인 흰 종이와 볼펜을 내 앞으로 내밀었다. 그는 친절했고, 목소리는 전화상으로 들었을 때보다 조금 더 굵고 낮았다. 사십대 초반으로 보였는데, 약간 마른 체형에 검은색 양복 재킷 차림이었다. 목과 손등엔 퍼런 힘줄이 선명하게 드러나 있었고, 왼쪽 눈썹 옆엔 작은 점이 하나 나 있었다. 코끝이 왼쪽으로 조금 휘어 있긴 했지만 보기 흉한 정도는 아니었다. 미용실이라도 갔다가 들어올걸…… 나는 뜬금없이 잠깐 그런 후회를 하기도 했다. 이제 앞으로 오랫동안 미용실도 가지 못하겠지. 나는 몇 개월 동안 머리 손질도 하지 못했고, 이 년 넘게 속옷도 새로 사보지 못했다. 눈 밑엔 기미가 끼기 시작했고, 뱃살이, 의도하진 않았지만, 마치 터뜨리기 위해 깔고 앉은 풍선처럼 볼록 튀어나온 몸이 되었다. 오래 신은 갈색 스니커즈에 청바지, 그 위에 목이 늘어난 반팔 면티를 입은 꼴로, 나는 경찰서 안으로 걸어들어왔다. 나는 73년생, 마흔세 살 김숙희다. 얼굴에 크림이라도 좀 바르고 들어올걸…… 마음대로 쓰라고 했으니까, 나는 이런 말도 다 쓴다. 모르긴 몰라도 하준영 팀장은 나와 동갑일 것이다. 그를 보자, 마치 거울을 보는 것처럼 내 차림새가 느껴진 건 아마도 그 때문일 것이다. 나는 그에게 잘 보이고 싶은 마음은 없다. 나는 마흔세 살이지만, 때때로 예순이나 일흔 살이 되어버린 기분에 사로잡힌다. 내 또래 사람을 만나면 더더욱 그렇다. 그것이 가끔 나를 외롭게 만들기도 하지만, 그건 나의 잘못이 아니니까 회한도 후회도 없다.

어차피 우리는 다 죽는다.

*

그제, 나는 제주도에서 돌아왔다. 이박 삼일 일정으로, 박창수와 함께 간 여행이었다. 협재해수욕장 근처 작은 모텔에서 이틀 모두 잤으며, 중국 관광객들을 따라 천천히 섭지코지를 둘러보고, 이시돌 목장에선 한 시간 가까이 말을 타기도 했다. 여행 일정은 모두 박창수가 짠 것이었는데, 나는 아무 말 없이 그가 이끄는 대로 갔고, 그가 먹자는 대로 먹었으며, 그가 자자고 말했을 때 잠들었다. 올해 마흔아홉 살이 된 박창수는 마치 얼마 전 암 완치 진단을 받은 사람처럼 여행 내내 단 한 번도 얼굴을 찌푸리지 않았는데, 그래서 나는 그가 조금 더 걱정되기도 했다. 그가 어느 순간 훅, 고꾸라질 것만 같은 기분이 들어 성산일출봉을 오를 땐 일부러 그의 뒤에 바짝 붙어 걷기도 했다. 박창수는 숨을 헉헉거리면서도 구불구불 이어진 성산일출봉 계단을 모두 올랐고, 그곳 정상에서 나와 함께 휴대폰으로 셀카를 찍기도 했다. 그가 좀 웃어봐, 라고 해서 나는 어색했지만 살짝 웃기도 했다. 어느새 귀밑머리가 희끗희끗해지고, 정수리 근처까지 머리가 빠진 그의 얼굴이, 작년보다 살이 많이 올라 광대뼈가 거의 드러나지 않은 그의 뺨이, 휴대폰 화면 가득 떠올랐다.

제주도에서 떠나오기 전날 밤, 박창수는 티브이에서 본 유명한 맛집이라며 애월읍 근처 흑돼지구이집으로 나를 데리고 갔다. 저녁 일곱시쯤 갔는데 사람들이 많아 사십 분 정도 줄을 서서 기다린 후에야 겨우 식당 안으로 들어갈 수 있었다. 가운데 구멍이 뚫린 둥근 테이블이 스무 개쯤 놓인 식당 안은 뿌연 연기 때문에 눈을 제대로 뜨기가 어려웠다. 테이블과 테이블 사이 간격도 좁아, 몸을 조금만 움직여도 낯선 사람과 등이 부딪쳤다. 박창수는 가위와 집게를 들고 직접 흑돼지를 구워주었으며, 여기서는 이렇게 젓갈에 찍어 먹는 거야, 하면서 시범을 보여주기도 했다.

하지만, 나는 그가 줄을 서서 기다리는 동안, 테이블에 앉아 가위로 두툼한 흑돼지를 자르는 동안에도, 힐끔힐끔 무엇을 바라보았는지 놓치지 않고 보았다.

마시고 싶으면 마셔도 돼요.

나는 젓가락으로 무생채를 깨작거리면서, 그의 눈을 보지 않은 채 말했다. 나는 그 말을 하기까지 큰 용기가 필요했고, 말을 하기도 전에 겁부터 나 두 다리가 덜덜 떨리기도 했다. 하지만 나는 최선을 다해 그 말을 했다. 그렇게라도 시간을 끌고 싶은 욕심 같은 것이 있었다. 나는 모든 것을 예전처럼 유지하고 싶은 마음 또한 컸다. 그것이 솔직하고 정직한 내 마음이었다.

박창수는 내 말에 삼사 초간 집게를 든 모습 그대로 멈춰 있었다. 나는 고개를 숙인 채 계속 젓가락 끝만 바라보고 있었지만, 그가 그렇다는 것을 알 수 있었다. 박창수는 잠시 후 다시 고기를 뒤적거리기 시작했고, 큰 목소리로 종업원을 불렀다. 나는 그때 조마조마해져 오줌을 찔끔 지리기도 했다. 하지만 그는 내 기대와 달리 술을 주문하지 않았다. 대신 김치찌개와 사이다 한 병을 시켰을 뿐이다. 나는 그제야 그의 얼굴을 바라보았다. 박창수는 아무 말도 듣지 않은 사람처럼, 이 집 김치찌개도 그렇게 죽인대, 라며 다른 소리를 해댔다. 콧잔등을 살짝 웅크리면서 웃기도 했다. 나는 순간적으로 화가 나, 들고 있던 젓가락을 그대로 그의 얼굴을 향해 집어던지고 싶었지만…… 그러지 않았다. 그는 마치 무언가를 애써 참고 있는 사람처럼 쉬지 않고 상추쌈을 싸 입안에 욱여넣었고, 일정한 속도로 내 접시 위로 고기를 옮겨놓아주었다. 나는 그 고기들을 천천히, 단물이 나올 때까지 지겹게, 오랫동안 씹고 또 씹었다.

그날 밤, 박창수와 나는 오랜만에 섹스를 하기도 했다. 나는 박창수가 시키는 대로 자주 자세를 바꾸었는데, 잠깐 전에 없던 온기 같은 것들이 몸속에서 일기도 했다. 그러나 더 많은 시간, 두려움과 걱정 때문에, 나는 조금 아프기도 했다. 아팠지만, 아플 때마다 나는 두 다리로 그의 허리를 더 꽉 조이기도 했다. 박창수는 그때마다 좋아? 좋아? 라고 계속 물어왔다.

섹스를 끝낸 후 박창수는 내게 팔베개를 해주고 누워 이런 말을 했다.

서울 올라가면 우리 다음주에 혼인신고 하자.

나는 아무 대답도 하지 않고 그의 왼쪽 가슴께에 얼굴을 묻은 채 듣고만 있었다.

내년엔 융자를 받아서 임대 아파트에 들어갈 거야. 신혼부부한테 공급되는 거.

박창수의 팔뚝은 예전에 비해 더 단단하게 변해 있었다. 나는 그가 아무 말도 하지 않기를 바랐지만, 그는 그러질 않았다.

숙희야, 너 세상에서 제일 재미있는 게 뭔지 아니?

그는 내 얼굴을 바라보면서 물었다.

빚 갚는 거야, 빚. 빚이 조금씩 조금씩 줄어드는 거, 그걸 지켜보는 거…… 그게 그렇게 재미있는 일인지 난 예전엔 진짜 몰랐다.

나는 그에게 묻고 싶었다. 박창수씨, 박창수, 창수야…… 무엇이 널 이렇게 변하게 만든 거니? 왜 갑자기 이렇게 변해버린 거니? 차라리 그냥 예전처럼 술을 마시고, 리모컨을 집어던지고, 욕을 하고, 밥상을 뒤엎고, 아무 곳에나 널브러져 잠이 들고, 그러면, 그러면 안 되는 거니? 예전의 너는 도대체 어디로 사라져버린 거니? 너는 왜 이렇게 정상이 되어버린 것이니? 나는 어둠 속에서 눈을 멀뚱멀뚱 뜬 채 그렇게 계속 속엣말을 해댔지만, 정작 그에겐 한마디도 묻지 못했다. 박창수는 가만히 천장을 바라보고 있는가 싶더니, 금세 잠이 들어버렸다.

제주도에서 서울로 올라온 다음날, 그러니까 바로 어제 오후, 나는 마트에서 장을 보고 나오다가 공중전화 부스에 들어가 112에 전화를 걸었다. 나는 주저하지 않았고, 떨지도 않았다. 톡톡, 손톱으로 공중전화 윗면을 몇 번 두들겼을 뿐이다. 나는 되도록 단순하게 말을 하려고 노력했다. 112 직원은 내 말을 듣고 난 후, 전화를 다른 쪽으로 돌려주었다. 서울지방경찰청 장기미제사건 전담팀이라고 했다. 나는 그때 처음으로 하준영 팀장과 통화를 했다. 전화를 끊고 나서, 나는 집으로 돌아와 박창수를 위해 두부두루치기를 만들었다. 그에게는 아무런 말도 하지 않았다. 그저 그가 밥 먹는 모습을 애처로운 마음으로 지켜보았을 뿐이다. 홀로 남을 박창수의 미래를 떠올렸을 뿐이다.

*

잠깐, 끊었다가 다시 쓴다. 조금 전 하준영 팀장이 이 방에 다시 들어왔다가 나갔기 때문이다. 그는 종이컵에 담긴 커피를 내 앞으로 내밀면서 잘돼가요, 라고 물었다. 나는 쓰고 있던 종이를 팔꿈치 아래로 가리고 아무 말도 하지 않았다. 하준영 팀장은 슬쩍 내 팔꿈치 아래 가려진 종이를 바라보곤 천천히 써도 된다고 말했다.

그리고 이건.

그는 그렇게 말하면서 두툼한 서류철 하나를 테이블 위에 올려놓았다. 겉면에 "2000년 10월~2000년 12월"이라고 적혀 있는 서류철이었다. 서류철 속지들은 군데군데 누렇게 색이 바래 있었고, 또 어느 페이지들은 삐쭉 바깥으로 튀어나와 있기도 했다. 나는 그것이 무엇인지 들춰보지 않아도 알 수 있었다.

혹시 참고가 될까 해서요. 이게 너무 오래된 일이라서……

그는 그렇게 말한 후, 자리에서 일어났다. 자, 뭐 더 필요한 것은 없으시고요? 그는 깍지를 낀 채 내게 물었다. 나는 짧게 고개를 저었다.

다 끝나면 여기 이 인터폰을 눌러주시면 됩니다.

하준영 팀장은 조사실 문 바로 옆에 붙어 있는 인터폰을 가리키며 말했다. 그는 그렇게 조사실 밖으로 나갔고, 나는 다시 혼자 남겨졌다.

나는 지금 테이블 정중앙에 놓여 있는, 하준영 팀장이 놓고 간 서류철을 바라보면서 이 글을 쓰고 있다. 글을 쓰다가 막히면 서류철을 한 번 바라보고, 볼펜을 쥔 손목이 아려오면 다시 쉬고, 하는 식이다. 하준영 팀장은 내게 너무 오래된 일이라고 했지만…… 걱정할 건 하나 없다. 나는 서류철 속 내가, 스물여덟 살일 적 내가, 그때 무슨 말을 했는지, 무슨 생각으로 앉아 있었는지, 바로 어제 일처럼 생생히 기억하고 있다. 그때 시흥경찰서 강력계 형사가 내게 물었던 말들과 나를 향해 지었던 표정들, 조사받았던 그 방의 풍경들, 냄새들 또한 하나도 잊지 않고 있다. 잊지 않았으니까, 다시 여기에 앉아 이런 글을 쓸 수 있는 것이다. 남들에겐 아무렇지도 않게 지나간, 모두의 기억 속에서 이미 사라져버린, 2000년 10월 20일 금요일 밤의 일들을……

*

엄마, 엄마 얘기를 먼저 쓰지 않을 수가 없다.

그렇다고 오해하진 않았으면 좋겠다. 이 사건에 엄마가 어떤 역할을 했다거나, 원인을 제공했다거나, 무언가 알 수 없는 부담으로 작용했다는 뜻은 아니니까. 내가 지금 엄마를 마음 깊은 곳에서부터 원망하고 있다는 뜻도 아니니까…… 그냥 거기에서부터 시작하고 싶은 마음이 들어, 거기에서부터 시작할 뿐이다. 예를 들면, 내 남편이 결혼식 날짜를 잡겠다고, 엄마에게 처음 말한 그 날의 이야기 같은 것들.

어머, 정말? 숙희야 잘됐다. 김서방 축하해.

엄마는 남편이 결혼 이야기를 꺼내자마자 대뜸 그렇게 반응했다. 당시 엄마는 동인천역 부근에서 망하기 일보 직전인 작은 카페를 운영하고 있었는데, 남편의 말을 듣자마자 이런 날 가만히 있을 순 없다고, 축하를 해야 한다며 슈퍼에서 싸구려 샴페인 한 병을 사오기도 했다. 나는 어느 정도 예상은 했지만, 솔직히 좀 기가 막혔다. 하나뿐인 딸이, 스물네 살에, 서른다섯 살이나 된 남자에게, 그것도 아무것도 가진 게 없는 이삿짐센터 직원에게 시집을 간다고 하는데, 어쩌면 저렇게 해맑을 수가 있을까? 어쩌면 저렇게 한순간의 반대도 없을까? 스물네 살의 나는 그런 엄마의 모습이 원망스러웠지만, 또 한편 자연스러웠던 것도 사실이다. 엄마는 그때까지 나에게 그 무엇을 바란 적도, 그 무엇을 시킨 적도, 그 무엇을 놓고 다투려고 한 적도 없었으니까. 해준 것이 없으니까 바라는 것도 없구나. 당시에 나는 엄마를 보면서 늘 그런 생각을 했다.

나는 고등학교 일학년 여름방학 때부터 롯데리아나 하디스 같은 패스트푸드점에서 줄곧 아르바이트를 해왔다. 처음에 받은 시급은 구백원이었고, 맨 마지막으로, 그러니까 내가 막 대학교에 입학했을 때 받은 시급은 천이백오십원이었다. 고등학교 등록금은 엄마가 해결해주었는데, 그것이 어찌어찌 마련된 돈이라는 것을 잘 알았고, 그것도 반에서 늘 제일 마지막으로 냈기 때문에 다른 돈은, 일테면 차비라든지 용돈이라든지 하는 것들은 차마 달라고 손을 내밀 수가 없었다. 그래서 나는 보충수업이나 야간 자율학습을 모두 빠지고 저녁 다섯시부터 밤 열한시까지 패스트푸드점에서 트레이를 닦거나 행주를 빨거나 남자 화장실 소변기에 얼음을 떨어지지 않게 부으며 돈을 벌어야 했다. 저녁으론 늘 '데리버거'가 나왔는데, 지금까지도 그 냄새를 잊을 수가 없다. 세제 냄새 같기도 하고, 마른행주 냄새 같기도 한, 오래 먹다보면 자연스럽게 맡아지는 냄새들…… 나는 세 달 뒤부턴 요령껏 저녁으로 나온 '데리버거'를 비스킷이나 감자튀김으로 바꿔 먹기도 했다.

그곳에서 처음 남편을 만났다. 막 고3이 되던 해였는데, 키가 작고 눈썹이 짙은 남자가 등산화 차림으로 늘 밤 아홉시 무렵 패스트푸드점 문을 열고 들어왔다. 나는 그때 어느 정도 아르바이트 이력이 붙어 'C메이트'와 'B메이트'를 거쳐 계산 업무를 돕는 '세컨포스' 일을 하고 있었다. 그래서 그 남자가 매일 '데리버거' 세트를 먹는다는 것과 다른 아르바이트생들의 눈을 피해 점퍼 주머니에 숨겨온 팩소주를 콜라에 타 먹는다는 사실을 알게 되었다. 남자는 키는 작았지만 몸매가 다부져 어쩐지 좀 단단해 보이는 인상이었다. 하지만 눈꼬리가 아래로 처지고 입술이 두툼해, 벌레 하나 제대로 죽이지 못할 것 같은 사람처럼 보이기도 했다. 남자는 콜라에 팩소주를 타다가 몇 번인가 나와 눈이 마주치기도 했는데, 그때마다 화들짝 놀라 두 손으로 계속 이마를 가리고 앉아 있기도 했다. 나는 그런 남자에게 자꾸 눈이 갔다. 왜인지는 모르지만, 계속 그렇게 됐다. 그리고 그렇게 몇 주가 지난 뒤였던가, 나는 아무 말도 하지 않고 남자가 주문한 '데리버거' 세트의 콜라를 내 마음대로 오렌지주스로 바꿔 트레이를 건네주었다. 그것이 남편과 나의 시작이었다.

연애 시절, 남편은 나와 대화할 때 종종 질문으로 말끝을 맺곤 했다. 숙희야, 그래도 대학은 가는 게 좋지 않을까? 아르바이트는 이제 그만두는 게 좋지 않을까? 커피 대신 밥을 먹는 게 낫지 않을까? 자고 가는 게 좋지 않을까? 더듬더듬 말끝을 흐리면서, 사람 눈을 제대로 바라보지도 못하면서, 자신의 발끝만 내려다보면서 하는 말들. 한 번도 누군가에게 자신의 속마음을 있는 그대로 전해보지 못한 사람 특유의 머뭇거림들, 자신 없는 저음들. 술을 마시면 좀 달라지긴 했다. 술에 취하면 남편은 그 순한 눈을 끔벅거리면서 숙희야, 나 좀 안아주지 않을래? 그러면 내가 진짜 기분이 좋아질 거 같거든…… 비틀거리면서 그렇게, 내 눈을 똑바로 바라보면서 말한 적도 많았다. 나는 대부분 남편의 말대로 해주곤 했다. 하고 싶지 않은 일들도 있었지만 내색하진 않았다. 남편의 말들이 대부분 틀리지 않았고, 또 그리 어려운 부탁도 아니었기 때문이다. 하지만 그 말들 때문에 내 인생이 조금 달라진 것은 분명한 사실이다. 이전엔 생각도 하지 않았던 대학교 유아교육과에 입학한 것도, 아르바이트를 하지 않고 학교만 다닌 것도, 밤늦게 자지 않게 된 것도, 따지고 보면 다 남편의 그 말들 덕분이었으니까. 나를 이상하게도 무력하게 만드는 말들, 청유들, 질문 아닌 질문들. 하지만 다 나를 위해서 해주는 말들…… 남편은 착하고 성실한 사람이었다. 남편은 사 년 내내 내 등록금을 댔으며, 매일매일 오천원씩 계산해 용돈을 건네주었고, 계절이 바뀔 때마다 내게 청바지를 사주거나 가방 같은 것을 선물해주기도 했다. 그리고 그것들을 위해 남편은 이삿짐센터 일 말고도 월요일부터 목요일까지 따로 용달 기사 일을 하기도 했다. 나는 그것들을 모두 알았기 때문에 남편에게 아무 말도 하지 못했다. 남편에게 미안하고 고마운 마음이 많았고, 또 그것을 표현하고 싶었다. 하지만 아주 가끔씩, 나는 어쩐지 조금 서글픈 마음이 들기도 했다. 지금까지 받은 것들 때문에, 남편에게 하고 싶은 말을 다 하지 못하는 것은 아닐까…… 스물한두 살 무렵, 나는 그런 생각이 들 때가 종종 있었다. 그러면 또 괜스레 엄마가 미워지기도 했다.

그러니까 그날도, 남편이 엄마에게 결혼 허락을 받으러 온 날도, 엄마가 우리에게 머그컵 가득 샴페인을 따라주고 테이블 이곳저곳 촛불을 켜고 오디오 볼륨을 높인 날도…… 그때 내가 갑자기 엉엉 울어버린 것은 결코 남편이 싫어서가 아니었다. 결혼하는 게 두려웠기 때문도 아니었다. 나는 그저…… 어쩐지 그 풍경이 좀 서러웠고…… 또 조금 수치스러웠기 때문이다.

*

안다, 나도 다 알고 있다. 이런 말들은 이런 문서에, 이런 양식에 어울리지 않는다는 것을…… 이 글을 읽는 사람들이 지금 당장 무엇을 기대하고 있고, 무엇을 알고 싶어하고, 또 무엇을 보고 싶어하는지, 나 역시도 잘 알고 있다. 하지만, 정말 미안하지만, 나는 이런 식으로밖에 쓸 수가 없다. 이런 식으로 써야 나는 그날 일에 대해서 그나마 겨우, 조금이라도 이야기할 수가 있다. 그러니 오해하지 말았으면 좋겠다. 나는 나를 변호하고 싶은 마음이 없다. 나의 행동에 이해를 구하고 싶은 생각도 없다. 나는 형량을 줄이고 싶은 계산도 없고, 가급적 오랫동안 교도소에 머물고 싶은 소망뿐이다. 이해할 수 없겠지만, 이해받고 싶지도 않고, 이해를 믿지도 않으며, 이해와 싸우고 싶지도 않다. 그것들을 위해 이 글을 이렇게 길게 쓰고 있는 것이 아니라는 말이다.

사실, 나는 좀 전에 하마터면 인터폰을 눌러 하준영 팀장을 부를 뻔했다. 마음대로 쓰라고 했지만, 또 그렇게 쓸 수 있을 것 같았지만, 막상 쓰다보니 한 자 한 자 적어나가는 것이 너무 힘들어서, 차라리 그에게 말로 하자고, 예전 시흥경찰서에서 그랬던 것처럼, 그가 묻고 내가 대답하는 형식으로 하자고, 그렇게 얘기할 뻔했다. 하지만 나는 인터폰을 누르지 않았고, 다시 볼펜을 잡았다. 아마 하준영 팀장과 그런 식으로 이야기하다보면, 또 그런 식으로 진술하다보면, 나는 다시 엉뚱한 말을 하게 될지도 모른다. 누군가의 질문에 대답하다보면 나는 되풀이해서 나 자신을 속이게 될지도 모른다. 질문에 대답하다보면 이상하게도 자꾸 무언가가 달아나버리고 만다. 달아난 자리에 다시 다른 감정들이 뒤섞이고 만다. 나는 예전에도 그런 적이 한 번 있었다…… 그러니, 나는 다시 이렇게 쓸 수밖에 없다. 다시 떠올리고, 다시 쓴다. 안간힘을 다해, 이 글을 쓴다. 나는 고통을 피하기 위해서 여기에 온 것이 아니다.

*

남편과의 결혼생활은 나쁘지 않았다. 남편은 여전히 착하고 성실했으며, 나에 대한 마음도 변함이 없었다. 그것은 부인할 수 없는 사실이다. 나는 결혼하고 얼마 지나지 않아 부천 송내동에 있는 한 사설 유치원에 취직을 했는데, 남편은 그것 때문에 구로에 있던 우리 신혼집을 다시 그쪽 근처로 옮기기도 했다.

지하철로 몇 정거장 되지 않는데요, 뭘……

나는 반대했지만, 남편은 뜻을 굽히지 않았다.

한 사람이라도 편한 게 낫지 않을까? 거기나 여기나 보증금은 다 똑같잖아?

그래도 이사하는 게 쉬운 일도 아니고……

내가 계속 주저하자 남편은, 너, 네 남편이 이삿짐센터 직원인 거 잊었구나, 하면서 슬쩍 웃기까지 했다. 그래서 나는 또 아무런 말도 하지 못했다.

나 또한 돈을 벌게 되었으니 당연히 그만큼 여유가 생겼지만, 남편은 일을 줄이지 않았다. 전세자금 융자도 다달이 갚아나가고, 주택청약 적금도 붓고, 따로 무슨 연금보험 계좌도 새로 개설했다고 말했다. 내가 버는 돈으론 생활비를 하고, 남편이 주말에 이삿짐센터에 나가 버는 돈과 주중에 구로 공구 상가나 안산 반월공단에서 트럭으로 화물을 옮겨주고 받는 돈은 모두 은행으로 들어갔다. 남편은 거의 하루도 쉬는 날 없이 일했고, 새벽 네시쯤 출근했다가 나와 엇비슷한 시간대에 퇴근했다. 그래서 나는 또 예전 남편이 하루 오천원씩 용돈을 주고, 대학 등록금을 대주고, 청바지를 사줄 때처럼 많은 것이 조심스러웠다. 조심스러웠지만, 나는 남편에게 몇 번 내 뜻을 말하기도 했다. 일을 좀 줄이면 안 돼요? 내가 그렇게 말하면 남편은 항상 진지한 표정으로 조금이라도 빨리 빚을 갚으려고, 그래야 우리도 아기도 갖고 그러지. 그게 맞지 않을까? 그런 식으로 얘기를 꺼냈다. 그러면 나는 더이상 아무 얘기도 하지 못한 채 가만히 고개를 끄덕거리기만 했다. 내가 버는 돈도 허투루 쓰면 안 된다는 생각을 하기도 했고, 쉬는 날 혼자 소파에 앉아 티브이를 보는 게 죄스럽게 여겨질 때도 많았다.

남편은 군 제대 이후 한동안 불면증 때문에 고생한 적이 있었다. 나를 만나고 난 뒤부터는 그래도 많이 좋아졌다고는 하는데, 그 이전엔 퇴근하고 나서도 등산화로 갈아 신고 동네 야산을 오르고, 그러고 나서 또 무언가를 먹거나 소주를 마셔야만 간신히 서너 시간 정도 잠을 잘 수 있었다고, 그렇게 얘기한 적이 있었다. 연애할 땐 미처 몰랐는데 결혼한 이후, 나는 남편이 여전히 두세 달에 한 번꼴로 불면증 증세에 시달린다는 사실을 알게 되었다. 한번은 새벽 한시 무렵, 남편의 우는 소리에 퍼뜩 놀라 잠에서 깬 적도 있었다. 남편은 언제부터였는지 몰라도 침대 아래 방바닥에 쪼그려앉아 훌쩍거리면서 울고 있었다. 남편이 앉은 자리 옆에는 자명종이, 새벽 세시 삼십분에 알람이 맞춰진 자명종이, 얌전히 놓여 있었다. 나는 그런 남편을 흐릿한 눈으로 바라보다가 침대 아래로 내려가 가만히 안아주었다. 하고 싶은 말은 많았지만 나는 남편에게 아무런 말도 하지 않았다. 남편 또한 내게 아무런 말도 하지 않았다. 그저 내 쇄골 근처에 얼굴을 묻은 채 오랫동안 울기만 했다. 나는 그런 남편을 보는 것이 마음 아팠고, 또 한편 안쓰러웠다. 느닷없이 아직 생기지도 않은 아이가 원망스러워지기까지 했다. 그후로 남편은 수면 유도제를 처방받은 후, 가끔씩, 아주 가끔씩만 그것을 복용했다.

그나마 겨울엔 남편의 일이 줄어들어, 주말엔 함께 트럭을 타고 오이도까지 바람을 쐬러 나가기도 했다. 그곳 방파제를 끝까지 한 번 다 걸은 후, 바로 옆 수산물센터 이층에 들어가 오징어회나 삶은 꽃게를 사 먹고 돌아왔다. 남편은 결혼한 이후 거의 술을 마시지 않았는데, 대신 내가 조금씩 마시기 시작했다. 나는 술을 마시면 얼굴이 금세 빨개지고 또 말이 많아지는 편이었다. 그러다가 어느 한순간, 그곳이 술집 탁자든 화장실이든 공원 벤치든, 그대로 잠이 들어버리는 습관을 가지고 있었다. 막 잠이 들기 전, 정신이 혼곤해지고 팔과 다리의 기운이 한꺼번에 쑥 사라져버리는 순간, 그때의 느낌이 나쁘지 않았다. 그래서 나는 기회가 되면 내 앞의 술잔을 거부하지 않았다. 얼굴이 불콰하게 달아오르면 나는 남편에게 평소 하지 않았던 말들을 하기도 했다. 오빠, 그거 알아요?

내가 오빠 처음 봤을 때, 오빠 되게 찌질해 보였던 거? 찌질해서 눈이 가고, 자꾸 눈이 가다보니까 안쓰럽고, 또 그래서 귀여워 보였던 거? 나는 평소엔 남편에게 존칭을 썼지만, 술을 마시면 그냥 말을 놓아버렸다. 한데, 오빠랑 계속 만나다보니까, 이게 어떻게 된 건지…… 오빠 때문에 내가 자꾸 부끄러워지는 거야…… 내가 더 찌질해 보이고…… 나 때문에 부끄러워지는 게 아니고…… 오빠 때문에 내가 부끄러워지더라구…… 부끄러운 건 원래 나 때문에 생겨야 하는 거 아닌가…… 나는 그렇게 말하다가 잠이 들어버리곤 했다. 그리고 다시 깨어보면 남편의 등이거나, 트럭 조수석일 때가 많았다. 사위는 이미 어둑어둑해져 있었고, 나는 떠밀려가듯 어디론가 이동하고 있었다. 그때마다 나는 다시 자는 척, 움직이지 않고 가만히 눈을 감고 있었다. 그러면서 겨울이, 이 겨울이 계속 끝나지 않기를 바라기도 했다. 그런 시절들이, 내게도 있었다.

*

스물여섯 살 봄에 한 남자를 만났다.

그는 자신을 정대리라고 소개했다. '영엘리펀트'라는 유아용 교구 제작업체에서 일하는 사람이었는데, 승합차 짐칸 가득 원목 실꿰기놀이 세트나 낱말 카드, 나폴레옹 포니, 악기놀이 세트 같은 것을 싣고 안양이나 의왕, 부천 일대 유치원들을 돌아다니는, 영업사원이었다. 나보다는 두 살이 많았고, 큰 키에 홀쭉한 몸매, 긴 얼굴 때문인지 인중도 길어 보이는 남자였다. 남자는 그해 신학기부터 내가 일하던 유치원에도 새로 교구를 납품하고 대여하는 일을 시작했는데, 그래서 일주일에 한두 번씩 꼬박꼬박 얼굴을 마주치게 되었다. 일이 없는 날에도 유치원 앞 골목에 승합차를 세워두고 아이들 버스 승하차를 돕거나, 정문 옆 공터에 흐트러진 모래놀이 삽이나 블록쌓기 완구들을 정리했다.

애쓴다, 애써.

동료 교사들은 남자를 보면서 그렇게 말하기도 했다. 벌써부터 내년 계약 때문에 저러는 거지, 뭐. 커미션만으론 불안하니까 저렇게 몸으로라도 더 때우는 거야…… 유치원에 근무하는 사람들은 남자를 보면서 엇비슷한 생각을 했던 것 같다. 그래서인지 몰라도 남자가 유치원 일을 돕는 것에 별다른 거부감이 없었고, 그러면서도 또 한편 은근히 무시하기도 했다. 남자가 싹싹한 목소리로 인사를 건네도 고개만 살짝 숙인 채 지나가는 경우가 대부분이었고, 남자가 옆에 서 있는데도 아무렇지 않게 학부모들 흉을 보거나, 자기들끼리 커피를 마시기도 했다. 투명인간인 것처럼, 혹은 길거리에서 전단을 나눠주는 사람처럼, 남자는 그렇게 유치원 주변을 맴돌았다.

나는 처음부터 그런 남자가 불편했다. 그냥 불편한 것이 아닌,

마치 오래전 말다툼을 한 동창생을 여행지에서 마주친 듯한 기분, 혹은 친구 아버지가 모는 택시를 우연히 탄 듯한 당황스러움, 그런 어색함이 느껴졌다. 어, 이게 뭐지? 나는 남자와 의례적인 인사를 나눌 때마다 속으로 그렇게 중얼거렸다. 하지만 그 감정에 대해선 깊이 생각해보지 못한 것도 사실이다. 워낙 생각해볼 틈도 없이 빠르게 남자 옆을 지나쳤을뿐더러, 그것이 남자로 인해 생기는 감정인지, 아니면 평상시 나의 지속된 마음 상태인지, 제대로 몰랐기 때문이다.

남자가 유치원에 드나들기 시작한 지 한 달쯤 지난 뒤였던가, 만 4세 산새반 남자아이 한 명이 바깥놀이시간에 미끄럼틀에서 놀다가 왼쪽 팔이 골절되는 사고를 당하고 말았다. 담임교사가 미끄럼틀 바로 앞에 서 있었는데도 벌어진, 순간적이고도 불가항력적인, 말 그대로 뜻밖에 벌어진 일이었다(아이는 자기 뒤에 서 있던 여자아이의 발을 밟고 도망치다가 미끄럼틀 기둥에 부딪혔고, 넘어지는 와중에 왼팔을 잘못 짚고 말았다). 유치원의 대처는 매뉴얼대로 빠르고 적절했다. 곧바로 119가 도착했고, 담임교사가 병원까지 동행, 치료의 전 과정을 지켜봤다. 물론 아이의 엄마에게도 사고의 전후 사정을 숨김없이 설명했다.

하지만 다음날 아침 아이의 아빠라는 사람이 유치원 앞으로 찾아와 소란을 피웠다. 아이 아빠는 밤새 한숨도 자지 못한 사람처럼 부스스한 머리에 러닝셔츠가 다 보일 정도로 셔츠 앞 단추를 제대로 채우지 않은 차림이었는데, 유치원 안으로 들어오지는 않고 계속 정문 앞에 서서 소리를 질러댔다. 선생이라는 것들이 애 하나 똑바로 못 보고 무슨 짓거리를 하고 있느냐고, 이따위 유치원에 어떻게 애들을 믿고 맡기겠냐고, 원장 나오라고, 바지 주머니에 두 손을 찔러넣은 채 고함을 질러댔다. 버스에서 내려 등원하던 아이들은 정문 구석에 선 채 유치원 안으로 들어가지 못했고, 교사들과 부원장이 나서서 아이 아빠를 말려보았지만 속수무책이었다. 원장은 그날 무슨 연수차 부산에 내려가고 없었다.

거 일 좀 합시다.

아이 아빠의 고함 사이로 낯선 목소리 하나가 불쑥 튀어나왔다. 양손 가득 교구 박스를 든 남자였다.

넌 뭐야, 새끼야.

아이 아빠가 남자를 빤히 바라보면서 말했다.

우리 아이가, 새끼야, 여기서 어제 팔이 부러져서……

그러니까 일 좀 하자고요. 아이 팔이 부러졌으면 아이 옆에 있어줘야지, 왜 아빠가 여기 나와 있어요?

남자는 지지 않고, 이전엔 들어보지 못한 신경질적인 목소리로 "나 이거 빨리 여기 애들 나눠주고 안양으로 다시 넘어가야 해요" 라고 덧붙였다. 그 말이 끝나기가 무섭게 아이 아빠가 남자의 멱살을 움켜잡았다. 아이 아빠와 남자가 뒤엉켰고, 유치원 교사들이 우르르 달려들어 아이 아빠를 말리기 시작했다. 아이들 몇 명이 울음을 터뜨렸고, 남자가 들고 있던 교구 박스에서 쏟아져나온 자석 숫자들이 바닥에 어지럽게 널브러졌다. 하지만 그것이 전부였다. 사태는 어느 순간, 아무 일도 없었다는 듯 마무리되었다. 아이 아빠는 마치 누군가가 말려주기를 기다렸던 사람처럼, 분풀이할 어떤 대상이 필요했던 사람처럼, 계속 남자를 향해서 "너 한 번만 더 내 눈에 띄어봐!" 씩씩거리다가 침을 한 번 탁 뱉고 유치원 앞을 떠났다.

그날 오후, 다시 유치원에 들른 남자는 부원장에게 불려갔다. 부원장실에 들어가기 전, 남자는 바로 옆 비어 있는 들꽃반 교실에서 기다렸는데, 그 반은 내가 담임을 맡고 있던 반이기도 했다. 남자는 유아용 원목 의자에 한참 동안 고개를 숙인 채 앉아 있었다. 나는 종일반 아이들의 하원 준비를 시키느라 몇 번 분주히 복도를 오갔는데, 그때마다 유리창 너머로 남자의 뒷모습을 보았다. 잔뜩 풀이 죽은 듯한 어깨와 구김이 인 셔츠, 작은 귓불. 그것이 그날 내가 교실 밖 복도에서 본 남자의 모습이었다. 어쩌면 저렇게 아이처럼 귀가 작을까. 귀가 작은 사람은 객지에서 고생할 팔자라고 하던데. 나는 그렇게 중얼거리면서 복도를 걸어다니기도 했다. 하지만 그 생각은 그리 오래가지 않았다. 정작 내 발길이 오래 멈춘 것은 퇴근 준비를 위해 교실에 들어갔다가, 그러다가 우연히 그가 앉아 있던 책상에 그려진, 손톱으로 그려진 작은 그림 하나, 그것을 보았을 때였다.

거기에는 눈사람 하나가, 환하게 웃고 있는 눈사람 하나가, 선명하게 그려져 있었다.

그 일이 있고 사흘 후, 나는 퇴근하는 길에 다시 남자를 만났다. 유치원 앞 사거리를 지나 마을버스 정류장을 향해 걷고 있는데, 남자의 승합차가 옆에 와서 섰다. 남자는 조수석 유리창을 내리고 내게 물었다.

선생님, 어디까지 가세요? 태워드릴게요.

남자는 예의 또 그 싹싹한 목소리로, 나를 불편하게 만드는 모습으로, 말을 걸었다.

나는 퇴근하는 길이라고, 가까운 거리라고, 걸어가겠다고 말했다. 나는 서둘러 짧게 묵례도 했다. 하지만 남자는 계속 내 얼굴을 보며 천천히 승합차를 몰았다.

가까운 거리니까 타세요. 피곤하시잖아요.

남자의 승합차 때문에 뒤따라오던 차들이 서서히 속도를 줄이기 시작했다.

나는 망설였다. 남자는 허리를 길게 빼 조수석의 문을 열어주기까지 했다. 그 열린 문틈으로 종이컵과 신문지가 어지럽게 널브러져 있는 조수석 바닥이 보였다. 왠지 저 안으로 들어가선 안 될 것 같다는 예감이 들었다. 해코지를 당하거나 납치를 당하게 될지도 몰라. 나는 그런 생각마저 들었다. 분명 그럴 가능성도 있었다. 하지만 그럴수록 남자에 대해 갖고 있던 내 불편함과 어색함이 그 부피를 더 키워나갔다. 웃고 있던 눈사람도 계속 머릿속을 떠돌았다. 누군가 나를, 남자를 말려줬으면 좋겠는데, 주위엔 아는 사람이 아무도 없었다. 뒤따르던 차들이 클랙슨을 울리기 시작했고, 나는 주저하다가 천천히 남자의 승합차 쪽으로 다가갔다. 남자는 그런 나를 보면서 다시 안전벨트를 맸다. 승합차 안에선 오래된 식물 냄새가 났다.

때때로 나는 그런 생각을 해볼 때가 많았다. 만약 그날, 내가 남자의 승합차에 타지 않았다면, 그랬다면 많은 것들이 달라졌을까? 남자가 차에 타라고 보채도 모르는 척 계속 걷기만 했다면 내 남편의 운명도 많이 달라졌을까? 불과 몇 년 전까지만 해도 나는 그렇다, 달라졌을 것이다, 아무 일도 일어나지 않았을 것이다, 라고 스스로 답변했다. 그 모든 것이 하나의 실처럼 길게 이어져 내 인생의 많은 것들이 거기에 줄줄 달려간 것이라고, 그렇게 믿었으니까…… 하지만 지금은 잘 모르겠다. 어쩌면 선이 하나 더 있었는지 모른다고, 그것은 각기 다른 실이었는지 모른다고, 생각해볼 때가 더 많다. 우리는 저마다 각기 다른 여러 개의 선을 가지고 있는데, 그것을 하나의 선으로만 보려는 것은 그 사람 자체를 보려는 것이 아닌, 그 사람을 보고 있는 자기 스스로를 보려는 것이라고, 나는 그렇게 의심을 하게 될 때가 더 많아졌다. 그 사람을 보고 있는 다른 사람들…… 그 사람들 눈에 남자의 승합차에 올라탄 순간 나는, 이미 남편을 살해한 여자가 되어 있었다.

실제로 그로부터 이 년 후, 나는 남편을 살해한 여자가 되고 말았다.

*

조금 전 누군가 이 방에 들어왔다가 나갔다.

그는 남색 점퍼에 검은색 폴라를 입고 있었다. 오십대 중후반쯤으로 보였는데, 하얗게 센 눈썹과 짧은 머리, 팔자주름이 선명한 남자였다. 그는 마치 방을 잘못 찾아들어온 사람처럼 테이블에 앉아 있는 나를 바라보다가 복도 쪽으로 몸을 내밀어 방 호실을 확인하기도 했다. 그래서 나는 그를 신경쓰지 않고 계속 진술서를 써나갔다. 하지만 그렇게 다시 나갈 줄 알았던 남자는 문을 닫고 방안으로 들어왔다. 그러곤 뒷짐을 진 채 천천히 테이블 건너편을 서성거렸다. 그는 내게 아무런 말도 건네지 않았고, 헛기침 소리 한번 내지 않았다. 그러면서도 시선은 계속 나를 향해 있었다.

나와 짧게 몇 번 눈이 마주쳤지만 얼굴엔 별다른 표정 변화가 없었다. 그는 마치 공기청정기 바라보듯, 행복나무 화분 살펴보듯, 나를 관찰했다. 나는 볼펜 쥔 손에 힘을 준 채 가만히 그의 시선을 견뎠다. 의자가 된 듯, 책장이 된 듯, 숨조차 제대로 쉴 수가 없었다. 숨을 제대로 쉴 수가 없었지만 그의 냄새만은 온전히 다 빨아들였다. 나프탈렌처럼 모든 것을 윽박지르는 그의 스킨 냄새. 그 냄새가 말을 하듯 내 귓바퀴를 타고 넘어 들어왔다. 내 뺨을 때리는 말들…… 내 죄를 추궁하는 말들…… 나는 그의 냄새가 하는 말들을 반복적으로 들으면서도 손에서 볼펜을 내려놓지 않았다. 볼펜을 내려놓으면 정말 그의 냄새가 내 모든 것을 물들일 것만 같았다. 그대로 사물이 되어버릴 것만 같았다.

그는 그렇게 아무 말도 없이 몇 분을 더 서 있다가 조금 전 이 방 밖으로 나갔다. 그리고 나는 다시 이 글을 쓰고 있다. 그는 아마 하준영 팀장의 동료일 것이다. 그의 상관일 수도 있고, 그도 아니면 전혀 다른 부서의 경찰일지도 모른다. 우연히 이 방에 들른 것일 수도 있고, 나를 감시하기 위해 온 것일 수도 있다.

하지만 어느 쪽이든 상관없겠지. 그가 누구든, 그에게 나는 그저 죄인일 테니까. 내 모든 것은 사라지고 죄만 남을 테니까…… 나는 이제 그런 시선에 익숙해져야 한다. 오로지 죄로 모든 것이 설명되는 사람…… 어쩌면 그래서 나는 지금 이 글을 이렇게 길게 쓰고 있는 것인지도 모른다. 이 글을 쓰고 있는 지금은, 이 문장을 쓰고 있는 이 순간은, 그래도 나는 아직 김숙희이니까…… 마흔세 해를 살아온 김숙희가 맞으니까……

공기 중엔 아직도 그의 냄새가 남아 있다. 그 냄새 속에서 나는 이 글을 쓰고 있다.

*

정대리. 그의 이름은 정재민이었다. 고향은 전라북도 고창이었고, 삼남 일녀 중 둘째였다. 고등학교를 졸업한 후 이 년 가까이 고향에 머물면서 부모님의 복분자 농사를 도왔고, 군 제대 후부터 중학교 선배의 소개로 유아용 교구 제작업체 영업사원으로 일하기 시작했다. 안산 정왕역 근처 고시원에서 몇 년을 살았으며, 안양 만안구와 부평 갈산동에서도 살았다. 나를 만났을 무렵에는 부천 춘의동에 있는 한 작은 원룸에서 지내고 있었는데, 한 번도 나를 그 방에 데리고 간 적은 없었다.

그 밖에 또 무엇이 있었던가?

사실 나는 그를 떠올리면 다른 무엇보다 집 근처 초등학교 옆 공터에 세워둔 승합차 안에서 어둑어둑해지는 운동장을 가만히 바라보던 일, 앞유리창에 비친 그의 얼굴을 곁눈질해가며 무언가를 끊임없이 이야기하던 내 모습, 가로등 불빛을 받으면 어쩐지 더 차갑게 보이던 초등학교 교정 안 배롱나무 가지 같은 것들만 선명하게 기억난다. 유치원에서부터 초등학교 옆 공터까지는 채 오 분도 걸리지 않았는데, 어쩐지 나는 바로 내리면 안 될 것만 같은 압박감에 시달렸다. 그럼 실례가 되지 않을까, 그가 무시받았다고 느끼지는 않을까, 혼자 돌아가는 마음이 초라해지지는 않을까. 나는 그것이 염려됐다. 그래서 그 염려가 사라질 때까지 그의 승합차에서 내리지 않았다. 몇 번인가 그에게 유치원에 출근하는 게 별로 즐겁지 않다는 이야기를 하기도 했다. 해마다 늘 비슷비슷해 보이는 아이들, 가난한데 자기가 가난한지도 모르고 부끄러운지도 모르는 아이들. 그걸 내가 왜 매일매일 지켜봐야 하는지 모르겠다고, 그런 말을 했던 것도 같다.

그게 좀 고통스럽거든요.

그는 내 이야기를 듣고는 슬쩍 웃거나, 멀거니 창문 밖 백미러를 바라보았다. 나에게 왜냐고 묻지 않았고, 어떻게 해보라고 권유하지도 않았다.

그는 종종 승합차 안에서 졸기도 했다. 운동장을 바라보면서 무언가 이야기하다가 슬쩍 그쪽을 바라보면 운전석 유리창에 머리를 기댄 채 까무룩 잠들어 있는 그의 모습을 볼 때가 있었다. 그때마다 나는 마음이 조금 이상했다. 이 사람은 왜 여기에 앉아서 졸고 있는 걸까? 나한테 왜 이러는 걸까? 나는 기어 레버 옆에 힘없이 놓인 그의 손바닥을 가만히 내려다보면서 그런 생각을 했다. 그때도 가끔 고향에 내려가 복분자 농사를 돕는다는 그의 손바닥은 군데군데 각질이 일어나 있었고, 또 상처가 많았다.

후에, 모든 것이 다 끝장나고 난 후, 그는 내게 거칠고 상처가 되는 말들을 많이 했는데, 내 얼굴을 똑바로 바라보면서 반복적으로 소리를 지르기도 했다. 처음에 너한테 왜 그랬느냐고? 너한테 왜 그랬느냐고? 뭘 왜 그래? 정말 몰라서 물어? 선생들한테 밉보이면 안 될 거 같아서, 그래서 그런 거지! 나는 그때 그의 말을 들으면서도, 그에게 등을 보인 채 주저앉아 훌쩍거리면서도, 그것만이 전부는 아닐 거라고 생각했다. 어떻게 그런 이유로 그렇게 오랜 시간 승합차에 앉아 있을 수 있는가. 졸면서까지 기다려줄 수 있는가. 나는 그후로도 오랫동안 그의 말을 믿지 않았다.

그와 만난 지 삼 개월쯤 지난 후였던가, 함께 꼬치구이집에 들러 술을 마신 적이 있었다. 그전까지 그와 같이 무언가를 마시거나 먹은 것은 승합차에 앉아 홀짝거린 자판기 커피가 유일했다.

사실 전 술을 마시면 안 되는데……

그가 내 술잔을 채우면서 말했다.

이게 평소엔 괜찮다가 술만 마시면 막 돋아나거든요.

뭐가요?

나는 술잔을 들었다가 다시 내려놓으며 물었다.

복분자 가시요. 이게 긁힌 자국이 다 없어졌다고 생각했는데…… 술만 마시면 죄다 벌겋게 일어나요. 좀 흉해요.

흉해요?

흉해요. 이마도 그렇고, 목도 그렇고, 손도 그렇고……

나는 그의 얼굴을 빤히 바라보았다. 그는 자신의 팔을 쓸어내리며 작게 웃었다.

마셔요.

내가 말했다.

네?

마시자구요.

나는 술잔을 그의 인중 근처까지 들어올렸다. 그는 그 술잔을 잠깐 멍한 눈길로 내려다보다가 천천히 자신의 잔을 채웠다. 사실을 말하자면 나는 그때부터, 그러니까 술에 취하기 이전부터, 그와 자고 싶었다. 그의 흉터를 보고 싶다거나, 그가 안쓰러워서 그런 건 아니었다. 나는 오히려 내 벗은 몸을 그에게 보여주고 싶었다. 내 맨살을 그의 피부와 맞대고 싶어졌다. 알 수 없었지만, 바로 그 순간부터 나는 그런 욕망에 사로잡혔다.

그날 밤, 나는 모텔에 들어가기 전에 그에게 말했다.

가긴 가더라도…… 새벽엔 집에 들어가야 해요.

그는 조금 비틀거리면서 두 눈을 끔벅거렸다.

남편이 걱정하거든요.

그는 내 얼굴과 모텔 간판을 번갈아가며 바라보았다.

결혼했어요?

네, 이 년 전에요.

아니, 나이가 몇 살인데요?

스물여섯이요. 스물네 살에 결혼했어요.

나는 그의 얼굴을 똑바로 쳐다보면서 말했다. 그의 관자놀이 근처와 콧잔등에는 마치 손톱에 긁힌 것처럼 붉은 실선들이 여러 개 일어나 있었다.

일찍도 했네…… 한데, 왜 미리 얘기 안 했어요?

묻지 않았잖아요, 그런 얘기.

나는 이상하게도 마음이 조급했다. 하지만 부끄럽진 않았다.

아, 하긴.

그는 고개를 크게 끄덕거렸다. 나는 그 말엔 조금 상처를 받았다.

안 들어갈 거예요?

내 말에 그는 잠깐 인상을 찡그렸다. 오른손으로 귀 아래를 몇 번 긁기도 했다.

새벽에 들어가기만 하면 괜찮은 거예요?

그가 물었다. 나는 그 질문엔 대답하지 않았다. 대신 내가 먼저 모텔 문을 밀치고 안으로 들어갔다. 그러자 그가 다시 비틀비틀 내 뒤를 따라 들어왔다. 나는 두려운 마음이 하나도 들지 않았다.

마음만 계속 바빴을 뿐이다.

*

나는 그와 이 년 가까이 만났다.

그가 유치원에 교구를 가지고 들르는 날엔 빠짐없이 만났고, 남편이 출근한 토요일 오전에는 내가 그의 원룸 앞까지 찾아가 기다리곤 했다. 그와 함께 영화를 보거나 공원을 산책하거나 카페에 마주앉아 커피를 마신 기억은 없다. 함께 승합차에 앉아 있다가 오정동이나 안양 근교까지 나가 설렁탕이나 김밥 따위를 사 먹은 후 모텔에 가는 것, 그리고 다시 각자의 집으로 돌아가는 것, 그것이 그와 나의 연애의 전부였다. 선물을 주고받은 적도 없었고, 서로의 친구를 소개받은 적도 없었다. 나와 만나고 있는 시간에도 그는 종종 다른 유치원 원장들에게서 걸려온 전화를 받곤 했는데, 그럴 때마다 나는 오랫동안 숨을 참고 있었다. 그럴 필요까진 없었는데도 저절로 그렇게 됐다. 그는 유치원 원장들하곤 꼭 차명으로 된 휴대폰으로 통화했는데, 나에게도 항상 그 전화로만 연락을 해왔다.

그는 섹스가 끝나면 씻지도 않고 바로 몸을 동그랗게 만 채 쪽잠을 자곤 했다. 나는 그의 얼굴을 바라보며 가만히 옆에 누워 있었다. 잠들어 있는 그에게 몇 번인가 혼잣말로 이야기하기도 했다. 그것은 주로 남편에 대한 이야기였다. 내게 용돈을 주고, 등록금을 대주고, 청바지도 사주었던 남편. 지금도 성실하게 누군가의 짐을 날라주고 있을 착한 남편.

남편에게 얘기하려구요.

나는 그의 거친 손바닥을 쓰다듬으면서 말했다.

어차피 이건 착한 거하곤 아무 상관 없는 일이니까요.

그는 내 말에 아무런 대답도 하지 않았다. 규칙적으로 작은 숨소리만 냈을 뿐이다.

마음은 그렇게 먹었지만, 그러나 나는 그해 연말까지도 남편에게 아무런 말을 꺼내지 못했다. 그와 헤어진 후, 새벽 두시가 넘은 시간 집으로 들어가면서, 골목길에서, 대문 앞에서, 나는 항상 결심했고 마음을 다잡았다. 말할 수 있을 거라고 생각했고, 말해야 된다고 다짐했다. 더이상 시간을 끌면 안 된다고, 이건 변명이나 이해의 문제가 아닌 고백에 관한 일이라고, 계속 그렇게 술 취한 사람처럼 중얼거리기도 했다. 아니, 좀더 솔직하게 말하자면 당시 나는 남편에 대한 걱정이나 염려 따위를 하지 못했던 게 맞았다. 남편을 위해서 고백해야 한다고 마음먹었지만, 그건 그저 나 자신을 속이기 위한 핑계 같은 것이었다. 나는 그 어느 때보다도 나에 대해서 골몰해 있었던 게 맞았다.

집은 늘 어두웠다. 나는 어둠이 눈에 익을 때까지 신발도 벗지 않은 채 조용히 현관에 쪼그려앉아 있곤 했다. 그러면 차츰차츰 마음 한편이 서늘해지는 것을 느낄 수 있었다. 어떤 각오 같은 것들이 생기기도 했다. 하지만 다시 발소리를 죽여 안방으로 들어가면, 그곳 침대에 모로 누워 있는 남편의 등을 바라보면, 그가 잠옷 대신 입는 밑단이 짧은 추리닝을 물끄러미 내려다보면, 나는 차마 용기를 낼 수가 없었다. 또 새벽바람을 맞으며 출근할 사람인데, 한번 잠드는 게 어려운 사람인데…… 내가 뭘 잘했다고…… 나는 마음속으로 몇몇 이유를 댔고, 그 이유들 덕분에 다시 아무렇지도 않게 남편의 등을 껴안은 채 잠들 수 있었다. 나는 내가 점점 더 나쁜 사람이 되어가고 있구나, 그렇게 생각하기도 했다.

남편은 다른 유치원을 알아보는 게 낫지 않을까, 이건 무슨 입시학원도 아니고, 하면서 말을 꺼낸 적이 있었다. 나는 평가 인증 때문에 그래요, 다른 유치원들도 다 마찬가지인데요 뭘, 하면서 둘러댔다. 거참, 나는 유치원 선생들이 세상에서 제일 일찍 퇴근하는 사람들인 줄 알았는데…… 남편은 그렇게 말끝을 흐릴 뿐 더이상 묻지 않았다. 남편은 내가 늦는 날이면 혼자 찌개를 끓여 먹었고, 자신의 양말과 속옷을 손빨래했으며, 텔레비전을 보다가 그대로 잠들곤 했다.

한번, 뜻밖의 순간에 남편에게 모두 다 털어놓을 뻔한 적도 있었다. 남편이 퇴근길에 롯데리아에 들러 불고기버거 세트 두 개를 사온 날이었다. 저녁 대신 그것을 식탁에 마주앉아 먹다가 말고 남편이 슬쩍 웃으면서 자기 콜라에 소주를 탔다. 그 모습을 오롯이 바라보다가 나는 나도 모르게 울컥 눈물을 흘리고 말았다. 그것은 나 자신 또한 전혀 예상하지 못한 눈물이었다. 평화로운 저녁이었고, 그를 만나지 않은 저녁이기도 했다. 나는 그만 그치려고 노력했지만, 계속 한 손에 불고기버거를 든 채 눈물을 흘리고 말았다. 나중에는 식탁에 이마를 기댄 채 꺼이꺼이 흐느끼기까지 했다. 그리고 그 순간, 지금 말해야 한다고, 지금이 아니면 더 힘들어지고 말 거라고, 어깨를 들썩거리면서 생각했다. 하지만 그때도 나는 아무런 말을 하지 못했다. 목에서 무언가 자꾸 넘어와 입 밖으로 아무런 말을 꺼낼 수 없었던 까닭도 있었지만, 지금 말하면 남편에게 그저 용서를 구하는 것, 오직 그것만 하고 말 거라는 두려움 탓이 더 컸다. 내가 원한 것은 용서가 아니었다. 나는 사실을 원했고, 진실을 바랐다. 그 이후의 것들은 남편의 몫이 아니라고 생각했다.

그날, 나보다 더 당황한 남편은 소주를 탄 콜라를 개수대에 버리고 내 옆으로 다가와 앉았다. 다 지나간 일인데 뭘, 우리 이제 잘살잖아…… 남편은 그렇게 말하면서 내 등을 계속 토닥거려주었다. 그 말들은 나에겐 하나도 위로가 되지 못했다.

*

남편에게 말하진 못했지만, 나는 그에게 거짓말을 했다. 그와 만난 지 반년쯤 지난 뒤의 일이었다.

다 얘기했어요.

뭘요?

그는 수건으로 탈탈, 머리를 소리나게 털면서 물었다.

우리 관계요. 남편에게 다 얘기했어요.

그가 수건을 머리 위에 그대로 둔 채 가만히 나를 바라보았다. 나는 결코 그를 시험하기 위해서 거짓말을 한 것이 아니었다. 그에게 미안해서 한 거짓말이었다. 하지만 결과적으로 그것은 시험이 되고 말았다.

그날, 그는 침대 모서리에 앉아 아무 말 없이 티브이만 바라보았다. 섹스를 할 때도 내 얼굴은 보지 않았다. 나는 그의 밑에 눌린 상태에서도 계속 그의 표정을 살폈는데, 어쩐지 그는 시무룩해 보였고 화가 난 사람처럼 느껴졌다. 숨소리는 거칠었지만, 말은 한마디도 하지 않았다.

섹스가 끝난 후, 등을 구부정하게 만 채 돌아누워 있던 그는 한참 뒤 내게 물었다.

내 이름도 말했어요?

나는 아무런 대답도 하지 않았다. 실망을 했지만, 그렇다고 그가 미워진 것은 아니었다. 내가 먼저 시작한 거짓말이었으니까. 나는 그가 일곱 살 아이 같다는 생각만 했을 뿐이다.

*

그도 이곳에 불려 나오게 될까?

진술서를 쓰다 말고 나는 잠시 그런 생각을 했다. 아마 그렇게 되겠지…… 이곳에 나올 땐 미처 그런 생각까진 해보지 못했지만, 역시나 그 또한 내가 지금 쓰고 있는 이 진술서 때문에 좋든 싫든 다시 이곳 경찰서로 불려 나오게 될 것이다. 어쨌든 하준영 팀장에겐 이 진술서를 확인해줄 사람이 필요할 테니까. 이 모든 것을 확인해줄 사람은 정재민, 그 사람뿐일 테니까.

예전, 내가 그 끔찍한 일을 저질렀을 때도 그는 시흥경찰서 강력계에 불려 나가야만 했다. 경찰들은 나와 그에게 따로따로 많은 질문을 던졌다. 2000년 10월 20일 밤 여덟시부터 새벽 한시 사이에 어디에 있었는가, 무엇을 했는가, 누구와 있었는가…… 그는 그때 부천 춘의동에서 저녁을 먹고 다시 중동에 있는 호프집으로 넘어가 새벽 두시까지 친구들과 함께 있었다고 진술했다. 그건 틀림없는 사실이었다. 그날 내가 오이도 해상공원 대로변에 있는 공중전화로 그에게 전화를 걸었을 때, 그는 분명 호프집이라고 했으니까. 나는 그때 그에게 침착한 목소리로 남편을 죽였다고 말했다. 그가 호프집에서 나오는 음악 소리 때문에 내 말을 제대로 알아듣지 못해서 다시 한번 또박또박, 남편을 죽였다구요, 제가, 라고 말해야 했다. 그가 잘못한 것은 바로 그때부터였다. 그는 잠시 어, 어, 하더니 내게 무조건 곧장 친정엄마에게 가 있으라고 말했다. 내가 아무 말도 하지 않자, 수화기 너머 저편에서 버럭버럭 소리를 질러대기도 했다. 내 말 알아들었어요? 내 말 알아들었느냐구요! 내가 그 말에도 제대로 대답하지 못하자, 이번엔 시키는 대로 하라구, 내가 시키는 대로 해, 라고 명령조로 말했다. 그래서 나는 또 잠시 그를 오해하기도 했다. 아, 그가 아직도 나를 염려하고 있구나, 나를 아끼고 있구나…… 나는 그렇게라도 무언가 의지할 곳을 찾고 있었던 것인지도 모른다. 필사적으로 그랬던 것인지도 모른다. 아무렇지도 않았던 내가 겁을 잔뜩 집어먹기 시작한 것은 바로 그때부터였으니까……

십수 년 만에 다시 경찰서에 불려 나오게 되면, 그는 과연 어떤 표정을 지을까? 나에 대해선 뭐라고 진술할까? 예전처럼 또 아무것도 모르는 척 거짓말을 할까?

글쎄, 그건 지금으로선 알 수 없는 일이다. 나와 상관없는 일이기도 하다. 나는 이제 그가 벌을 받든 말든 별 관심이 없다. 그가 안쓰럽다거나, 그에게 미안한 마음 또한 들지 않는다. 각자의 죄가 있고, 각자의 벌이 있는 것이다. 그것을 뭉뚱그려 바라보면 모든 것이 다 평평해질 뿐이다. 죄는 그때 반복되는 것이다.

나는 더이상 반복하고 싶지 않다. 미움도 슬픔도 사랑도 증오도 삶도. 그게 전부다.

*

그와 만난 지 일 년쯤 지난 이듬해 초봄, 나는 기어이 남편에게 모든 것을 고백하고 말았다. 그때는 이미 그와 만나는 날도 줄고, 전화 통화도 거의 하지 않던 시기였다. 그는 내가 문자를 보내거나 전화를 걸어도 답이 없거나 받지 않을 때가 많았다. 춘의동 원룸 앞으로 찾아갔을 때나 겨우 얼굴을 볼 수 있었는데, 허탕을 치고 돌아오는 날도 꽤 있었다. 그는 회사일 때문에 정신이 없다고 말했다. 계양구에 새로 들어선 유치원 두 곳과 거래를 시작했는데 그곳 원장들이 바라는 것이 많아서, 라는 말을 했다. 무슨 유치원 원장들이 가라오케 사장들 같아. 그는 그렇게 투덜거리기도 했다. 그는 섹스를 하고 난 후에도 예전처럼 쪽잠을 자지 않고 바삐 나갈 때가 많았다. 그래서 나는 그의 얼굴을 바라보며 혼잣말을 중얼거리지도 못했다. 그가 승합차로 나를 초등학교 옆 공터에 내려주고 요란하게 타이어 긁히는 소리를 내며 떠나갈 때마다, 나는 우리 관계가 머지않아 끝날 것을 예감했다. 처음 나를 승합차에 태워줬을 때처럼 승합차에서 내려주면 그뿐. 다시 돌아오지 않을 것만 같았다.

그즈음 세탁기 배수 호스가 막힌 것인지, 다용도실 하수구가 막힌 것인지, 며칠 동안 세탁조 속 물이 잘 빠지지 않고 고여 있던 날들이 있었다. 퇴근한 남편이 저녁을 먹자마자 그것을 손보겠다며 추리닝 바지를 무릎까지 걷어올리고 다용도실 안으로 들어갔는데, 나는 남편 뒤에 쪼그리고 앉아 그 모습을 지켜보았다. 남편은 하수구에 걸린 머리카락을 하나하나 세심하게 제거했고, 옷걸이를 갈고리처럼 구부려 호스 안을 긁어내기 시작했다. 호스 안으로 옷걸이를 집어넣을 때마다 남편은 작게 씩씩, 소리를 냈다. 그때마다 남편의 늘어진 추리닝 허리선이 조금씩 조금씩 아래로 밀려 내려갔다. 밀려 내려간 허리선 안으로 남편의 남루한 속옷이 보였고, 다시 그것마저 내려가 거무튀튀한 엉덩이 골이 삐죽 드러났다. 나는 그것을 가만히 내려다보았다. 그것을 보면 볼수록 이상하게도 내가 자꾸 부끄러운 심정이 되었다. 내 것이 아닌데도 그랬다. 어쩌면 저렇게 검을 수가 있을까? 혹시 무슨 때가 낀 것은 아닐까? 나는 부끄러워서 좀처럼 참을 수가 없었다. 그래서 나는 말해버렸다.

만나는 남자가 있어요.

나는 남편의 등뒤에서 말했다.

남편은 내 말을 듣고 움찔, 손을 멈추고 그대로 앉아 있었다. 허리선도 그대로였고, 엉덩이 골도 그대로였다. 제발, 그것 좀 추켜올려 입으면 안 돼요? 나는 소리치고 싶었다.

벌써 일 년 가까이 됐어요.

나는 그렇게 말했지만, 남편은 계속 아무런 말이 없었다. 옷걸이로 다시 호스 안을 쑤셔대기만 했을 뿐이다. 엉덩이까지 들썩거리면서, 남편은 하던 일을 계속했다.

사실대로 말하고 싶었는데…… 계속 잘 안 됐어요…… 미안해요.

내가 거기까지 말했을 때, 호스에서 작은 바람 빠지는 소리가 나더니 이내 쿨럭쿨럭 검은 구정물이 쏟아져나왔다.

됐다.

남편은 호스에서 쏟아져나오는 물을 보면서 말했다. 그러더니 옷걸이에 걸린 무언가를 손에 쥐고 수돗물에 깨끗이 씻었다. 남편은 그것을 정성스럽게 닦은 다음, 내 손에 건네주었다.

이런 게 여기 껴 있었네.

나는 남편의 얼굴을 무표정하게 바라보았다. 그러다가 남편이 건네준, 유치원에서 쓰는 플라스틱 자석 숫자 '8'을 멍한 눈길로 내려다보았다. 내가 왜 이런 걸 주머니에 넣고 다녔던 걸까? 언제부터 넣고 다녔던 걸까? 나는 그 숫자 '8'을 보면서 생각했다. 하지만 기억이 잘 나지 않았다. 다만 여기서 말을 멈추면 안 된다는 생각만은 분명했다.

유치원에 교구 납품하는 일을 하는 남자인데……

저기, 다음에 말하면 안 될까?

남편이 내 말을 끊으면서 말했다.

나, 내일 또 새벽같이 일 나가야 하잖아.

남편은 그렇게 말하곤 안방으로 걸어갔다. 남편은 마치 아무 말도 듣지 않은 사람처럼, 이제 막 퇴근해서 집으로 들어온 사람처럼 행동했다. 허리를 뒤로 활처럼 젖히며 스트레칭을 하기도 했다. 나는 남편을 따라 들어가 계속 말을 하려고 했지만, 그러나 그러지 못했다. 예전 남편이 질문 아닌 질문을 해오던 때처럼, 밤늦게 자지 말고 아르바이트도 하지 말라고 했을 때처럼, 온몸에서 힘이 쭉 빠져나가는 것을 느꼈다. 새벽같이 나가야 한다는데…… 잠들기 어려운 사람인데…… 나는 그 자리에 얼음처럼 서 있기만 했다. 그러자 이상하게도 마음이 한결 편해졌다. 무언가 외면당하고 수치스러운 기분도 들었지만, 그래서 마음이 편해진 것도 사실이었다. 착하고 성실한 사람이니까, 착하고 성실한 남편이니까, 잘못을 저지른 것은 내가 맞으니까…… 나는 계속 그 말만 주문처럼 웅얼거렸다.

*

그뒤로도 나는 계속 남편에게 말하려고 노력했다. 안방에 앉아 함께 티브이를 보다가도, 같이 재활용품을 분리하다가도, 불쑥불쑥 말을 꺼냈다. 왜 아무런 말이 없어요? 내 말이 다 거짓말 같아요? 나는 뭘 어쩌겠다는 생각도 없이, 계획도 없이, 그렇게 물었다. 물론 그렇다고 그 말들을 쉽게 꺼냈다는 뜻은 아니다. 내가 말하지 않으면, 입을 다물고 있으면, 모든 게 괜찮았지만, 그저 조금 수치스럽고 사물 취급을 받는다는 생각만 하지 않는다면 아무 문제도 없었지만, 때때로 그 감정들이 나를 참을 수 없게 만들었다. 나는 계속 입안에서 되풀이했던 말들을 어렵게 꺼냈다. 하지만 남편의 반응은 한결같았다. 내가 말을 꺼낼 때마다 욕실로 들어가거나 침대에 누워 등을 돌렸다. 닫힌 욕실 문 앞에서 계속 얘기해도 돌아오는 말은 아무것도 없었다.

나는 일부러 집에 늦게 들어가기도 했다. 그를 만나지 않았는데도 혼자 술을 마시고, 부천역 광장을 거닐고, 초등학교 옆 공터를 배회하다가 자정 넘어 귀가하는 날이 많았다. 그런 날엔 그에게 계속 전화를 걸었지만, 연락이 닿은 날은 몇 번 되지 않았다. 남편은 변함없이 혼자 밥을 먹고 설거지도 말끔하게 끝내고 안방 침대에 잠들어 있었다. 나는 싱크대 옆에 반듯하게 널어놓은 행주를 바라보다가 잠든 남편을 깨우기도 했다. 술을 좀 마신 날이었다.

날 무시하지 마요. 뭐라고 말을 좀 하라구요!

나는 남편에게 소리쳤다.

내가, 내가 다른 남자를 만났다구요! 오빠는 그래도 아무렇지 않아요?

남편은 상체를 세우고 앉아 미간을 찡그렸다. 내 얼굴을 똑바로 바라보지도 않고 계속 고개를 숙이려고만 했다. 방바닥에 놓인 자명종을 흘깃흘깃 바라보기도 했다.

날 보고 어떡하라구?

남편은 잠이 덜 깬 목소리로 말했다.

네가, 네가 알아서 판단하는 게, 그게 맞지 않을까?

남편은 침대 옆에 있던 물을 한 잔 마시고 다시 자리에 누웠다. 나는 남편에게 무슨 말을 더 하려고 했지만, 또 그러지 못했다. 나는 어쩐지 나 자신이 자꾸 바보가 되어가는 것만 같았다. 남편 말에 뭐라고 더 대꾸해야 되는데, 더 다퉈야 하는 게 맞는 것 같은데, 입에선 아무런 말도 나오지 않았다. 내 의지와 상관없이 그저 노곤하게 온몸의 맥이 다 풀어지는 기분이었다. 이러다간 더 멍청해지고 멍청해져서 아예 제로가 되어버릴 것만 같았다. 무생물이 되어버릴 것만 같았다.

실제로,

나는 남편과의 마지막 몇 개월을 쭉 그런 상태로 지냈다.

멍한 상태 그대로.
아무 생각 없는 그대로.
바다 깊은 곳 빈 소라 껍데기처럼.

*

아까부터 어떤 노래 가사 하나가 계속 머릿속에서 떠나지 않는다.

나는 평소 노래를 즐겨 부르거나, 자주 듣는 사람도 아니다. 아는 노래도 거의 없고, 노래방을 가본 것도 까마득한 옛날 기억이다. 버릇처럼 노래를 흥얼거리는 사람도 아니다. 한데도 멜로디와 함께 노랫말이 계속 떠오른다. 망가진 카세트테이프처럼 구간 반복되면서 글쓰는 걸 방해한다. 경찰서에서, 진술서를 쓰고 있는 지금, 노래라니. 남편을 살해한 죄를 진술하고 있는 이 마당에 노래라니. 나는 어울리지 않는다고 생각했지만, 그럴수록 노래는 끊기지 않고 계속된다. 그래서 나는 아예 그 노래 가사를 여기에 옮겨 적기로 한다.

아무도 날 찾는 이 없는 외로운 이 산장에
단풍잎만 채곡채곡 떨어져 쌓여 있네
세상에 버림받고 사랑마저 물리친 몸

병들어 쓰라린 가슴을 부여안고
나 홀로 재생의 길 찾으며 외로이 살아가네

나는 이 노래를 누가 만들었는지, 누가 불렀는지, 알지 못한다. 노래 제목이 '산장의 여인'인 것은 알고 있다. 엄마가 종종 부르던 노래였으니까. 한데, 왜 이 오래된 노래가 자꾸 떠오르는 것일까? 내가 지금 지나치게 감정적인 것일까? 노래 가사에 나오는 저 여인과 내 처지가 같다고 여기는 것일까? 노랫말이 적힌 이 진술서를 보면 아마 하준영 팀장은 그렇게 생각할지도 모른다. 하지만 아니다. 그렇지 않다. 나는 저 노래 가사 속 여자와는 다른 사람이다. 나는 세상으로부터 버림받았다고 생각해본 적 없고, 사랑을 물리친 적도 없다. 바보처럼 병들고 쓰라린 가슴을 부여안고 외로이 살아오지도 않았다. 나는 저 여자가 천치 같다고 여겨진다. 천치 같지만, 마음이 쓰린 것은 맞는다. 그건 아마도 저 노래의 멜로디 때문이겠지. 내가 지금 저 노래를 떠올린 것은 어쩌면 가사가 아닌 멜로디 때문인지도 모르겠다. 때때로 나는 멜로디 때문에 가사에 속고 마니까. 멜로디 때문에 가사를 다르게 보니까.

지금 내 감정과 비슷한 것은, 여기에 적을 수 없는 저 노래의 멜로디뿐이다.

*

당시에 나는 그것이 무엇인지 제대로 알지 못했다.

처음에는 그저 내 몸의 모든 관절이 조금 헐거워진 듯한 느낌, 내 몸의 모든 무게중심들이 종아리 아래로 내려앉은 듯한 뻐근함, 그러면서도 머리는 계속 띵하고 무거운 상태, 그런 컨디션이 몇 날 며칠 지속되었다. 마치 자욱한 안개 한가운데 서서 자잘하고 습한 바람을 그대로 맞고 있는 듯한 기분이었다. 나는 암이나 빈혈, 간염 같은 것을 의심했다. 실제로 동네 병원을 찾아가 검진을 받아보기도 했다. 소변검사도 하고, 피검사도 하고, 엑스레이도 찍었다. 하지만 딱히 드러나는 문제는 없었다. 나와 마주앉은 의사는 차트를 훑어보다가 조금 조심스러운 목소리로 정신과 상담 치료를 권했다. 나는 의사의 말대로 정신과를 찾을까 생각했지만, 그러나 그건 하지 않았다. 어쨌든 나는 유치원 교사였으니까, 정신과 진료 기록이 드러나면 좋을 게 없다, 라고 나는 그 와중에도 염려했다.

나는 그 상태로 그를 몇 번 만나기도 했다. 그가 내 위에서 거친 숨소리를 내는데도, 나는 아무 느낌이 없었다. 그때쯤엔 그에게 거의 아무런 말도 하지 않았는데, 관계가 끝나면 기계처럼 옷을 입고 거울도 제대로 보지 않은 채 모텔 밖으로 빠져나왔다. 집 근처까지 데려다주는 그의 승합차 안에선 깜빡깜빡 졸기도 했다. 왜 이렇게 피곤하지, 빨리 가서 눕고 싶다. 나는 그 생각만 간절했다. 그는 뚱한 표정으로 무슨 일 있어요, 라고 물었지만, 나는 대답하지 않았다. 그러자 그도 더이상 아무 말도 하지 않았다.

유치원에서도 나는 자주 멍했다. 바깥놀이시간, 아이들과 함께 근처 공원이나 놀이터로 나갔다가 돌아올 때면, 나는 뭉텅뭉텅 시간이 잘려나간 듯한 기분이 들곤 했다. 내가 언제 거기를 아이들과 함께 다녀왔나, 거기에서 무엇을 했나, 기억을 해보려고 해도 뚜렷하게 생각나는 것들이 없었다. 혹시 아이들 몇 명을 빼먹고 그대로 돌아온 것은 아닐까, 덜컥 겁이 나서 원목 의자에 앉아 있는 아이들의 머릿수를 반복해서 세어보기도 했다. 아이들의 이름을 한 명 한 명 다시 불러보기도 했다. 그때마다 아이들은 신이 나서 더 큰 목소리로 대답했다.

남편은 평상시와 다르지 않았다. 언제나 조금 벌겋게 달아오른 얼굴로 퇴근했고, 집으로 돌아오면 청소부터 했으며, 띄엄띄엄 프로야구 중계를 시청했다. 나에게 무언가를 묻지도 않았고, 짜증을 내지도 않았다. 남편이 티브이를 끄면 집안은 고요하고 적막해졌는데, 나는 그때마다 어쩐지 집안 곳곳이 조금씩 조금씩 줄어들고 있는 듯한 착각이 들었다. 남편은 내게 묻지도 않고 안방 불을 끄고 침대에 눕는 날이 많았다. 그런데도 나는 그때마다 그게 당연하다는 듯 남편을 따라 침대에 누웠다. 전혀 졸리지 않았지만, 신기하게도 남편과 함께 침대에 누우면 금세 잠에 빠져들었다. 꿈도 없고, 가위도 없는 깨끗한 잠이었다. 나는 차라리 남편이 더 빨리 불을 끄고 침대에 눕기를 바란 적도 많았다. 멍하니 앉아 남편이 침대로 가기만을 기다리는 것이, 그것이 내겐 더 피곤한 일이었다. 어느 날인가, 딱 한 번 중간에 잠이 깬 적이 있었다. 누군가 내 가슴을 자근자근 밟고 있는 듯한 기분이 들었기 때문이다. 하지만 잠에서 깨어보니 내 주위엔 아무도 없었다. 남편은 이미 출근한 상태였고, 창문 밖은 아직 어둡기만 했다. 나는 한동안 가슴에 손을 얹고 멀거니 천장만 쳐다보았다. 정말로 정신과에 가봐야 하는 것은 아닐까. 나는 계속 내가 무슨 꿈을 꾸고 있었는지 되짚어보았다. 하지만 아무리 생각해봐도 꿈을 꾼 기억은 없었다. 꿈을 꾸지 않았는데도 누군가 나를 정말 짓밟은 것만 같아, 그 느낌이 생생해, 섬뜩했다. 나는 정말 내가 이상해져버린 것이라고, 나를 의심하기 시작했다. 그리고 그 의심이 싫어서 나에 대해서 아예 아무런 생각도 하지 않으려고 노력했다. 그런 나날이었다. 아무것도 생각하지 않는 나날.

그런 나날 중에 그 일이 벌어진 것이었다.

*

박창수는 한때 통신사 대리점 사장 소리도 들은 적 있었다고, 내게 말했다.

서른한 살에 결혼해 아들을 한 명 두었으며, 아현동에 자기 명의의 아파트와 중형차도 한 대 소유한 적 있었다고 이야기했는데, 그 말은 딱히 믿을 만한 것은 못 되었다. 설령 그 말이 사실이라고 하더라도 나와 처음 만났을 때 그는 가족으로부터 버림받고 가진 것도 하나 없는, 그저 쪽방촌에 거주하며 막노동판을 전전하는 알코올 중독자 신세일 뿐이었으니까. 그는 그게 다 도박과 사채 때문이었다고 변명하듯 말했다.

나는 2006년부터 엄마에게서 물려받은 동인천 카페와 전셋집을 모두 정리하고 서울 길음동에서 작은 호프집을 운영해왔다. 길음시장 근처 좁다란 골목길 안에 위치한 호프집이었는데, 테이블도 네 개밖에 되지 않았고, 간판 네온사인은 계약할 당시부터 모두 고장나 있는 상태였다. 보증금과 월세가 쌌고 또 무엇보다 주방 뒤로 작지만 살림을 할 수 있는 방이 딸려 있어서, 나는 두말 않고 계약서에 도장을 찍었다. 그리고 그 방에서 나는 몇 년의 시차를 두고 두 명의 다른 남자와 짧게 동거를 하기도 했다.

박창수는 나와 2013년부터 동거를 시작했는데, 평소엔 목소리도 조곤조곤하고 수줍음도 많이 타는 사람이지만, 술만 마시면 영 딴판이 되어버리곤 했다. 아무 이유 없이 호프집에 앉아 있는 다른 손님들을 노려보다가 땅콩이나 북어포 같은 것을 집어던졌고, 그때부터 쉴새없이 욕을 해대기 시작했다. 거지 같은 새끼들, 쓰레기 같은 종자들, 또 무슨무슨 많은 새끼들…… 그는 호프집 손님들에게 멱살을 잡힐 때가 많았고, 종종 가게 밖으로 패대기쳐질 때도 있었는데, 그때는 내가 나서서 말리기도 했다. 그는 채 육십 킬로그램도 나가지 않았고 끼니도 제때 챙겨 먹는 법이 없어서, 누구에게 주먹질을 하거나 맞서 싸울 만한 사람이 못 됐다. 기껏 한다는 것이 리모컨을 집어던지거나 밥상을 뒤엎거나 아무 길바닥에나 널브러져 잠드는 정도였으니까. 그나마 호프집에서 술을 마실 때는 내가 말려주었지만, 밖에서 마실 때는 속수무책이었다. 그는 자주 누군가에게 맞고 돌아왔다. 아파트 건설 현장에서 만난 인도네시아 남자에게 깐죽깐죽 시비를 걸다가 얼굴을 맞고 돌아온 적도 있었고, 편의점 파라솔에 앉아 있다가 대리운전 기사들에게 집단 린치를 당한 적도 있었다. 그는 누군가에게 맞고 돌아온 날에는 자기 아들의 이름을 고래고래 부르기도 했고, 아내의 이름을 부르면서 연신 미안하다고 울부짖기도 했다. 나에겐 씨발년, 이라고 했다. 나는 그런 그를 어떻게든 재우려고 애쓰다가 먼저 지쳐 잠들어버리기도 했다. 그런 다음날 아침 눈을 떠보면 그는 내 양말까지 벗겨 욕실 문 앞에 얌전히 놓아둔 채 그 옆에 잠들어 있곤 했다.

숙희야.

언젠가 그가 늦은 아침을 먹다가 말고 고개를 숙인 채 말을 건 적이 있었다.

넌 왜 나하고 같이 사는 거니?

나는 젓가락을 든 채 말없이 그를 바라보았다.

글쎄, 그건 나도 제대로 대답할 수 없는 질문이었다. 그가 애처롭다거나 불쌍해서 그런 것은 아니었다. 애처롭고 불쌍하다니. 나는 누구에게 그런 마음을 품을 만한 사람이 못 됐다. 그가 돈을 벌어다주는 것도 아니었다. 그는 돈에 대한 개념이 희박해 주머니에 있는 것을 모두 다 내게 내주거나 앞뒤 가리지 않고 써버리곤 했다. 그러곤 내게 차비와 담뱃값을 얻어갔다. 멀쩡한 남의 집 입간판을 발로 차서 물어준 적도 많았다. 술을 마시지 않으면 제법 살림도 도와주었지만, 그건 한 달에 두세 번도 안 되는 일이었다. 더 많은 시간 나는 그를 위해서 애써야만 했다. 잠도 제대로 잘 수 없었고, 마음 편히 방에 앉아서 쉴 수도 없었다. 굳이 이유가 있다면 바로 그것 때문이 아니었을까? 잠도 제대로 자지 못하고, 마음 편히 쉴 수도 없는 삶. 나는 조용하면 조용할수록, 평안하면 평안할수록, 생각이 많아졌으니까. 그 생각들을 견딜 수가 없어서 매번 다른 남자들과 동거를 했으니까.

당신이 날 떠나지 않아서 그런 거지, 뭐……

나는 그날 박창수에게 그렇게 대답했다. 당신이 나를 제일 힘들게 하니까. 새벽같이 일어나 장도 보고 닭도 튀겨야 하고 테이블도 정리해야 하는 나를, 잠시도 가만두지 않으니까. 때때로 어떤 날은 너무 피곤해 일찍 잠들고 싶은데 당신 때문에 그럴 수가 없으니까. 그럴 때 내 온몸과 온 마음이 오직 당신에게만 가 있으니까…… 나는 그에게 그렇게 길게 이야기하고 싶었지만, 하지 않았다. 그 말을 하면 또 생각이 많아질 것 같았기 때문이다.

박창수는 그런 내 말에 더이상 아무런 말도 하지 않고 깨지락깨지락 반찬만 뒤적거렸다.

그런 박창수가 전혀 다른 사람이 되어버린 것은 반년 전쯤의 일이었다. 술도 전혀 마시지 않고, 잠도 제시간에 자고, 새로 배관기술도 배우고, 월급도 따로 모으는 사람. 자기 양말과 내 양말을 손빨래하고, 호프집 주방 막힌 개수대를 두 시간 넘게 낑낑거리며 뚫어주고, 내게 혼인신고를 하자고 말하는 사람으로…… 나로 하여금 또 생각이 많아지게 하는 사람으로……

그러니까 이 진술서는 바로 그 변화에 대한 이야기이기도 하다.

*

내 남편은 트럭 안에서 숨진 채 발견되었다.

경찰 발견 당시 남편의 트럭은 오이도 해상공원 인근 방파제 아래로 추락해 있었는데, 그 안에 남편이 앉아 있었다. 2000년 10월 20일에서 21일로 넘어가는 새벽 한시 무렵의 일이었다. 경찰은 처음엔 음주운전에 의한 추락 사망 사건으로 판단했다. 남편의 혈중 알코올 농도가 높게 나왔기 때문이다. 하지만 사고 나흘 후, 부검의의 소견이 도착한 뒤부터 남편의 사건은 교통사고가 아닌 일반 살인 사건으로 전환, 전혀 다른 방향으로 흘러가기 시작했다. 내가 시흥경찰서 강력계에 불려 나가게 된 것도 바로 그즈음이었다.

형사들은 그날 밤 내 행적에 대해서 집요하게 묻고 또 물었다. 유치원엔 왜 가지 않았는가? 친정엄마 집엔 무엇을 타고 갔는가? 혹시 가는 도중에 따로 들른 곳이나 만난 사람은 없는가? 친정엄마 집엔 몇 시에 도착했는가? 나는 그 질문들에 빠짐없이 대답했다. 물론 그것은 다 거짓말이었다. 사고 다음날, 아침 일찍 친정엄마 집까지 찾아온 그가 일러준 그대로, 그가 만들어준 알리바이 그대로 답변했을 뿐이다. 몸이 좋지 않아서요. 엄마 집에 도착해선 계속 잠만 잤어요. 형사들은 그에 대해서도 물어왔다. 정재민씨라고 아시죠? 그날 혹시 정재민씨 만나지 않았어요? 아니요. 만나지 않았어요. 전화 통화는요? 통화도 하지 않았나요? 네, 통화하지 않았어요. 나는 형사들의 질문에 오랫동안 생각한 뒤 더듬더듬 대답했다. 그날 그와 내가 만나지 않았다는 사실은 그와 함께 있었던 친구들과 호프집 주인이 확인시켜주었다. 통화 기록도 따로 나오지 않았다. 나는 통화 기록이 나오지 않은 이유도 잘 알고 있었다. 그는 사고 다음날, 자신이 쓰던 차명 휴대폰을 안양천 변에까지 가서 버리고 돌아왔다. 친정엄마는…… 자기가 본 사실 그대로 경찰에 대답했다. 새벽 두시쯤 집에 돌아와보니 얘가 곤히 자고 있더라구요.

묻는 말에 모두 대답했지만, 그러나 형사들은 반복하고 또 반복해서 내게 질문했다. 후에 나는 시흥경찰서 형사들과 주고받았던 말들을 되풀이해서 떠올려보았는데, 아마도 그때 형사들은 나보다도 그를 더 의심했던 것 같다. 여자 혼자서 저지를 수 없는 범죄라고 생각했던 거겠지. 그리고 정재민 또한 그런 식으로 자신이 의심받을 거라는 것을 잘 알고 있었던 거겠지. 그도 아니면 그냥 모든 것이 귀찮고 성가셨던 거거나…… 더러운 남자 새끼들.

평소 남편과의 관계는 어땠습니까? 형사는 내게 그런 질문도 했다. 나는 대답하지 않고 형사의 얼굴만 똑바로 바라보았다. 남편분께선 술도 잘 마시지 않았던 것 같던데…… 주변 사람들은 다 착하고 성실한 사람이었다고, 다 그렇게 말하더라구요…… 나는 형사가 나에게 어떤 대답을 듣길 원하는지 잘 알고 있었다. 그래서 나는 더 말하지 않았다. 모든 것을 다 털어놓을 뻔했던 순간도 있었다. 남편분이 김숙희씨와 정재민씨 사이를 의심했던 적은 한 번도 없었나요? 나는 그런 적 없었다고 대답했다. 거, 잘 숨기셨나봐요, 아니면 남편분께서 좀 둔했거나…… 나는 그때 책상을 밀치고 그대로 자리에서 일어나려고 했다. 일어나서 모두 말할 뻔했다. 그래요, 전부 다 내가 그랬어요. 내가 남편을 그곳으로 가서 만났고, 트럭에 앉은 채 추궁했고, 그러자 남편이 근처 구멍가게에 가서 소주를 사왔어요. 술을 마시고도 제대로 말을 하지 않아서, 까닥까닥 졸기까지 해서, 그래서 내가 트럭에 있던 파이프렌치로 남편의 뒤통수를 내리쳤어요. 그럴 의도는 아니었지만, 아니, 의도 자체를 생각하지 못할 만큼 정신이 나가서, 계속 내리쳤어요. 말을 해야 하는데, 제대로 말을 하지 않으니까, 나는 참을 수가 없었어요. 남편이 운전대 위로 고꾸라진 뒤에도 계속, 정신없이, 나는 남편을 때렸어요. 그것만으로도 화가 풀리지 않아서 남편 트럭을 아예 방파제 아래로 밀어버리기까지 했어요. 트럭이 잘 밀리지 않아서 기어도 중립으로 옮겨놓고, 소리까지 질러가며, 밀고 또 밀었어요……

나는 그렇게 말하고 싶었지만, 그러나 그런 말들은 단 한마디도 입 밖으로 꺼내지 못했다. 조사실 안으로 자꾸 다른 형사들이 들어왔고, 그때마다 또 이상한 냄새가 났다. 오래된 외투에서 나는 냄새 같은 것들이었다. 그들은 종종 웃으면서 서로 이야기했고,

내 곁에 선 채 가만히 내 정수리를 내려다보기도 했다. 나는 그 냄새와 시선들을 모두 견뎌냈다. 정재민 생각을 하면서 참은 적도 있었지만, 나는 그때 역시 멍한 상태로 있었던 때가 더 많았다. 아무런 생각도 없고 의지도 없는 상태. 그저 졸리고 모든 것이 피곤하기만 한 상태. 결과적으로 그런 상태가 당시의 나에겐 도움이 되었다. 경찰은 사 개월 가까이 수사를 벌였지만 다른 증인이나 물증을 찾아내지 못했고, 사건은 그렇게 흐지부지 미제 처리가 되고 말았다.

*

남편이 언제부터 나에게 수면유도제를 먹이기 시작한 것인지, 나는 정확히 알지 못한다.

내가 정재민과의 관계를 고백하기 이전인지 아니면 그 이후인지, 그것조차 나는 알지 못한다. 다만 나는 남편이 죽던 그날, 집 앞에 내놓은 쓰레기종량제 봉투에서, 고양이가 함부로 헤집어놓은 그 봉투 안에서, 그것들의 빈 포장지를 무더기로 발견했을 뿐이다. 남편이 먹은 것일까? 나는 처음엔 그렇게 생각했지만 그렇다기엔 양이 지나치게 많았다. 그와 동시에 지난 몇 개월 동안 내게 일어났던 많은 증상이, 나 스스로도 알 수 없었던 어떤 행동들이 하나둘 떠오르기 시작했다. 그러지 않으려고 했는데도 한번 떠오른 생각들은 머릿속에서 쉬이 사라지지 않았다.

나는 그날 유치원에 출근하지 않았다. 그리고 오후 늦게 남편에게 전화를 걸었다. 남편에게 전화를 걸면서, 그때부터 벌써 나는 벌벌 손을 떨고 있었다. 남편은 오이도 인근 아파트 신축 공사장에 화물을 옮겨주러 가는 중이라고 했다. 그 말을 듣자마자 나는 쓰레기종량제 봉투에서 챙긴 빈 포장지들을 가방에 넣고 곧장 집 밖으로 나갔다. 그러곤 제일 먼저 보이는 택시를 잡아탔다. 택시 안에서도 나는 계속 벌벌 떨고만 있었다.

그후로도 오랫동안 나는 남편이 과연 어떻게 내게 몰래 수면유도제를 먹일 수 있었는지, 그것을 궁금해했다. 하지만 그 의문은 박창수로 인해 자연스럽게 해결되었는데, 나는 올해 초부터 가끔씩 그에게 그것을 먹여왔다. 동네 의원에서 처방받은 수면유도제는 강낭콩보다도 더 작은 분홍색 알약이었다. 한 번에 세 알씩, 그것도 잘 듣지 않으면 다섯 알씩. 약사는 내게 친절하게 설명해주었다. 예전엔 부작용도 좀 있었는데, 요샌 괜찮아요. 그렇다고 너무 많이 의지하진 마시고요. 약사는 그런 말도 덧붙였다. 나는 받아온 수면유도제를 보리차에 녹이거나 커피에 타서, 그에게 먹였다. 어떤 날엔 맥주에 슬쩍 타서 건넨 적도 있었는데, 그날이 효과가 가장 빨리 나타났다. 그러면 나도 조금 쉴 수 있었다. 내가 지치고 힘들 때만, 그에게서 떠나고 싶은 마음이 들 때만 몰래몰래 먹였는데, 어느 정도 시간이 지나고 보니 그게 습관이 되고 일과처럼 변해 있었다.

남편도 내게 자고 싶고, 쉬고 싶었다고 말했다. 그래서 그것을 조금씩 먹였다고 했다. 새벽같이 일을 나가야 하는데, 내가 계속 말을 걸어와서…… 자신도 어찌해야 좋을지 모르는 것들을 계속 물어와서…… 그래서 먹였다고 했다. 그렇게 조용히 지내다보면 모든 것들이 다 괜찮아질 거 같아서, 다 예전으로 되돌릴 수 있을 거 같아서, 다 너를 위해서 그런 것이라고, 소주를 마시면서 말했다. 나는 그런 남편의 뒤통수를 파이프 렌치로 내리쳤다.

그게 왜 나를 위해서야! 그게 어째서 나를 위한 거냐구!

나는 얼굴이 벌겋게 달아오른 채, 쉬지 않고 남편을 내리쳤다. 나는 그 순간 수치스러워서 견딜 수가 없었다.

*

이제 내가 하고 싶은 말들은 모두 다 끝이 났다.

더이상 보탤 것도 뺄 것도 없다.

나는 이 글을 박창수가 읽지 않기를 바라고 있다. 이 진술서를 읽은 하준영 팀장이 그에게 어떤 말도 전해주지 않기를 바라고 있다. 나는 그에 대해 미안한 마음을 가지고 있다. 두려운 마음 또한 작지 않다. 사실 그가 모든 것을 알게 될까봐, 나처럼 무언가를 발견하게 될까봐, 그걸 염려했던 날들이 많았다. 염려하면서도 나는 그에게 계속 약을 먹였다. 그가 술을 마시지 않게 된 것이, 그가 다시 무언가 해보려고 마음먹게 된 것이, 그것이 과연 약 때문인지 아닌지, 그것이 궁금해서 또 가끔씩 약을 먹였다.

그러니까 사실 나는 지금 이 진술서를 쓰면서도 그것이 궁금하다.

왜 어떤 사람은 살인자가 되고, 또 어떤 사람은 정상이 되는 것인지.

왜 어떤 사람은 수치를 느끼고, 또 어떤 사람은 염치를 생각하는지.

나는 지금도 그것을 알지 못한다.

오래전 김숙희는

1

그는 낯선 사람들의 방문을 받았다.

제주도 협재해수욕장 부근의 한 펜션 잔디 마당에서였다. 그는 마침 점심을 준비하기 위해 숯불 그릴 위에 목살과 새우, 새송이 버섯을 올려놓고 가위와 집게로 하나하나 잘게 자르던 중이었다. 장마와 태풍이 모두 물러간 7월 하순답게 기온은 높았으나 습도는 낮았고, 그래서 때때로 불어오는 바람이 시원하게 느껴졌다. 여덟 살, 여섯 살인 두 아들은 수영 모자를 쓴 채 그의 양옆에 서 있었다. 아이들은 펜션 좌측에 마련된 어린이 풀장에서 오전 내내 미끄럼틀과 튜브를 타고 놀았다. 아이들의 어깨와 목덜미는 벌겋게 달아올라 있었고, 종아리에선 연신 물방울이 뚝뚝 떨어졌다. 그는 목장갑을 낀 손으로 새우의 껍질을 벗겨 연한 속살만 아이들의 입에 쏙쏙 넣어주었다. 아이들의 한껏 벌린 입과 그 뒤로 보이는 연두에 가까운 바다, 어린 풀냄새를 닮은 참숯 연기까지. 그는 마치 그 모든 풍경을 자신이 만든 양, 그 모든 풍경 속에 자신 또한 일정 지분을 차지하고 있는 양, 의식적으로 커다랗게 미소 지으려고 노력했다. 결혼한 지 구 년 만에 처음 떠나온 여름휴가였다. 어쩌면 그래서 그는 평상시보다 더 감상적이고 더 특별한 기분에 사로잡히게 되었는지도 모른다. 마치 바람이나 햇빛 속에 자잘한 멘톨 성분이 함유되어 있는 것처럼, 명치 부분에 알코올 묻은 솜이 닿은 것처럼, 무언가 끊임없이 그의 내부에서 화르륵화르륵 휘발되는 기분이었다. 하지만 그의 그런 감정 상태는 그로부터 채 한 시간도 지나지 않아 다시 정반대되는 지점으로, 급하게, 추락하고 만다.

아내가 스칸디나비아풍으로 지어진 하얀 펜션 건물에서 작은 밥상을 들고 나오는 것이 보였다. 커다란 밀짚모자에 발목까지 오는 하늘색 긴치마를 입은 아내. 아이들이 먼저 아내를 발견하고 손을 흔들었다. 그도 가위 든 손을 치켜들어 흔들었다. 아내는 아이들을 바라보며 천천히 펜션 현관 계단을 내려왔다. 그리고……

그와 거의 동시에 펜션 정문 입구에 검은색 승용차 한 대가 요란한 브레이크 소리를 내며 도착했다.

승용차에서 내린 남자는 두 명이었다. 한 명은 선글라스를 쓰고 있었고, 다른 한 명은 넥타이를 매지 않은 정장 차림에 무테안경을 쓰고 있었다. 남자들은 곧장 그에게로 다가왔다.

"정재민씨 되시죠?"

선글라스를 쓴 남자가 물었다. 남자는 코팅된 신분증을 내밀며 자신들은 서울지방경찰청 장기미제사건 전담팀에서 나왔다고 밝혔다. 선글라스를 쓴 남자가 그에게 무슨 얘기를 하려다가 말고 잠깐 뒤에 서 있는 정장 차림의 남자를 돌아보았다. 정장 차림의 남자는 그의 곁에 서 있는 아이들을 힐끔 한번 바라보더니 말없이 짧게 고개만 끄덕거렸다.

"잠깐 저희하고 같이 가주셔야겠는데요. 확인할 게 좀 있어서……"

그는 들고 있던 가위와 집게를 내려놓았다. 아내가 양손으로 밥상을 든 채 그의 바로 뒤편에 섰다.

"무슨 일 때문이죠? 저는 지금 가족하고……"

"이게 시간을 좀 다투는 일이라서요. 가면서 말씀드리면 안 될까요?"

남자는 정중한 목소리로 말을 했다. 하지만 말을 하는 와중에도 고개는 자꾸 두리번두리번 펜션 뒤 바다 쪽을 살폈다. 남자는, 그의 태도나 답변 따위에는 아무런 관심도 없는 사람처럼 보였다. 무언가 다 정해진 일을 하는 사람처럼, 숙련된 업무를 처리하는 직원처럼 느껴졌다. 남자의 그런 모습은 그에게 충분히 위압적으로 다가왔다. 그는 손에 끼고 있던 목장갑을 벗고 아내의 얼굴을 바라보았다. 아내는 밥상을 내려놓고 두 아들의 손을 잡았다. 아내가 그들에게 어디에서 나오셨다고요, 다시 한번 물었고, 이번엔 정장 차림의 남자가 천천히 서울지방경찰청 장기미제사건 전담팀이라고 말해주었다. 정장 차림 남자의 목소리는 중저음이었고, 선글라스를 쓴 남자와 마찬가지로 친절했다. 정장 차림의 남자는 그렇게 말한 후, 아내에게 가볍게 고개 숙여 인사를 했다. 그는 아내와 짧게 눈을 마주친 후, 별일 아닐 거야, 먼저 밥 먹고 있어, 라고 말했다. 그러곤 그들을 따라 펜션 정문 쪽으로 걸어갔다.

"어디, 제주시 쪽으로 가는 건가요?"

그는 승용차가 출발하자마자 운전석 쪽 선글라스를 쓴 남자의 뒤통수에 대고 물었다.

"아닙니다. 서울로 갈 겁니다. 세시 삼십분 비행기죠."

선글라스를 쓴 남자는 뒤를 돌아보지 않은 채 말했다. 그는 앉은 자세 그대로 자신이 신고 있는 슬리퍼와 허리선에 고무줄이 들어간 남색 반바지, 소매가 없는 하얀색 티셔츠를 내려다보았다.

다행히 반바지 주머니에 휴대폰과 지갑은 들어 있었다.

"아니, 저기, 무슨 일 때문인지 말씀을 해주셔야지…… 저는 내일까지 여기 펜션이 예약되어 있는데……"

그가 거기까지 말했을 때, 옆에 앉아 있던 정장 차림의 남자가 말을 끊었다.

"정재민씨, 김숙희씨라고 아시죠?"

정장 차림의 남자는 그의 얼굴을 똑바로 바라보면서 말했다.

"그 여자가 자수를 해왔어요."

그는 말없이 미간을 잠깐 웅크렸다. 그러곤 무언가를 떠올리기 위해 애쓰는 듯 가만히 조수석 시트의 박음질된 부분을 노려보았다.

"아까는 가족분들 앞이어서 자세한 말씀은 안 드렸는데, 김숙희씨와 관련해서 급하게 확인할 게 몇 가지 있어서요. 무슨 일 때문인진…… 말씀 안 드려도 잘 아시죠?"

그는 그 말에도 아무런 대답 없이 침묵을 지켰다. 승용차는 막 힘없이 해안도로로 접어들고 있었다.

2

지금으로부터 십오 년 전인 2000년 10월 20일 금요일 밤 열한 시 무렵, 청색 일 톤 포터 트럭 한 대가 경기도 시흥시 오이도 해상공원 인근 방파제 아래로 추락했다. 트럭은 추락하면서 한차례 전복된 뒤 차체 바닥이 온전히 하늘을 향해 드러난 상태 그대로 갯벌에 처박혔는데, 마치 시소처럼 짐칸 쪽이 아래로, 운전석 쪽이 위를 향한 모습이 되고 말았다. 새벽 한시 무렵, 그 인근으로 드라이브를 나온 이십대 초반의 남녀 대학생들이 사고 트럭을 처음 발견하고 곧장 경찰에 신고했다. 그때까지도 포터 트럭의 전조등은 꺼지지 않은 채 컴컴한 밤하늘을 은색 불빛으로 넓게, 또 잔잔하게 비추고 있었다. 엔진음은, 파도와 바람 소리에 묻혀 거의 들리지 않았다.

사고의 최초 목격자인 남녀 대학생들은 뒤집힌 트럭 운전석 유리창 밖으로 삐져나온 사람의 어깨를 분명히 보았다고 후에 진술했다. 자신들이 방파제 위에서 몇 번 저기요, 저기요, 라고 소리를 쳤으나 아무런 반응이 없었다고, 무섭고 두려워서 차마 근처까지 내려가진 못했다는 말도 덧붙였다.

경찰이 도착해 사고를 조사하는 와중, 이상한 점이 하나둘 드러나기 시작했다. 트럭 안에서는 운전석에 앉아 있던 남자 한 명만이 발견되었는데, 그는 경찰이 현장에 도착하기 전 이미 사망한 상태로 밝혀졌다. 혈중 알코올 농도는 0.29퍼센트, 고도의 명정酩酊 상태였다. 거기까지는 음주운전에 의한 추락 사망 사고의 정황, 그 이상도 이하도 아니었다. 하지만 운전석 핸들이나 계기판 등에 충

격에 의한 변형이 크게 일어나지 않았다는 점, 운전자의 흉복부나 다리 등에도 별다른 부상의 흔적이 보이지 않는다는 점, 그럼에도 운전자가 사망에 이르렀다는 점 등이 경찰의 최초 보고서에 기재되었다. 음주운전에 의한 추락 사고라는 결론에는 논리적 결함이 없었으나, 그것으로 인해 사망에 이르렀다는 결론에는 숭숭 구멍이 뚫린 보고서였다. 경찰은 곧바로 사망자에 대한 부검을 진행했다.

부검의에 의해 밝혀진 운전자의 정확한 사인은 후두부 손상이었다. 교통사고 사망자에게는 흔히 나타나지 않는 손목과 손가락의 방어흔이 다수 발견되었고, 트럭 조수석에 놓여 있던 사망자의 점퍼 어깨 부근과 등, 손목 부위에서도 다량의 혈흔이 검출되었다. 사망자의 후두부에는 무언가 동그란 모양의 물체로 타격을 받은 듯한, 반달 모양의 정형 손상이 집중되어 있었다.

당시 수사를 진행했던 시흥경찰서 수사팀의 사건 기록을 살펴보면, 부검 결과가 도착한 바로 그다음날부터 교통사고가 아닌 일반 살인 사건으로 전환, 주변 탐문이 진행된 것을 알 수 있다. 수사팀은 사망자가 김준수(39)인 것을 밝혀냈으며, 그가 주말엔 이삿짐센터에서, 주중에는 구로 공구 상가와 안산 반월공단에서 계약직 화물기사로 일해왔다는 사실을 알아냈다. 음주운전 전력은 없었고, 여타 다른 전과 기록도 나타나지 않았다. 간간이 수면제를 복용한 사실은 있으나, 채무 관계가 깨끗한 점, 별다른 원한을 살 만한 사람도 없다는 것 등도 주변 사람들의 증언에 의해 밝혀졌다. 보험은 대물과 대인, 자손 모두 연체 없이 납부된 상태였고, 따로 삼 년 전부터 일억원짜리 사망보험과 다달이 일정 금액을 불입하는 연금저축보험에도 가입된 상태였다. 딱히 보험 때문만은 아니었지만, 수사의 방향은 자연스럽게 사망자의 아내와 그 주변 인물들에게 맞춰졌다. 그리고 며칠 지나지 않아 수사팀은 사망자의 아내에게 지난 이 년 동안 만나왔던 내연남이 존재한다는 사실을 밝혀냈다.

3

"이게 십오 년 전 일이라서……"

그는 조사실에 정장 차림의 남자와 마주앉았다. 남자는 조사실에 앉자마자 명함부터 건넸다. 하준영 팀장. 그것이 남자의 이름과 직책이었다. 조사실은 생각보다 어둡지 않았고, 한쪽 구석엔 커다란 행복나무 화분도 하나 놓여 있었다. 그 반대편 벽 구석엔 일인용 소파와 공기청정기가 자리잡고 있었다. 조사실 가운데 있는 테이블엔 노트북과 서류철이 있었고, 테이블에서 네댓 걸음 떨어진 벽 앞에는 삼각대를 갖춘 캠코더가 놓여 있었다. 창문 없이 공기청정기가 돌아가고 있는 방, 그는 불과 세 시간 만에 제주도 협재해수욕장에서 다섯 평 남짓한 그곳으로 이동해 있었다. 그 갑작스러운 이동 때문인지 몰라도, 그는 스스로 애써 만들어놓은 풍경 속에서 툭, 버려진 것만 같은 느낌이 들었다.

"정확하게는 십사 년하고도 구 개월 전 일입니다."

하준영 팀장은 그의 눈을 바라보면서 말했다.

"그래서 아직 공소시효도 삼 개월 정도 남아 있는 거구요. 그거 때문에 저희가 좀 바빠졌습니다."

하준영 팀장은 그와 비슷한 또래로 보였다. 마르고 키가 컸지만, 손등과 목울대 주위엔 굵은 힘줄이 드러나 있었다. 투명한 안경알과 빳빳하게 날이 선 와이셔츠. 수염 자국 하나 남아 있지 않은 날렵한 턱선까지. 장소 탓도 있었겠지만, 그는 하준영 팀장의 얼굴에서 어떤 집요함 같은 것을 느꼈고, 그것이 어쩐지 그를 조금 주눅들게 만들었다. 윗사람과 마주앉아 있는 기분이 들기도 했다.

"솔직히 이런 경우가 처음이어서…… 저희도 좀 당황했습니다."

하준영 팀장은 테이블에 놓인 서류철을 손가락으로 톡톡 치면서 말했다.

"김숙희씨는 그걸 빤히 알면서도 자수를 했더라구요. 삼 개월 남은 거……"

그는 테이블을 바라보면서 고개를 끄덕거렸다. 무엇을 이해한다는 뜻은 아니었다. 그것은 그저 하준영 팀장에 대한 예의 차원이었다.

"너무 오래전 일이라 기억이 잘 안 나시면 저희가 도움을 드릴 수도 있습니다. 여기 예전 시흥경찰서에서 작성한 참고인 진술 조서도 있고……"

하준영 팀장이 그의 앞으로 서류철을 조금 내밀었다. 그는 그 서류철 안에 무엇이 있는지, 대충 짐작이 갔다.

십오 년 전, 그와 김숙희는 시흥경찰서 강력계에 차례차례 불려가 오랜 시간 참고인 진술 조서를 작성해야 했다. 2000년 10월 20일 금요일 밤 여덟시에서 이튿날 새벽 한시까지의 모든 행적, 사고가 나던 그날 밤의 기록들…… 그때 그는 저녁 일곱시에서 여덟시까지 부천시 춘의동에 위치한 설렁탕집에서 저녁식사를 했고, 다시 밤 아홉시 무렵부턴 부천시 중동에 있는 한 호프집으로 이동, 새벽 두시까지 친구들과 함께 술을 마셨다고 진술했다. 그가 서명한 참고인 진술 조서에는 그날 함께 술을 마셨던 친구들의 전화번호와 설렁탕집, 호프집의 상호가 모두 기재되어 있었다. 김숙희는 그날 저녁 일곱시 삼십분 무렵 친정어머니 집으로 가 친정어머니와 쭉 함께 있었다고 진술했다.

"아닙니다. 기억은 생생히 납니다. 제가 어떻게 그걸 잊어버리겠습니까? 그때도 꽤 오랫동안 조사를 받았는데요."

그는 서류철을 들춰보지 않고 말했다.

"그 여자도 여기에 와 있나요?"

그가 묻자 하준영 팀장은 말없이 고개만 끄덕거렸다.

당시 그들을 담당했던 수사팀은 그와 김숙희의 알리바이를 깨기 위해 많은 노력을 기울였다. 그의 친구들과 호프집 주인, 김숙희 친정어머니의 증언을 모두 듣고 행적 수사와 통신 수사도 병행했다. 하지만 다른 증거들은 발견되지 않았다. 그의 친구들이나 김숙희의 친정어머니는 한결같은 대답만 했을 뿐이다. 시시티브이도 없었고, 차량용 블랙박스도 상용화되지 않은 시절이었다. 새로운 증인이나 물증도 나오지 않았다. 수사는 그렇게 넉 달 넘게 진행되다가 결국 흐지부지 종결되고 말았다. 사건은 미제 처리가 되었다.

자수를 했단 말이지…… 그 여자가 자수를 했단 말이지…… 그는 엄지와 검지로 인중을 문지르면서 그렇게 몇 번 속말을 되뇌었다. 예전에 그는 김숙희의 이름을 떠올릴 때마다 고집스럽게 자신의 어깨를 잡고 있는 어떤 악력 같은 것을 느꼈다. 그 느낌은 지겹고 또 한편 섬뜩한 것이었다. 그래서 그는 그녀의 이름이 떠오를 때마다 일부러 혼잣말로 욕을 해대거나, 대출금의 연체 이율 같은 것을 떠올리기도 했다. 그러다보면 다시 잠잠해지곤 했다. 하지만, 지금은 그녀의 이름을 들어도 아무렇지 않았다. 그것이 그에게 어떤 용기를 주었다.

"좋습니다. 이렇게 된 거, 다 말씀드리지요."

그는 테이블 쪽으로 의자를 좀더 당겨 앉으면서 말했다.

"한데, 제가 한 가지 걸리는 게, 예전에 경찰 조사를 받으면서 사실과는 조금 다른 말을 한 게 있습니다……"

그가 그렇게 말끝을 흐리면서 말하자, 하준영 팀장은 잠깐 침묵을 지켰다. 하준영 팀장이 말했다.

"허위 진술을 말씀하시는 거죠?"

"네…… 그러니까 그게 지금도 문제가 되는 게 아닌지. 그게 좀……"

"그런 건 걱정하지 마십시오. 우리도 이미 김숙희씨를 통해서 어느 정도 확인한 사항이 있으니까요."

하준영 팀장은 노트북의 전원 버튼을 누르면서 말했다.

"어쨌든 살인과 허위 진술은 죄의 무게가 다르지요. 공소시효 기간 자체도 다르고요. 그게 지금 문제될 건 없습니다."

하준영 팀장은 그를 보면서 살짝 웃기도 했다.

4

"자 그럼, 바로 그날 밤 얘기부터 시작해볼까요?"

하준영 팀장이 와이셔츠 소매를 팔꿈치까지 걷어붙이며 말했다.

그는 허리를 조금 꼿꼿하게 편 상태로 자세를 고쳐 앉았다. 그리고 그 상태로 고개만 돌려 잠깐 캠코더 렌즈를 바라보았다. 긴장해야 한다, 아무것도 아닌 말들이 꼬투리가 될 수 있다, 나는 이제 아무런 죄도 없다, 그녀가 여기에서 무슨 말을 했건 나는 문제 될 게 없다. 그는 가볍게 호흡을 한 번 했다.

그는 천천히 입을 뗐다.

"그날 밤…… 전화를 한 통 받았습니다."

"김숙희씨로부터 말이지요? 그게, 호프집으로 걸려온 전화였나요?"

하준영 팀장이 고개를 갸웃거리며 물었다.

"아닙니다. 제 휴대폰으로 걸려온 전화였습니다. 그 여자는 공중전화에서 걸었고요."

"하지만 그때 정재민씨는 휴대폰이 없지 않았습니까?"

"제 명의로는 없었지만, 회사에서 차명으로 만들어준 휴대폰이 하나 있었습니다."

당시 그는 유아용 교구 제작업체에서 영업사원으로 일하고 있었다. 승합차 짐칸 가득 자석이 달린 칠판이나 플라스틱으로 만든 과일 썰기 27종, 원형 퍼즐과 나무 마라카스, 느티나무 모양으로 만든 숫자 배열판 같은 것들을 싣고 다니면서 일 년 단위로 계약되어 있는 경기도 일대 유치원에 납품하거나 대여해주는 일, 그것이 그의 업무였다. 그러다보니 자연스럽게 유치원 원장들과도 통화할 일이 많았다. 유치원 원장 중에는 노골적으로 납품 단가를 부풀리고 계약 금액의 일정 부분을 다시 차명 계좌로 넣어달라는 요구를 하는 경우도 많았는데, 그때마다 그는 사장에게 휴대폰으로 전화를 걸어 금액 조정을 지시받곤 했다. 그것이 그에겐 중요한 업무 중 하나였다. 휴대폰은, 사장이 직접 개통까지 해서 그에게 건네준 것이었다.

김숙희를 처음 만난 것도 바로 그 유치원 중 한 곳에서였다.

"혹시, 그 휴대폰 번호 지금도 기억하십니까?"

"공일팔로 시작되는 번호인데, 다 기억나진 않습니다. 그후로 바로 버렸으니까요."

하준영 팀장은 노트북 자판에 손을 댔다가 다시 뗐다.

"그래요? 뭐, 그럴 수도 있지요. 사실 우리한텐 그런 게 가장 중요합니다. 사실이나 확인할 수 있는 증거물 같은 거."

그는 말없이 고개를 끄덕거렸다.

"기억이 나면 말씀을 드리겠습니다. 지금은……"

"네, 좋습니다. 계속해보지요."

그는 두 손바닥을 반바지에 대고 한 번 문질렀다. 그러곤 다시 이야기를 이어갔다.

"그러니까…… 친구들과 술을 마시고 있던 도중에 받은 전화인데, 주변이 시끄러워서 밖으로 나와 상가 계단에 앉아 통화를 했습니다. 꽤 길게 통화를 한 기억이 납니다."

"그게 몇 시쯤이었나요? 김숙희씨한테 전화를 받은 게?"

"밤 열한시쯤이었던 거 같은데, 확실하진 않습니다."

"그럼 사건이 모두 벌어지고 난 뒤, 김숙희씨가 정재민씨한테 전화를 한 거로군요?"

"네, 저도 전화로 처음 알게 되었으니까요…… 김숙희씨가 그렇게 말하지 않던가요?"

그는 하준영 팀장의 얼굴을 바라보면서 되물었다.

"네, 김숙희씨도 그런 식으로 진술했습니다."

"한데, 왜?"

"아, 오해하진 마십시오. 이건 어디까지나 사실관계 확인차 드리는 질문이니까요. 저희는 김숙희씨 진술서의 신빙성을 확인할 필요가 있습니다. 언짢으셨다면 제가 사과를 드리죠."

하준영 팀장은 정중하게 말했지만, 그는 어쩐지 그것이 사과로 느껴지지 않았다.

"괜찮습니다. 저는 혹시 그 여자가 다른 말을 했나 해서……"

그는 그렇게 말하면서 살짝 아랫입술을 깨물었다.

"진술이 엇갈리는 부분이 있으면 제가 나중에 말씀을 드리죠."

하준영 팀장이 말했다. 그는 다시 진술을 시작했다.

"그 여자가 전화를 걸어와서, 남편을 죽였다고 말했습니다."

김숙희는 그때 자신이 남편을 죽였다고 말했다. 수화기 건너편에서 들려오는 바람 소리와 파도 소리 때문에 그는 그녀의 말을 제대로 알아들을 수가 없었다. 뭐라구요, 뭔 소리인지 하나도 안 들려요. 그는 그렇게 말하면서 호프집 밖으로 나왔고, 입에 물고 있던 담배에 불을 붙였다. 남편을 죽였다구요, 제가. 그녀는 일정한 목소리 톤으로, 담담하게 말했다. 그녀는 마치 남편에게 방금 막 밥을 차려주고 나왔어요, 지금 남편의 옷을 다리고 있었어요, 라고 말하는 것 같았다. 그래서 그는 잠깐 그녀의 말을 이해하지 못했다. 그러다가 어느 순간, 그녀가 지금 무슨 말을 하고 있는지 깨닫고 굳은 듯 한동안 말을 꺼내지 못했다. 어, 어, 소리만 몇 번 냈을 뿐이다. 그녀가 먼저, 그럼 이만 끊을게요, 라고 말했을 때, 그제야 그는 황급히 잠깐만요, 잠깐만요, 끊지 마요, 끊지 말라고요, 라고 빠르게 말을 했다. 그의 목소리에 상가로 들어오던 사람들이 화들짝 놀라 쳐다보기도 했다. 그는 오른손으로 이마를 가린 채 통화를 했다.

"그리고 또 무슨 말을 하던가요?"

하준영 팀장이 물었다.

"더는…… 자세한 말은 하지 않았습니다. 당신하곤 상관없는 일인데, 어쨌든 미안하게 되었다고, 뭐 그런 식의 말을 하면서 자꾸 전화를 끊으려고 했습니다."

"정재민씨하고는 상관없는 일이다?"

"네, 그 말을 계속 반복했습니다."

하준영 팀장은 팔짱을 낀 채 그를 바라보았다.

"그러니까 김숙희씨가 어떻게 남편을 죽였다, 이런 걸 정재민씨한테 말한 건 아니었군요?"

"네, 그건 저도 나중에, 경찰 조사를 받다가 알게 된 사실이고요."

잠깐 그들 사이에 침묵이 흘렀다. 하준영 팀장은 팔짱을 낀 자세 그대로 노트북 화면을 바라보았다. 무언가 골똘히 생각하는 듯 보이기도 했지만, 어쩐지 그가 무언가 더 다른 말을 해주길 기다리고 있는 것처럼 느껴지기도 했다. 하지만 그는 선불리 먼저 말을 꺼내지 않았다. 그는 김숙희가 어디에서부터 어디까지 말했는지 알 수 없었고, 또 그것이 불안했다. 진술을 하면 할수록 그 불안이 더 커졌다.

"그러면 그때 정재민씨는 무슨 얘기를 하셨습니까? 김숙희씨한테?"

하준영 팀장이 먼저 입을 열었다.

"저는 그때, 좀 경황이 없어서…… 일단 집에 가 있으라고 했습니다. 일단 친정어머니한테 가 있으라고……"

"그럼 이미 그때부터 말을 맞추기 시작한 거군요?"

"아닙니다. 그건 그다음날 제가 따로 그 여자를 만나러 가서 그렇게 한 겁니다. 처음엔 그냥 친정어머니한테 가 있으라고 한 게, 그게 전부입니다."

하준영 팀장은 납득했다는 듯 고개를 끄덕거렸다.

"김숙희씨는 정재민씨 말에 얌전히 따르던가요?"

"처음엔 이렇다저렇다 말이 없어서, 제가 좀 화를 냈습니다."

"시키는 대로 하라고 말이죠? 아, 이건 김숙희씨 진술서에 이렇게 쓰여 있어서……"

그는 잠깐 하준영 팀장의 말을 머릿속에 떠올려보았다. 그러자 그 말을 했던 당시, 그의 감정들이 선명하게, 무언가 물컹거리는 이물감과 함께 떠올랐다. 그는 저도 모르게 작게 한숨을 내쉬었다.

"네, 맞습니다. 제가 그런 말도 했습니다."

하준영 팀장은 그의 말을 듣고 나서 노트북 자판을 몇 번 두들겼다. 그는 얌전히 그런 하준영 팀장을 바라보기만 했다.

"그래도 김숙희씨를 많이 좋아하셨나봅니다."

"네?"

"정재민씨가 그때 김숙희씨를 많이 아낀 거 같다고요."

"아, 네……"

그는 그건 아니라고 생각했다.

"꼭 그렇다기보다는…… 그건 누가 봐도 저하고 관계된 일처럼 보일 테니까요. 저하고 상관없는 일은 아니라는 생각 때문에,

좀 불안했던 게 맞습니다."

"하긴, 그럴 수 있죠. 그건 누가 봐도 정재민씨와 연관 있는 사건으로 보이긴 하죠."

"저는 그냥 전화를 받은 죄밖에 없는데도, 갑자기 죄를 지은 기분이 들었습니다. 실제로 그때 경찰들은 그렇게 생각했고요."

"네, 충분히 이해합니다. 그럴 수밖에 없지요."

하준영 팀장은 정말로 이해한다는 듯한 표정을 지어 보였다. 그 표정이 그의 마음을 진정시켜주었다. 물렁거리는 이물감 또한 사라졌다.

5

하준영 팀장은 조사실 밖으로 나가 얼음을 띄운 차가운 커피 두 잔을 가져왔다. 그는 차가운 컵 표면을 이마에 갖다 댔다. 한결 정신이 맑아지는 기분이 들었다. 하준영 팀장은 자리에 앉기 전, 그에게 담배를 피우느냐고 물었다. 그는 사 년 전에 끊었다고 대답했다. 하긴, 요샌 담배 피우는 사람들을 무슨 짐승 취급하니까요. 하준영 팀장은 그렇게 말했다. 밖으로 나갔다가 들어온 그의 몸에선 옅은 담배 냄새가 났다. 그는 그 냄새가 싫지 않았다.

"자, 그럼 또 시작해볼까요?"

하준영 팀장이 그렇게 말하자, 그는 다시 또 자세를 고쳐 앉았다.

"빨리빨리 끝내야 정재민씨도 다시 제주도로 돌아가시죠. 어쨌든 이렇게 협조해주신 점, 고맙게 생각합니다."

그는 잠깐 제주도에 남아 있을 아내를 생각했다. 아내한테는 무슨 일 때문이라고 해야 할까. 아무래도 사실대로 말할 순 없겠지. 회사일, 예전 회사일 때문이라고 하면 될 것이다. 그는 그렇게 마음속으로 되뇌었다.

"그 이전 이야기를 해보죠. 사건 이전의 이야기. 혹시 사전에 김숙희씨로부터 무슨 다른 이야기를 들으신 건 없었습니까?"

"다른 이야기라면 어떤?"

"뭐, 그런 거 있지 않습니까. 남편이 죽었으면 좋겠다든가, 남편 욕을 심하게 했다든가 하는."

하준영 팀장은 커피를 한 모금 마시면서 말했다.

"딱히 그런 얘기를 한 적은 없었습니다."

"이것도 좀 기분 나쁜 얘기일지 모르지만, 혹시 정재민씨가 김숙희씨 남편 얘기를 먼저 꺼내신 적은 없었습니까?"

조금 느슨해져 있던 마음이 일순 팽팽하게 당겨졌다. 최대치로 당겨진 고무줄이 탁, 끊기는 것 같은 기분도 들었다. 그는 하준영 팀장의 눈을 빤히 바라보았다.

"그 여자 남편 얘기는 거의 꺼내지 않았습니다. 사실 그때 저는……"

그는 말을 하다가 말고 잠시 입술을 다물었다. 그러고 나서 다시 말했다.

"그 여자하고 거의 헤어진 상태나 다름없었습니다. 그 여자는 어땠는지 몰라도, 저는 분명 그렇게 생각하고 있었습니다."

"헤어진 상태나 다름없다는 게 어떤 건지 잘……"

"그냥 띄엄띄엄 만나는 사이였습니다. 그해 들어선 거의 한 달에 한두 번 볼까 말까 한 정도였고요. 제가 여러 번 헤어지자는 말도 먼저 했습니다."

"그 얘기는 김숙희씨 진술서엔 없는 내용이군요."

하준영 팀장은 노트북 옆 서류철을 뒤적거리면서 말했다.

"그 여자가 무슨 말을 했든, 그게 사실입니다."

그는 커피에 떠 있는 얼음을 내려다보면서 말했다.

"그럼, 그냥 한 달에 한두 번 만나서 자는 사이?"

"네…… 비슷합니다."

하준영 팀장은 그와 눈을 마주치지 않은 상태로 고개를 끄덕거렸다.

"왜 그렇게 된 겁니까? 무슨 다른 문제라도?"

그는 하준영 팀장의 질문에 대해서 생각했다. 다른 문제, 다른 문제…… 그는 문제가 많았다고 생각했다.

난 아이들이 너무 싫어요.

오래전 김숙희는 그에게 그렇게 말한 적이 있었다.

이걸 내가 왜 하고 있는지도 모르겠고, 누가 억지로 떠밀어서 하는 일 같기도 하고……

하늘반이던가 샛별반이던가, 그가 납품 계약을 맺고 있던 송내동 소재 한 사립 유치원의 교사였던 김숙희는, 그의 승합차 조수석에 앉아 그런 말을 하곤 했다. 납품 계약 만료가 얼마 남지 않아 그가 각별하게 공을 들이고 있던 유치원이었다. 그는 김숙희뿐 아니라 다른 유치원 관계자들 모두에게 친절했다. 김숙희는 퇴근길에 몇 번 집 앞까지 태워다주었을 뿐이다. 하지만, 그녀는 집 앞에 도착해도 쉬이 내릴 생각을 하지 않고 엉뚱한 이야기들을 늘어놓을 때가 많았다.

저한테 왜 이러시죠?

그녀는 그에게 그렇게 물어본 적도 있었다. 이상한 여자로군. 그는 그렇게 생각했지만, 그냥 씨익 웃으면서 별말을 하지 않았다. 그냥 그쪽이 좋아서요. 네번째였던가, 똑같은 질문을 그녀로부터 받았을 때, 그는 생각과는 다른 말을 하기도 했다. 그렇게 말해도 별문제 없을 거라고 생각했기 때문이다.

그는 그녀가 결혼했다는 사실 또한 몇 개월 지난 뒤에야 알게 되었다. 그녀와 꼬치구이집에서 술을 마시고 처음으로 모텔에 간 날이었다. 그녀는, 모텔에 가더라도 새벽엔 집에 들어가야 한다고, 남편이 걱정한다고 말했다. 결혼했어요? 그가 술 취한 눈을 끔벅거리면서 물었다. 네, 이 년 전에요…… 아니, 나이가 몇 살인데요? 스물여섯이요. 스물네 살에 결혼했어요. 그녀는 그의 두 눈을 피하지 않은 채 말했다. 일찍도 했네…… 한데, 왜 미리 얘기 안 했어요? 그가 상체를 건들거리면서 물었다. 묻지 않았잖아요, 그런 얘기. 그녀는 높낮이가 거의 느껴지지 않는 목소리로 말했다. 아, 하긴. 그는 과장되게 고개를 끄덕거렸다. 그러곤 다시 그 얘기를 꺼내지 않았다.

"처음부터 조금 이상한 여자였습니다."

"이상했다면 어떤?"

"결혼했다는 말도 안 한 채 저를 만났고, 처음부터 서로 대화도 잘 안 통했습니다. 엉뚱한 말을 늘어놓다가 갑자기 입을 꾹 다물고 있기도 하고……"

그는 예전 기억을 떠올리면서 말했다. 그는 그것이 사실이라고 생각했다.

"그럼, 그런 문제들 때문에 헤어지자고 말한 건가요?"

"그게 전부는 아니었고요……"

그는 커피를 한 모금 마셨다.

"그 여자가…… 저하고의 관계를 남편에게도 모두 말했다고 하더라구요."

그가 그렇게 말하자, 하준영 팀장은 무언가 생각난 듯 서류철을 뒤적거렸다.

"아, 네. 김숙희씨도 그런 말을 했군요."

"그 여자가 그런 말도 진술서에 썼습니까?"

"네, 몇 번 남편한테 반복해서 말했다고."

그는 왼손으로 한쪽 뺨과 입술을 쓱 문질렀다. 오른손은 살짝 주먹을 쥐었다.

"그 말을 남편에게 했다는 걸 알고, 헤어질 결심을 했습니다. 꺼림칙하기도 하고, 불안하기도 해서."

"김숙희씨 남편 때문에 말이죠?"

하준영 팀장이 물었다.

"팀장님이었다면 어떻게 하셨을 거 같습니까?"

"저요?"

하준영 팀장은 잠시 침묵을 지켰다. 그렇다고 무언가 심각하게 고민하는 것 같지는 않아 보였다. 하준영 팀장이 다시 말했다.

"저 역시도 정재민씨와 크게 다르지 않았을 거 같네요."

그는 그 말에 고개를 끄덕거렸다.

"영업을 하는 처지에…… 어쨌든 좀 불안했던 게 사실입니다. 언제 어느 때 그 여자 남편이라는 사람이 찾아올지도 모르고."

"김숙희씨 남편한테 따로 연락을 받으신 건 없고요?"

"네, 잠잠하더라구요. 그 여자하고 나이 차가 많이 나는 남자라고 들었는데, 이렇다 할 반응이 없다고…… 그런 얘기를 그 여자가 몇 번 한 기억이 있습니다."

하준영 팀장이 다시 서류를 보면서 말했다.

"김숙희씨도 그런 말을 썼습니다. 남편이 그 말을 듣고도 아무렇지 않게 행동했다고, 그게 자신을 수치스럽게 만들었다고."

그는 하준영 팀장이 하는 말을 진지하게 듣지 않았다. 왜 내가 지금 여기에서 이런 말을 하고 있어야 하지. 마음속에서 자꾸 그런 말들이 떠올랐기 때문이다.

"그래도 계속 만나긴 만나신 거네요?"

하준영 팀장이 물었다.

"그 여자가 연락하고, 찾아오고, 그랬습니다. 그때만 만나고…… 그랬습니다."

"그렇게 관계가 유지된 거다?"

"남편도 별다른 반응이 없는 것 같았고, 시간이 지나니까 그냥 좀 무감각해지더라구요. 힘든 일도 아니었고……"

그는 그렇게 인정했다.

6

"사건 이후에는, 그러니까 그날 밤 이후에는 어땠습니까? 그뒤로도 좀더 만나신 게 맞지요?"

하준영 팀장이 물었다.

"한 육 개월 정도 더 연락 오고, 몇 번 보기도 했습니다."

그는 잠깐 두 눈을 감고 고개를 젖혔다. 슬슬 피로감이 몰려왔다.

"힘드셨겠네요?"

하준영 팀장의 질문에 그는 대답하지 않았다. 대답하지 않는 게 더 나을 거라는 생각이 들었다. 그는 잠깐 고개를 숙였다.

"혹시, 김숙희씨한테 왜 그랬느냐고, 왜 그런 짓을 했느냐고, 그 뒤에 따로 물어보시진 않았습니까?"

그는 그 질문에는 바로 대답했다.

"묻지 않았습니다."

"그뒤에 전혀 그런 말들이 두 분 사이에 오가지 않은 겁니까? 그냥 말다툼이라도?"

"대화를 하고…… 말다툼을 하고…… 그런 관계가 전혀 아니었습니다."

하준영 팀장은 말하지 않고, 그가 더 얘기하기를 기다렸다.

"만나면 바로 자리를 피하고…… 제가 먼저 그랬습니다."

"무슨 다른 이유가 있어서?"

"그냥 제가…… 그 여자가 좀 끔찍했습니다. 사건이 터진 직후에는 정신이 없어서 몰랐는데, 시간이 지나면서 점점 더……"

"끔찍했다?"

"아니, 혐오스러웠다고 하는 게 더 맞겠네요. 혼자 그 여자 생각만 해도 그랬습니다."

"남편을 죽인 여자라서?"

하준영 팀장은 짧게 짧게 물었다.

"그냥 죽인 게 아니지 않습니까? 술 취한 남편 뒤통수를 파이프렌치로 내려치고, 트럭까지 혼자서 밀어버렸다는 게…… 그게 어디……"

"트럭이야 뭐, 중립 상태에 있으면."

"나중에 시흥경찰서에서 조사받으면서 알게 됐는데, 그 여자 남편은 별문제도 없는 사람이더라구요. 성실하고, 주말에도 일 나가고……"

하준영 팀장은 그의 말에 고개를 끄덕거려주었다.

"저는 그 여자한테 아무 말도 묻지 않았습니다. 그게 무슨 이유건, 저는 그냥 그 여자가 혐오스러웠어요. 그 여자 손만 닿아도 축축한 기분이 들고…… 그랬습니다."

그는 스스로 목소리가 좀 높아진 것을 깨달았다. 그는 그때까지 쥐고 있던 오른손 주먹을 슬쩍 풀었다.

그가 하준영 팀장에게 물었다.

"그 여자는 뭐라고 하던가요?"

"뭘 말입니까?"

"그 여자는 왜 남편을 죽였다고 하던가요?"

"아, 그거요?"

하준영 팀장은 바로 말을 하지 않고 잠깐 뜸을 들였다.

"아까도 말씀드리지 않았습니까? 수치심 때문에 그랬다고. 뭐, 이번에 자수하게 된 것도 다 그거 때문이라고…… 진술서에는 그런 취지로 진술했습니다."

7

"자, 이제 대충 마무리를 하면 될 거 같네요."

하준영 팀장은 그렇게 말하면서 허리를 의자 등받이에 기댔다. 커피 속 얼음은 이미 다 녹아 형체도 없이 사라졌다. 컵에서 흘러나온 물기만이 테이블에 작은 원을 만들었을 뿐이다. 그는 손가락으로 그 원의 둘레를 무너뜨렸다.

"아 참, 한 가지 더."

하준영 팀장은 그렇게 말하면서 다시 서류철을 뒤적거렸다.

"여기 있네."

하준영 팀장은 서류 한 장을 꺼내들었다. 그는 다시 두 손을 무릎 위로 가져갔다.

"2002년 7월 중순쯤 말입니다. 그때 김숙희씨로부터 돈을 받으신 적이 있지요? 육천만원."

하준영 팀장이 안경을 고쳐쓰며 그의 눈을 바라보았다. 그는 그 시선을 피하지 않으려고 노력했다. 하지만 그것은 쉬운 일이 아니었다.

"네, 그런 적이 있습니다……"

"그건 어떤 성격의 돈입니까? 서로 원래 어떤 채무 관계가?"

"아닙니다. 그런 건 없었습니다."

"그럼 이 돈은?"

하준영 팀장이 다시 한번 서류를 바라보면서 물었다.

"솔직히 저도 잘 모르겠습니다."

"그래요? 이게, 적은 금액의 돈은 아닌데."

그는 말을 하지 않았다. 말할 수 있는 게 별로 없다고 생각했다. 할말이 잘 생각나지도 않았다.

"돈을 보내면서 김숙희씨가 따로 연락을 하거나, 그러진 않았습니까?"

"네…… 그러지 않았습니다. 그땐 이미 제가 직장도 나오고, 휴대폰 번호도 바꾼 후라……"

"정재민씨도 그 돈을 받고 따로 김숙희씨한테 연락하진 않으셨구요?"

"네……"

하준영 팀장은 고개를 끄덕거리면서 다시 의자 등받이에 허리를 기댔다.

"그럼, 정재민씨는 이 돈을 어떤 의미로 받아들이셨습니까?"

그는 꽤 길게 침묵했다. 그러고 나서 말했다.

"저는, 그 여자가 저한테 미안한 마음에 보낸 돈이라고…… 또 어떤 미련 때문에 보낸 돈이라고…… 그렇게 생각했습니다."

"그 돈을 쓰셨군요?"

그는 아랫입술을 살짝 한 번 깨물었다. 그러면서 또 잠시 침묵했다.

"한동안 쓰지 않다가, 사업을 시작할 때, 그때 썼습니다…… 되돌려달라고 하면 나중에 돌려줄 마음으로……"

둘 사이에 또 한차례 침묵이 흘렀다. 복도에서 누군가 황급히 뛰어가는 소리가 들렸다.

"그 돈이 어떤 돈인지는 아시구요?"

하준영 팀장의 질문에 그는 말없이 고개만 흔들었다.

"그게 김숙희씨 남편 보험금이더라구요. 원래 일억원쯤 됐는데, 보험회사에서 그 정도 돈만 지급했나보더군요. 사고가 복잡하니까. 그건 모르고 계셨군요?"

그는 그런 돈이라고 짐작하고 있었다. 하지만 그는 모른 척했다.

"뭐, 좋습니다. 김숙희씨도 이 부분에 대해선 따로 진술서에 쓰지 않았으니까, 크게 문제되진 않을 겁니다."

하준영 팀장은 그렇게 말하고 나서 들고 있던 서류를 다시 서류철 안에 넣었다. 탁탁, 하준영 팀장은 서류철을 테이블에 두들기기도 했다. 그는 그때까지도 계속 말없이 고개를 숙이고 앉아 있었다.

“자, 이제 돌아가셔도 됩니다.”

하준영 팀장이 자리에서 일어나면서 말했다. 그도 엉거주춤 따라 일어섰다.

하준영 팀장은 그와 악수를 하면서 말했다.

“이거, 제주도에서부터 어려운 발걸음 해주시고 협조해주셔서 감사합니다.”

“아닙니다.”

그는 짧게 고개를 숙이면서 대답했다.

“나중에 더 필요한 사항 있으면 그때 다시 연락을 드리겠습니다.”

“네……”

“뭐, 김숙희씨가 진술서에서 단독 범행인 걸 스스로 밝혔으니까, 크게 염려하실 건 없을 겁니다.”

“네.”

“자, 이제 그럼.”

둘은 다시 한번 서로 고개를 숙여 인사를 했다. 그는 천천히 조사실 문밖으로 걸어나갔다.

8

경찰청 정문을 빠져나오다가, 그는 잠시 멈춰 서서 자신이 있었던 칠층 조사실을 올려다보았다. 사위는 이미 어두워져 은빛 건물 층층마다 주황색 형광등이 불을 밝히고 있었다. 무표정한 얼굴로 유리창 안에 서 있는 사람들의 모습도 보였다. 저 건물 어딘가에 그 여자도 있을 것이다. 그런 생각을 하자 또 예전처럼 그의 어깨를 부여잡는 어떤 악력 같은 것이 느껴졌다. 그는 한동안 그 악력을 느끼면서 가만히 서 있었다.

그는 경찰청 앞 왕복 팔 차선 도로를 건너 택시를 잡을 생각이었다. 오늘 중으로 다시 제주도로 돌아가는 것은 무리일 것 같았다. 일단 집으로 돌아간 뒤 아내에게 전화할 생각이었다. 아내 혼자 두 아이를 데리고 비행기를 타는 게 조금 힘들겠지만, 착한 사람이니까, 회사일이라고 하면 이해해줄 것이다. 그는 그렇게 생각했다.

신호등 앞에서 신호를 기다리다가, 그는 문득 삼 년 전 겨울 그 여자, 김숙희를 만난 것을 떠올렸다. 삼 년 전 일이었지만, 그는 마치 십오 년 전의 어떤 하루처럼 새까맣게 그 사실을 잊고 있었다. 그는 멍한 눈빛으로 신호등을 바라보며 계속 그날의 장면들을 떠올렸다.

그날 그는 그가 운영하는 유아용 교구 제작업체 사무실 인근 커피 전문점에서 김숙희와 만났다. 김숙희가 회사 앞에서 전화를 걸어와, 그래서 나가게 된 것이었다. 그는 피하고 싶었지만, 피한다고 해결될 일이 아니라는 생각이 들었다. 그리고 또 한편, 그는 그녀의 얼굴을 한 번쯤 보고 싶다는 생각도 들었다. 그 생각을 스스로 이해할 수 없어서, 그는 다시 그녀가 보내준 돈을 떠올렸다. 그것 때문에 찾아온 것이겠지, 그것 때문이겠지. 그는 그녀를 만나기 위해 커피 전문점으로 들어가면서도 계속 그 생각을 했다.

하지만 그날, 김숙희는 그에게 별다른 말을 하지 않았다. 둘은 삼십 분 남짓 마주앉아 커피를 마시고 헤어졌을 뿐이다. 거의 십이 년 만에 다시 만난 그녀는, 예전에 비해 놀랄 만큼 몸이 불어 있었다. 허벅지까지 오는 검은색 패딩 점퍼에 청바지, 갈색 스니커즈를 신은 모습이었는데, 볼살도 그렇고 어깨선도 그렇고, 예전의 모습을 거의 찾아볼 수가 없었다. 길거리에서 마주쳤으면 알아보지 못했을 정도로 변한 모습이었다. 그래서 그는 또 기분이 상했다. 살이 찌다니. 어떻게 살이 찔 수가 있지…… 그는 그녀와 마주앉은 상태에서 계속 휴대폰으로 시간을 확인했다.

저한테…… 그때 왜 그러셨어요?

그녀는 커피 전문점에서 나오기 직전, 그에게 그렇게 물었다. 저한테 그때 왜 그러셨어요? 무표정한 얼굴로 두 번. 그는 그녀의 질문에 대답하지 않았다. 마치 아무 말도 듣지 않은 것처럼 반응하지 않았다. 그는 생각보다 일찍 커피 전문점에서 나왔고, 그녀와 헤어지기 직전 현금자동입출금기에서 현금 삼백만원을 인출해왔다. 그는 그 돈을 은행 봉투에 담아 그녀의 패딩 점퍼 주머니에 넣어주었다. 그녀는 그런 그를 가만히 지켜보기만 했다. 더이상 질문도 하지 않았고, 그의 손을 막지도 않았다. 그는 그렇게 서 있는 그녀에게 잘 가요, 라고 말한 후 다시 회사 사무실로 들어왔다. 그는 사무실로 돌아온 후에도 계속 그녀의 살찐 어깨와 허벅지를 떠올렸다. 그리고 밑단이 터져 있는 그녀의 오래된 패딩 점퍼를…… 생각하면 할수록 계속 기분이 상했지만, 그는 한동안 그 생각을 멈출 수가 없었다. 남루하고, 살찐.

그는 신호등에 따라 길을 건넜다. 여름휴가철 탓인지 도로에는 차가 많지 않았다. 그는 길을 건넌 후, 다시 한번 경찰청 건물을 올려다보았다. 저기 저 건물 어딘가에 그녀가 있다. 남루하고 살찐, 그리고 모든 것을 자백한…… 그는 그렇게 생각하는 자신이 조금 혐오스러웠다. 그 생각을 잊으려고, 그는 다가오는 택시를 향해 크게 손을 흔들었다.

누구에게나 친절한

교회 오빠 강민호

1

그의 여자친구는 P읍에 위치한 사립 고등학교 영어 교사였는데, 일 년 전 여름, 교원 연수차 들렀던 말레이시아 코타키나발루 주립 이슬람 사원에서 그만 딴사람이 되어버리고 말았다. 시간이 지난 뒤 하나하나 따져보니 바로 그때, 그 이슬람 사원에서부터가 맞는 것 같다고, 그는 연극배우처럼 혼자 고개를 절레절레 흔들며 말했다.

당시 교원 연수에는 같은 학교 물리 교사인 그를 포함해 모두 열네 명의 교직원이 동행했다. 그해 고3 담임을 맡은 여섯 명의 교사, 교감과 교무주임, 십 년 넘게 근속한 다섯 명의 교사, 그리고 기숙사 사감이 포함되었다. 그건 재단에서 비용 일체를 댄 일종의 포상 겸 위로 휴가와도 같은 삼박 오일짜리 연수였다.

코타키나발루에 도착한 첫째 날만 해도 그의 여자친구는 평상시와 다름없이 쾌활해 보였고, 컨디션도 좋아 보였다고 했다. 그녀는 객실에 짐을 풀자마자 호텔에 딸린 야외 수영장으로 뛰어들어 오랫동안 배영을 했는데, 분홍색 스트라이프 무늬의 비키니를 입고 다시 그 위에 하얀색 면 티셔츠를 걸친 모습이었다. 다른 동료 여교사들은 비치파라솔 아래 선베드에 앉아 그런 그녀를 바라보기만 했을 뿐, 그 누구도 수영복으로 갈아입진 않았다. 그와 그의 여자친구는 그때 정식으로 사귄 지 이제 막 두 달을 넘어서고 있었다. 그건 동료 교사들도, 학생들도 모두 아는 사실이었다. 그는 반바지처럼 생긴 수영복을 입고 야외 수영장으로 들어갔다. 그는 수영장에 있던 독일인 가족에게 노란 튜브를 빌려 그녀를 그 위에 태우곤 마치 마부처럼 이리저리 끌고 다녔다. 그런 그들을 보면서 동료 교사들은 김선생하고 박선생 신혼여행 온 거 같네, 라고 소리쳐주기도 했다.

둘째 날은 원래 스노클링과 스킨스쿠버 일정이 잡혀 있었지만, 새벽부터 내린 비로 인해 그들 일행은 하루종일 호텔 안에서만 머물러야 했다. 그와 다른 동료 교사들은 호텔 이층에 있는 스포츠센터에서 한 게임당 백 달러씩 걸고 내기 볼링을 쳤고, 그의 여자

친구는 객실 침대에 누워 책을 읽다가, 다시 호텔 로비에 있는 소파에 앉아 오랫동안 스마트폰을 만지작거렸다. 그 호텔은 로비에서만 와이파이가 잡혔다. 그녀 주위로도 스마트폰을 들여다보고 있는 두세 명의 투숙객이 더 있었다. 그는 저녁 무렵이 다 되어서야 그녀 곁으로 다가와 은밀한 이야기를 건네듯 속삭였다. 내가 삼백 달러나 땄어. 이걸로 자기 시계 사줄게. 그녀는 환하게 웃고 있는 그를 바라보며 잠깐 슬픈 표정을 지었다.

연수의 실질적인 마지막날인 셋째 날 오전, 그들 일행은 코타키나발루 시내 관광을 마치고 한인 식당에서 점심을 먹었다. 그리고 호텔로 돌아오는 길에 잠깐 도심을 가로지르는 강 한가운데 지어진, 동서남북으로 거대한 네 개의 첨탑이 세워진 이슬람 사원에 들렀다. 가이드는 선생들을 이끌고 사원 둘레를 걸어다니며 '메카로 순례를 떠나지 못하는 가난한 무슬림들은 대신 이 모스크로 순례를 온다'는 말부터 꺼냈다. 이슬람에서 믿는 하나님이 기독교에서 믿는 바로 그 하나님과 같은 분인 건 다들 아시죠? 무슬림들은 예수 그리스도의 존재도 인정해요. 다만 그를 신이라고 여기지 않을 뿐이죠. 독실한 기독교 신자인 교감은 가이드의 말에 미간을 찌푸렸다. 선생들은 가이드의 말을 듣는 둥 마는 둥 둘씩 셋씩 짝을 지어 모스크를 배경으로 사진을 찍었다. 지금은 라마단 기간이에요. 이 사람들은 라마단 기간엔 해가 떠 있는 시간 동안 금식을 해요. 가난한 사람들의 고통을 함께 느끼는 거죠. 그리고 그렇게 모은 돈으로 가난한 사람들을 돕습니다. 가이드가 설명하는 와중에도 몇몇 무슬림이 사원 안으로 들어가는 모습이 보였다. 그들은 사원으로 들어가기 전, 수돗가에서 손과 얼굴과 귀를 닦았다.

"저건 뭐하는 거죠?"

그의 여자친구가 가이드에게 물었다.

"우두라고 하는데요, 하나님을 만나기 전 몸을 정결하게 하는 겁니다."

그는 그때 서쪽 방향에 세워진 첨탑 앞에서 사진을 찍고 있었다. 그래서 자신의 여자친구가 수돗가에서 세수를 하고, 귀를 닦은 후, 사원 안 여자 예배실 쪽으로 걸어들어가는 것을 똑똑히 볼 수 있었다. 하지만 그는 그것을 별로 대수롭지 않게 여겼다. 하여간, 호기심은…… 그는 여자친구 사진을 찍어주기 위해 카메라를 들고 천천히 모스크 출입구 쪽으로 걸어갔다. 그리고 실제로 사원 양탄자에 엎드려 기도하는 그녀의 모습을 유리창 너머에서 카메라에 담기도 했다. 몇몇 선생들도 그의 등뒤에 서서 기도하는 그녀의 모습을 바라보았다. 어, 김선생, 원래 교회 다니지 않았나? 누군가가 그렇게 말했다. 그가 조금 이상한—불길한—예감에 휩싸이기 시작한 것은 그때부터였다. 하지만 그는 애써 자신의 감정을 무시한 채 말없이 연신 카메라 셔터만 눌러댔는데, 그건 지난 칠 년 동안이나 홀로 그녀를 짝사랑하면서 생긴 관성과도 같은 것이었다. 일부러 보지 않거나, 보고도 못 본 척 넘어갔던 시간들,

자신이 보고 싶은 것들만 본 시간들. 그는 칠 년이라는 시간 동안 그렇게 자신의 사랑을 유지해왔다.

그날 그녀가 모스크 안에 머문 시간은 거의 한 시간에 가까웠다. 교감은 일행들과 함께 관광버스에 앉아 그녀를 기다리면서 노골적으로 신경질을 냈고(교감은 그를 바라보면서 "자네들 싸웠나?"라고 묻기도 했다), 가이드는 그녀에게 총 세 번을 찾아가 "모두들 기다리고 계세요"라고 작은 목소리로 말해야 했다. 그는 가만히 관광버스에 앉아 모스크를 바라보면서 별일 아닐 거야, 별일 아닐 거야, 라고 스스로에게 계속 암시했다. 그래서 그녀가 한 시간 후, 벌겋게 부은 눈으로 "죄송합니다" 꾸벅 고개를 숙이며 관광버스에 올라탔을 때도, 어제 볼링을 치느라 오후 내내 자신의 여자친구를 방치한 것, 그 잘못만을 떠올렸다. 그로부터 일 년이 흐른 후, 그녀는 히잡을 쓴 채 학교에 출근하게 되는데, 그제야 그는 잘못은 자신에게도, 볼링에게도 없다는 것을 명백히 깨닫게 되었다.

그리고…… 그것을 깨닫자마자 나를 찾아왔다.

2

"무슨 다른 사정이 있었던 건 아니고?"

나는 잠깐 걸음을 멈추고 종수에게 물었다. 어스름이 깔리기 시작한 여름 저녁이었다. 매미가 갑자기 울음을 멈출 때마다 날벌레들이 웅웅 바람 소리를 내며 몰려드는 저녁. 달은 가깝고 별은 더 멀게만 느껴지는 저녁. 등뒤론 어느새 땀에 젖은 티셔츠가 척척 감겨들고 있었다.

"그걸 정확히 모르겠으니까 그렇죠……"

종수는 못내 억울한 표정을 지어 보였다. 귓바퀴 위로 선명하게 깎아올린 머리칼. 고등학교를 졸업한 지 십오 년 가까이 흘렀지만 종수는 여전히 같은 헤어스타일을 유지하고 있었다. 그는 내 고등학교 이 년 후배였다. 나는 어쩐지 그의 머리칼이 그의 피부 같아 보이기도 했다.

"뭔가 있겠지. 그렇지 않고선……"

그러면서 나는 혼잣말처럼 "무슬림이라, 무슬림이란 말이지, 윤희가……" 하고 중얼거렸다.

윤희로 말할 것 같으면 내 중학교 사 년 후배이자, 잠깐 성가대에 함께 서기도 했던 교회 동생이었다. 그러고 보니 종수가 처음 윤희를 만나 짝사랑에 빠진 곳도 교회였다. P읍 시외버스 정류장 옆에 있는 '은혜교회'에서 우리는 모두 처음 만났다. P읍에 살고 있는 초등학생, 중학생, 고등학생 들은 생애 한 번씩 통과의례처럼 은혜교회를 다니곤 했는데, 그곳에 부모님도 삼촌도 이모도 친구들도 모두 모여 있었기 때문이다. P읍 은혜교회 옆엔 1915년 처음 지어진 미국인 선교사의 사택이 지금도 잘 보전되어 있다. 그 옆 표지석엔 P읍의 초기 개신교 신자들이 얼마나 모진 박해를 받았는지 자세히 적혀 있기도 했다. P읍은 그런 곳이었다. 지금은 나도 윤희도 교회에 다니지 않고 있다. 종수만 띄엄띄엄 주일예배에 참석한다고 했다.

"형, 그런데 꼭 맥주를 드셔야 하겠어요?"

종수가 반대편 인도와 마주한 상가를 훑어보면서 물었다.

"윤희 집에 늦게 들어온다며? 그럼 그때까지 뭘 하고 있으려고?"

종수가 읍내 외곽에 위치한 부모님의 연립주택으로 나를 찾아온 건 오후 네시 무렵이었다. 전날 나는 막차를 타고 P읍에 도착했다. 아버지가 작은아버지와 공동 명의로 되어 있는 전답을 내 앞으로 돌려놓으려다가 작은 문제가 생긴 모양이었다. 어머니 말에 따르면 읍내 단위농협에 다니는 사촌동생이 아버지를 찾아와 "큰아버지, 이건 경우가 아니지 않습니까?" 고개를 빳빳이 들고 따졌다고 했다. 그 전답은 채 오백 평도 되지 않는 작은 땅이었고, 할머니가 생애 마지막까지 손수 강낭콩과 고추를 키우던 밭이었다. 할머니 무덤은 그 밭 바로 오른쪽 구릉지에 있었다. 아버지는 당신이 할머니를 마지막까지 모셨으니 당연한 권리라고 생각한 모양인데, 나로선 어쩐지 그게 좀 촌스럽게만 여겨졌다. 나는 작은

아버지의 마음을 풀어드릴 겸 시외버스 정류장에 내리자마자 정육점에 들러 소꼬리부터 샀다. 내가 P읍에 왔다는 걸 종수가 알게 된 건 아마도 그 때문일 것이다. 정육점에 들렀으니까. P읍은 그런 곳이었다.

"뭐, 탁구를 쳐도 좋고요……"

"탁구? 지금?"

나는 조금 어이없는 기분이 되었다. 하지만, 종수였으니까. 나는 또 그런 생각이 들기도 했다. 대학교 삼학년 때이던가, 교회 대학부와 고등부가 기도원으로 연합 수련회를 떠난 적이 있었다. 그때 종수가 총무를 맡았는데, 둘째 날 오후부터 그는 체육대회니, 캠프파이어니, 조별 통성기도 모임이니, 하는 프로그램엔 일절 참여하지 않은 채, 오직 숙소에만 머물렀다. 나중에 알고 보니 회비 사용 내역 중에 삼천오백원이 비었기 때문이다. 그는 수첩과 계산기를 옆에 두고 자신의 지갑과 가방을 계속 뒤적거리기만 했다. 그래서 한때 교회에서 그는 '삼천오백원'으로 불리기도 했다. 삼천오백원 선배, 삼천오백원 오빠. 그는 그 별명을 듣고도 별다른 반응을 보이지 않았다.

"맥주를 마실 만한 곳도 없고…… 사람들 눈도 좀 그래서요."

"그래도…… 너무 덥지 않겠니?"

나는 좀처럼 내키지 않았지만, 또 그와 함께 맥주를 마실 생각도 그만 싹 사라지고 말았다.

"에어컨 나와서 괜찮아요."

종수는 내 대답을 듣기도 전에 건너편 상가를 향해 걸어가기 시작했다. 상가 이층에 '88탁구클럽'이란 간판이 보였다. 교복을 입은 아이 한 명이 자전거를 타고 지나가다 멈춰 서서 종수에게 허리 굽혀 인사를 했다. 종수는 짧게 한 손을 들어주었다. 나는 는적는적 종수의 뒤를 따라 탁구장 안으로 들어갔다.

그런데 왜 내가 이렇게 자꾸 종수에게 끌려다니지? 나는 건성건성 탁구채를 고르며 생각했다. 낮에 종수가 찾아와 윤희 문제로 잠깐 상의드릴 게 있다고 했을 때까지만 해도, 그래서 P읍 작은 중심가에 있는 홍농종묘사 옆 카페에 마주앉았을 때까지만 해도, 나는 그것이 작은아버지 때문이라고만 생각했다. 소꼬리를 사 들고 고향을 찾아오긴 했지만, 그러나 막상 작은아버지를 찾아뵐 생각을 하니 주저되는 것들이 하나둘 떠올랐다. 평생 포도 농사를 지었던 작은아버지는 이태 전 봄이던가, 늦추위로 인해 새순이 제때 올라오지 않자 예초기를 등에 멘 채 그대로 밭을 갈아엎은 적이 있었다. 대부분 열매가 가장 실하게 열리는 사오 년생 나무들이었다. 그날, 작은아버지는 나무들을 베어버리다가 지지대 역할을 하는 쇠파이프 기둥에마저 예초기 칼날을 들이댔다. 지금도 남아 있는 작은아버지의 이마와 어깨의 커다란 흉터는 그때 생긴 것들이었다. 나는 어쩐지 자꾸 작은아버지의 흉터들만 떠올랐다. 작은아버지의 마음을 풀어드린다고는 하지만, 내가 해결할 수 있는 건 아무것도 없지 않은가. 나는 어쩐지 촌스러운 것은 아버지가 아닌, 내 얄팍한 심사가 아닐까, 하는 생각을 했다. 그래서였는지 몰라도, 나는 점심 무렵부터 계속 방안에 누워 스마트폰만 만지작거렸다. 그 와중에 종수가 찾아온 것이었다.

종수는 내가 윤희를 직접 만나서 설득해주기를 바랐다.

"내가? 아니, 그게 어디 설득해서 될 문젠가……?"

"저는 그냥…… 일단 그 히잡만 쓰지 않으면 되거든요. 그러면 학교에서도 별문제 없을 거고……"

"네가 말해도 안 듣는 걸 내가 한다고 되겠어?"

"그래도 윤희가 형을 많이 따랐잖아요? 저한테도 종종 형 얘길 했는데……"

나는 그 말을 듣고 종수의 얼굴을 흘끔 한 번 쳐다보았다. 종수는 내 눈을 바라보지 않은 채 빨대로 휘휘, 바닥에 남은 밀크셰이크만 계속 저어댔다. 윤희는 종수에게 과연 무슨 얘기를 어떻게 한 것일까? 혹시 종수가 어떤 오해를 하고 있는 것은 아닐까? 나는 괜스레 마음 한편이 불편해졌다. 하지만 그러면서 또 한편, 갑자기 윤희의 얼굴이 보고 싶어진 것도 사실이었다. 은근한 불에 달궈진 카레처럼 의도하지 않았던 어떤 기대들이 자잘하게 부풀어올랐다가 터지길 반복했다. 어쩌면 그것 때문에 내가 지금 이러고 있는 것이 아닐까? 탁구라니…… 나는 탁구를 제대로 배워본 적도, 좋아한 적도 없었다. 종수와는 따로 연락을 하고 지내는 사이도 아니었다. 그런 내 마음을 아는지 모르는지 종수는 양면 라켓을 손에 쥔 채 탁구대 앞으로 걸어갔다. 탁구장엔 우리 두 사람 외에 다른 손님은 없었다.

3

종수와 내가 탁구장에서 나온 것은 밤 아홉시 무렵이었다. 우리 두 사람 모두 땀에 흠뻑 젖은 머리칼이 마치 비 맞은 낙엽처럼 이마에 달라붙어 있었고, 귓불은 벌겋게 상기된 상태였다. 나는 조금 현기증이 일었지만, 그래도 바깥바람을 쐬니 한결 정신이 맑아졌다. 꼬박 세 시간 동안 탁구장 안에서만 머물렀던 것이다. 그 시간 동안 종수와 나는 21점 내기 총 일곱 세트 시합을 했고, 중간에 한 번 퇴직한 전직 중학교 체육 교사인 탁구장 주인과 함께 자장면을 시켜 먹었으며, 나란히 휴게실 소파에 앉아 여덟시 뉴스를 보기도 했다. 종수는 수준급 탁구 실력을 갖고 있었는데, 언제 누구에게 배운 거냐는 내 질문엔 대답하지 않았다. 나의 경우엔 겨우 상대방 네트 너머로 통통, 공을 받아넘기는 수준이었다. 그래서 우리의 랠리는 길게 이어지지 않았다. 랠리가 끊길 때마다 나는 왠지 종수에게 미안한 마음이 들었지만, 종수는 그리 개의치 않는 것 같았다. 그는 나를 봐주거나, 건성건성 넘어가는 법 없이, 진지한 얼굴로 라켓을 휘둘렀다. 결국, 나는 한 세트도 이기지 못했고, 탁구 게임 비용과 자장면값을 모두 계산했다. 하지만 그래서 나는 마음이 조금 놓이기도 했다.

"종수야, 너 그런데……"

나는 종수와 함께 P읍 초등학교 뒤편에 있는 윤희네 집을 향해 걸어갔다. 윤희는 그곳 다세대주택 이층에 홀어머니와 함께 살고 있었다. 종수 말에 따르면 윤희는 밤 열시쯤이나 돼야 돌아올 것이라고 했다. 오늘은 전주에 있는 모스크에서 열리는 금요예배에 참석하는 날이라고.

"너 그런데 지금도 윤희 많이 좋아하지?"

내 물음에 종수는 고개를 천천히 돌려 멀리 P읍 유일의 병원 간판을 바라보았다. 그러곤 조금 시간이 지난 뒤 내게 말했다.

"솔직히…… 잘 모르겠어요."

종수는 고개를 짧게 저었다. 그는 잠시 생각에 잠긴 듯한 표정이 되어버렸다. 함께 땀을 흘리고 난 뒤라 그런지, 나는 어쩐지 종수와 조금 더 친해진 듯한 기분이 들었다. 나는 그와 함께 밤길을 걸었다.

"둘 사이에 종교 문제만 아니면 별문제 없는 거잖아?"

나는 종수보다 반걸음 앞서 걸으며 물었다.

"그게 그렇게 간단한 문제가 아니라서요……"

윤희가 처음 히잡을 쓴 채 출근한 것은 여름방학에 들어간 첫째 주 월요일이었다. 교무회의에 조금 늦은 윤희가 자신의 자리로 가 앉자 모두의 눈이 한꺼번에 그쪽으로 쏠렸다. 잠깐 정적이 흐르기도 했다. 그러곤 이내 들려왔던 교무주임의 목소리. 김선생님, 지금 꼴이 그게 뭡니까? 여기 학교예요, 학교!

"학교에선 다음주까지 지켜본 다음에 정식으로 징계위원회에 회부할 모양이에요."

"그게 징계 사유까지 되는 거야?"

"품위 유지 위반인가…… 뭐, 그런 거라고 하더라구요."

종수뿐만 아니라, 다른 교사들도 이전부터 어느 정도 눈치는 채고 있었다고 했다. 윤희가 시간에 맞춰 여교사 휴게실에 작은 담요를 깔고 엎드린 채 기도하고 있는 모습을 본 교사들도 여럿 있었고, 교무실 책상 철제 책꽂이에 보란듯 꽂혀 있는 '쿠란'을 신기한 눈으로 훑어본 선생들도 몇 명 있었다. 윤희는 회식 자리에 가도 일절 삼겹살을 먹지 않았고, 점심시간엔 학교 앞 분식집에 들어가 혼자 '진라면'을 사 먹기도 했다. 종수 말에 따르면, 그 라면 분말수프에만 유일하게 돼지고기 성분이 없기 때문이라고 했다. 하지만 그런 것은 그리 큰 문제가 되지 않았던 것도 사실이었다. 때때로 쑤군거리는 사람들이 없는 것은 아니었지만, 드러나는 것은 별로 없었으니까…… 다른 선생들도 불편한 것은 거의 없었다. 하지만 히잡은 그렇지 않았다.

"윤희는 뭐래?"

나는 언덕길 위로 군데군데 불을 밝힌 주황색 가로등을 바라보면서 물었다. 언덕길을 이백 미터쯤 오르고 나면, 그곳에 윤희의 집이 있었다. 내가 한때 방을 얻어 학위논문을 썼던 곳도 그쪽 골목길에 있었다.

"그냥 자연스러운 거래요. 교회에 다니는 것처럼…… 십자가 목걸이 하는 것처럼……"

종수는 중얼거리듯 말했다. 그러곤 다시 미간을 구기며 신경질적인 목소리로 말했다.

"전, 걔가 도대체 나를 좋아하고 있는 건지, 그것도 잘 모르겠어요."

"그런 건 아닐 거야."

나는 고개를 돌리지 않고 말했다.

"처음 사귈 때부터 지금까지 한 번도 자기 속내를 얘기한 적이 없어요."

"걔네 집 사정이 좀 복잡하잖아. 그래서 그럴 거야."

"저는요, 그거 뻔히 알면서도 걔를 좋아한 거라구요. 그럴수록 서로 더 얘기하고 의지하고 그러는 게 맞잖아요. 도대체 왜 날 만나는지……"

종수는 목소리를 더 높였다.

"이젠 진짜 모르겠어요…… 걔가 지금 학교에서 잘리면……

그 많은 이자를 어떻게 감당하려고…… 내가 다른 거 때문에 그러는 게 아니라고요. 다 그런 게 걱정돼서 그런 거지……"

"잘 설득해봐야지. 내가 한번 잘 얘기해볼게."

나는 종수의 어깨를 가볍게 툭툭, 쳐주었다. 종수는 말이 없었다.

4

우리는 윤희가 살고 있는 다세대주택 일층 현관 계단에 앉아 말없이 언덕 아래를 내려다보았다. 멀리 도로엔 이따금씩 버스가 지나다니고 있었다. 버스가 정류장에 설 때마다 두세 명의 사람이 느릿느릿 언덕길 쪽으로 걸어올라왔다. 시간은 어느새 밤 열시가 다 되어가고 있었지만, 윤희의 모습은 좀처럼 보이지 않았다.

나는 목을 길게 빼 불이 켜진 다세대주택 이층을 올려다보았다.

"과일이라도 사올걸 그랬나?"

종수는 작은 시멘트 알갱이들을 휙휙, 전봇대를 향해 던져댔다.

"올라가지 않고 그냥 여기서 얘기하고 가려고요…… 편찮으셔서 제대로 거동도 못하세요……"

"아직도…… 그대로이신 거지?"

내 질문에 종수는 쓸쓸하게 웃기만 했다.

윤희 어머니가 P읍 오일장이 서는 천변 상가 지역에 프랜차이즈 갈빗집을 낸 것은 칠 년 전쯤의 일이었다. 윤희 아버지와 이혼하면서 받은 목돈에, 도 단위 체인점들을 총괄하는 프랜차이즈 지역 본부에서 나머지 자금을 융통해 차린 가게였다. 그게 다 빚이고 이자였는데, 엄마도 나도 그쪽으론 어수룩했으니까, 결론은 뻔한 거였죠…… 언젠가 윤희는 나에게 그런 얘기를 해준 적이 있었다. 장사는 안 되는 게 아니었는데도 매달 빚이 더 느는, 그런 구조였어요. 거기에 더 큰 문제는 윤희 어머니가 프랜차이즈 지역 본부 영업부장이라는 남자와 사랑에 빠져버렸다는 사실이었다. 윤희 어머니보다 열 살 아래 남자였는데, 마감 때마다 들러 이런 저런 조언을 해주는가 싶더니, 함께 소주를 한 잔 두 잔 하는 날들이 이어졌다. 그러곤 이내 예정된 수순을 밟아나갔다. 윤희는, 자신의 엄마가 그 남자에게 최선을 다했다고 말했다. 그 남자가 원하는 것들, 그 남자가 바라는 것들, 그 남자가 말하는 것들…… 윤희는 불안했지만, 그렇다고 엄마를 말리지는 않았다고 했다. 엄마가 사흘씩이나 가게문을 열지 않고 그 남자와 여행을 떠났을 때도, 자신의 명의로 카드를 만들어 그 남자의 치과 진료비를 대신 내주었을 때도, 그 남자가 연락 없이 보름 넘게 나타나지 않아 엄마가 영업용 냉장고 유리문을 깨뜨렸을 때도, 그녀는 그것이 당연하다는 생각을 하곤 했다. 엄마는 엄마일 뿐, 엄마의 사랑도 엄마의 사랑일 뿐. 그녀는 거기에 개입할 수 있는 것이 아무것도 없었다는 말도 덧보탰다. 결국, 윤희 어머니가 가게 보증금을 월세 대신 모두 소진한 채 거의 쫓겨나듯 장사를 접은 것은 그로부터 꼬박 이 년이 지난 뒤의 일이었다. 억대의 빚과, 더이상 숨길 수 없는 알코올 의존증과, 아무도 가져가지 않은 수저 포장지 두 박스, 그것이 그녀 어머니에게 남겨진 모든 것들이었다. 윤희 어머니와 연애를 했던 그 남자는, 장사를 접기 두 달 전부터 전화번호도 바꾼 채 영원히 모습을 감춰버렸다…… 나는 그 얘기들을 모두 윤희에게서 전해 들었다. 책상에 앉아 끙끙 복사해온 자료들을 읽어나가다가, 자정쯤 운동화를 꺾어 신고 골목길에 나서보면, 지금 종수와 내가 앉아 있는 현관 계단에 윤희가 무릎을 그러안은 채 쪼그려앉아 이어폰으로 음악을 듣고 있었다. 나는 종종 그 옆에 가 앉았다. 그러다보면 이층에선 윤희 어머니가 부르는, 가사를 알 수 없는 노랫소리가 들려오곤 했다.

"부신 기능인가…… 뭐, 그런 게 완전히 망가졌대요. 약을 쓸 수도 없을 정도로……"

종수가 두 손을 맞잡으면서 말했다.

"근데 저렇게 혼자 계셔도 되는 거야? 식사는……"

"윤희가 차려놓고 다니는가봐요. 소주도 드리는 거 같던데요, 뭘……"

"허허, 참."

나는 허탈하게 웃으면서 잠깐 고개를 뒤로 젖혔다. 연무가 끼려는지 밤하늘이 흐릿하게 변해가고 있었다.

그곳에 앉아 있다가 종수와 나는 우연히 아는 사람을 만나기도 했다. 예전에 내게 방을 내준 적 있는, 골목길 끝 이층집의 주인인, 아버지의 친구이자 은혜교회 안수집사이기도 한 최민우 선생이었다. 선생이 우리를 먼저 알아보고 손을 내밀었다.

"아니, 이 사람, 고향에 왔으면 교회부터 먼저 들르지 않고서?"

종수와 나는 자리에서 일어나 허리를 굽혔다. 그리고 약속이라도 한 듯 뒤통수를 긁적거렸다. 최선생은 아직도 내가 교회에 다니는 줄 알고 있었다.

"그래, 지금은 서울에서 대학교 선생 한다며? 아버지한테 다 들었네만."

"아직 시간강사인데요, 뭘……"

나는 조금 멋쩍게 웃으면서 대답했다.

"내가 자네 우리집에서 공부할 때부터 알아봤어. 아무 걱정 하지 마. 하나님께서 다 인도해주실 테니까."

최선생은 다시 한번 내 손을 잡고 말했다. 나는 고개를 숙인 채 짧게 종수 쪽을 곁눈질로 바라보았다. 종수는 고개를 숙인 채 말없이 서 있었다.

"자넨, 오늘 철야예배 안 가나?"

최선생이 이번엔 종수를 바라보며 물었다.

"아, 예…… 일이 좀 있어서요."

"자넨 나중에 나랑 따로 얘기 좀 하세."

종수를 쳐다보는 최선생의 얼굴은 딱딱하게 굳어 있었다.

"이거 나이를 먹으니 점점 초저녁잠만 늘어나서…… 또 철야예배 지각일세."

최선생은 다시 나를 보며 씩 웃었다. 나도 따라 웃어주었다. 최선생은 우리에게 한쪽 손을 들어 보이곤 골목길을 내려가기 시작했다. 나와 종수는 그의 뒷모습이 가로등 너머로 사라질 때까지 계속 지켜보았다. 그러곤, 다시 천천히 자리에 앉으려다가 무춤, 정지 상태가 되고 말았다. 어느새 언덕길 중간쯤까지 올라온 윤희의 모습을 보았기 때문이다. 하얀색 히잡을 쓴 윤희의 모습을. 그녀는 이쪽을 향해 나릿나릿 걸어올라오고 있었다.

5

우리는 윤희와 함께 골목길 오른쪽 끝을 향해 걸어올라갔다. 옥수수가 나란히 심어진 담장을 따라 오 분 정도 걷다보면 커다란 잣나무가 빽빽하게 자라 있는 야트막한 야산이 하나 나왔고, 그 잣나무 군락지를 지나 다시 일이십 미터만 더 올라가면 누군가의 무덤을 이장한, 그래서 배구 코트만한 평지가 되어버린, 작은 공터가 눈앞에 펼쳐졌다. 종수와 나, 그리고 윤희는 그쪽을 향해 올라갔다. 걷는 도중 우리는 모두 말이 없었다. 윤희는 나와 잠깐 눈이 마주쳤지만, 이내 무표정한 얼굴로 시선을 돌려버렸다. 나는 인사라도 건네려다가 그냥 그만두는 편이 더 나을 것 같다는 생각을 했다. 종수와 윤희가 앞장을 서고 내가 그 뒤를 따라 걸었다. 연무는 야산 쪽으로 올라갈수록 점점 더 짙어지기만 했다.

"형, 잠깐만 기다려주실래요."

공터에 도착했을 때 종수가 나를 돌아보며 말했다. 나는 잠깐 윤희 쪽을 쳐다본 후, 고개를 끄덕거렸다. 그러곤 다시 잣나무 군락지가 있는 곳까지 내려왔다. 위쪽에선 웅얼거리는 목소리가 작게 들려왔고, 어디선가 맹꽁이 우는 소리도 간헐적으로 들려오기 시작했다.

나는 발끝으로 툭툭 잣나무 밑동을 건드리면서 그들을 기다렸다. 그러면서 나는, 내가 꼭 이렇게까지 해야 하나, 내가 지금 뭘 하고 있는 거지, 넋두리하듯 혼잣말을 해댔다. 이것도 다 작은아버지 때문인가. 나는 일부러 계속 작은아버지 탓을 하려고 노력했다. 하지만 그것은 잘 되지 않았다. 서늘한 바람이 한차례 얼굴을 스치며 지나갔고, 풀냄새는 더욱 짙어져 비리척지근하기까지 했다. 나는 고개를 들어 휘휘, 주변을 둘러보았다. 별은 보이지 않았고, 언덕길 아래 간간이 불을 밝힌 집들이 눈에 들어왔다. 어쩐지 나는 지금 이 시간들과, 지금 이 풍경들과, 지금 이 느낌들이 그리 낯설지만은 않은 것 같았다. 이게 뭐지? 나는 제자리에 쪼그리고 앉았다. 안개는 함부로 잣나무 줄기와 가지들을 지우며 돌아다녔고, 나뭇가지 부러지는 소리와 잎사귀들이 한쪽으로 쓸리면서 내는 소리가 연이어 들려왔다. 나는 조금 이상한 기분에 사로잡혔다. 무언가 희미하게 떠오르는 것들이 있었다. 나는 나의 모든 감각을 집중하려고 두 눈을 감았다. 감은 두 눈 위로 조금 전 보았던 불빛들이 빠르게 명멸했고, 소리들은 더 크게 마치 양각한 판화처럼 다가왔다. 그리고 그렇게 몇 분이 지나자 차츰차츰 풀벌레 소리와, 바람 소리는 줄어들었고, 대신 가슴 깊숙한 곳에서 어떤 뜨거운 것들이 계속해서 치밀어올라왔다. 곧이어 나는 그것이 어떤 기억과 맞닿아 있는 것인지 정확하게 떠올릴 수 있게 되었다……

스무 살, 혹은 스물한 살 때이던가, 교회 부흥회 기간에 맞춰 산상기도를 하러 P읍 서쪽 숲에 오른 적이 있었다. 그때도 지금과 같은 여름이었고, 자정에 가까운 시간이었다. P읍 서쪽 숲은 초기 개신교 신자들이 박해를 피해 숨어 있던 곳이기도 했다. 그들은 그곳에서 낮에는 구덩이를 파고 숨어 지내다가, 밤에는 모두 나와 각자 한 그루씩 나무를 부둥켜안고 간절히 기도를 올렸다고 했다. 산상기도를 인도한 은혜교회 부목사는 우리 대학부도 그들과 똑같이, 그들을 떠올리며 기도를 올리자고 했다. 각자 흩어져 나무 한 그루씩 끌어안고 초기 신자들의 고통과, 그 어떤 고난과 두려움에도 변하지 않은 신실한 믿음을 직접 체험해보자는 말을 했다. 그 믿음이 오늘날 우리 교회를 만든 반석이 되었다는 말도……

나는 계속 쪼그려앉은 상태 그대로 눈을 떴다. 나는 갑자기 벅찬 기분이 들어 숨이 조금 가빠지기도 했다. 그날, 산상기도에서 나는 백 년도 더 되어 보이는 낙엽송을 끌어안은 채 기도를 드리다가 나도 모르게 눈물을 흘리기도 했는데, 그 순간 내가 어떤 보이지 않는 초월적인 존재와, 고통을 받았던 선조들과, 나무 하나를 사이에 두고 서로 연결된 듯한 기분이 들었기 때문이다. 의미 없이 사라지는 것들이 모두 존귀한 것들로 바뀌고, 무의미하게 흘러만 가던 시간들이 그대로 정지해버린 듯한 느낌. 나는 그 느낌들마저 완벽하게 기억해낼 수 있었다. 삶이 모든 의미들로 가득 차 있던 시간들…… 그러자 내가 지금 이곳에 왜 와 있는지, 누가 나를 이곳으로 이끌었는지 알 것만 같은 심정이 되었다. 아니, 그것들을 몰라도, 아무 상관 없을 것만 같았다. 나는 크게 한 번 숨을 들이마셨다. 시원한 공기가 폐부 깊숙이 들어왔다. 그래도 들뜬 마음은 쉬이 가라앉지 않았다. 때마침 종수가 나를 부르러 잣나무 숲 쪽으로 걸어 내려오는 것이 보였다. 나는 크게 한 번 기지개를 켠 후, 자리에서 일어났다.

6

"오랜만이네."

나는 공터 한쪽에 팔짱을 낀 채 서 있는 윤희에게로 다가가며 말했다. 하얀색 히잡 때문인지 어둠 속에서도 그녀의 얼굴은 비교적 선명하게 드러났다. 그녀는 여전히 무표정한 얼굴 그대로 무덤이 있던 자리를 바라보며 서 있었다. 뺨이 조금 더 홀쭉해진 것을 빼면 변한 것은 별로 없어 보였다. 종수는 내가 서 있던 잣나무 숲 쪽에서 올라오지 않고 서 있었다.

"그러네요."

윤희는 내 쪽을 바라보지 않은 채 말했다. 나는 그녀와 대여섯 걸음 떨어진 곳에 멈춰 섰다.

"한 삼 년 만인가?"

내 말에 윤희는 아무런 대답도 하지 않았다.

"고향집에 일이 있어서 들렀다가…… 종수도 만나게 되고…… 너 얼굴이라도 한번 보고 가려고……"

"그러셨어요? 그럼, 제가 고마워해야 하는 건가요?"

윤희가 처음으로 내 얼굴을 똑바로 바라보면서 말했다. 나는 애써 계속 미소를 지으려고 노력했다. 내가 대답을 하지 않자, 윤희는 다시 잣나무 숲 반대 방향으로 고개를 돌려버렸다.

우리는 한동안 말없이 서 있기만 했다. 나는 자주 잣나무 숲 쪽을 흘끔거렸다. 그쪽에선 서걱거리는 종수의 발소리가 반복해서 들려왔다. 나는 어쩐지 조금 한기가 드는 것만 같았다. 그래서였는지 몰라도 조금 전 들뜬 마음도 어느새 사라지고 없었다. 대신 나는 이 모든 상황들이 다시 귀찮게만 느껴졌다. 시간만 어이없이 흐르는 기분이었다.

"종수가 네 걱정을 많이 하더라구."

"그래요? 그러면 그 걱정이나 계속 들어주시면 되겠네요."

윤희의 목소리에는 계속 날이 서 있었다.

"윤희야, 나는 지금 너한테 뭐라고 하려고 온 게 아니야."

"그럼 뭐죠? 그냥 얼굴이나 보러 오신 건가요? 그럼 이제 봤으니까 가면 되겠네요."

"윤희야."

나는 말하고 나서 아랫입술을 깨물었다. 그러곤 다시 숨을 깊게 들이마셨다.

"나는 네가 믿는 종교를 존중해. 그걸 갖고 뭐라고 하려는 게 아니라구."

윤희는 고개를 비스듬히 숙인 채 무릎 아래를 내려다보았다. 언제부터인지 몰랐지만, 윤희는 팔짱을 풀고 한 손으로 어깨에 멘 가방 손잡이를 꼭 그러쥐고 있었다.

"나는 이제 교회도 안 다니는데, 뭐. 네가 뭘 믿든 이젠 상관하지 않아."

나는 한마디 한마디 정확하게 말하려고 신경을 썼다. 그것은 내 진심이기도 했다.

"다만 현실적인 얘기를 하고 싶은 것뿐이야. 네 미래도, 네 어머니도 생각해야지."

나는 윤희의 얼굴에 잠시 쓸쓸한 기운이 스치고 지나가는 것을 놓치지 않고 보았다. 내 마음속에서 다시 뜨거운 무언가가 꿈틀거리기 시작한 것은 그때부터였다.

"성당에 다니는 사람이라고 다 미사포를 쓴 채 직장에 다니는 건 아니잖니?"

그러면서 나는 윤희에게 반증 이론에 대해 말해주려고 했다. 규범이나 가치는 고정된 것이 아니고, 어떤 사안도 반증 가능할 때만 진실이 될 수 있는 것이라고, 히잡을 써야 한다는 규범도 결국은 그런 게 아니겠냐고, 삶은 어쨌든 문제 해결의 연속이 아니겠냐고……

"참 대단하시네요."

윤희가 나를 노려보면서 말했다.

"사람이 어떻게 그렇게 뻔뻔할 수가 있죠? 사람이 어떻게 그렇게 인색할 수가 있어요?"

나는 괜스레 얼굴을 한 번 쓸어내렸다. 나는 조금 당황했다.

"윤희야, 나는 그게 아니고…… 그러니까 어떤 규범이……"

"정말 이것 때문에 그러는 거예요? 정말 이것 때문에?"

윤희는 한 손으로 자신의 머리 위 히잡을 가리켰다. 그러곤 그것을 목덜미 뒤로 신경질적으로 벗어버렸다. 숨어 있던 윤희의 굵게 웨이브 진 머리칼이 출렁, 귓바퀴 쪽으로 흘러내렸다.

"이젠 됐나요? 이제 만족해요?"

나는 말문이 막혀버렸다.

"기억을 못하는 건가요, 아니면 아예 기억을 안 하고 사는 건가요? 오빠가 어떻게 저한테 삼 년 만에 찾아와서 그런 말을 할 수가 있는 거죠?"

윤희의 목소리는 점점 높아져갔다. 나는 다시 잣나무 숲 쪽을 바라보았다. 잣나무 숲 쪽으로 웅웅 윤희의 목소리가 퍼져나갔다.

"아니, 나는 지금 네가 무슨 소리를 하는지 도통……"

"그러니까 가세요, 이제 그만…… 더이상 찾아오지 마시라구요……"

윤희의 눈에 눈물이 그렁그렁 맺혔다. 그녀의 두 다리는 후들후들 떨리고 있었다. 잣나무 숲 쪽에서 종수가 이쪽으로 올라오고 있는 것이 보였다. 그녀는 내 앞을 스쳐 종수 쪽으로 걸어갔다. 그러다가 무언가 생각난 듯 다시 우뚝 멈춰 서서 나를 한 번 돌아봤다.

"오빠…… 민호 오빠…… 이제 이자 놀음 따윈 그만 좀 하고 사세요."

윤희는 그 말을 끝으로 공터 아래로 내려갔다. 종수가 그런 윤희의 팔뚝을 잡으려고 했지만, 윤희는 계속 소리를 지르며 뿌리쳤다. 어떻게…… 네가 나한테…… 저 사람을 데려올 수가 있어…… 어떻게 네가 나한테…… 그럴 수가 있냐고……

나는 가만히 윤희와 종수의 모습을 지켜보면서 그 자리에 서 있었다. 그러자 다시 한번 지금 이 시간들과, 지금 이 풍경들과, 지금 이 느낌들이 그리 낯설지만은 않다는 생각을 하게 되었다. 하지만 그것이 무엇 때문인지, 나는 더이상 떠올리려 애쓰지 않았다. 무언가 중요한 연결 고리가 내게서 툭, 끊어져버린 것을 깨달았기 때문이다.

나는 공터 반대쪽 숲길 사이로 터덜터덜 혼자 걸어 내려왔다.

7

다음날 오전, 나는 아홉시 시외버스를 타고 다시 서울로 올라왔다. 작은아버지를 찾아뵙지도, 종수에게 따로 전화도 하지 않은 채, 나는 서둘러 P읍을 떠났다. 시외버스가 인터체인지를 벗어날 때쯤, 나는 차창에 이마를 기대고 멀리 P읍 작은 중심가를 바라보았다. 자잘한 건물들 사이로 은혜교회의 높은 첨탑이 잘 벼린 칼날처럼 우뚝 솟아 있는 것이 보였다. 나는 그것을 물끄러미 바라보면서 반증이 가능하니까, 아직도 저 교회는 저기 서 있는 것이 아닐까, 하는 생각을 했다. 윤희와 종수 생각은 일부러 하지 않았다. 아니, 생각나지 않았다는 것이 더 정확한 표현일 것이다. 나는 두 눈을 감고 있다가 이내 잠이 들어버렸다.

집으로 돌아오니, 아내가 아들과 함께 캐리어에 짐을 싸고 있었다. 올해 여섯 살이 된 아들은 나를 보자마자 폴짝, 허리춤에 매달렸다.

"어, 벌써 왔네요? 나는 내일쯤 올 줄 알았는데?"

아내는 소파 옆에 책상다리를 한 채 앉아서 인사를 했다. 차곡차곡 개켜진 옷가지들이 그 옆에 단정하게 놓여 있었다.

"내가 할 일이 별로 없더라고."

나는 소파에 주저앉으면서 말했다. 아들은 내 등뒤로 옮겨와 목을 꽉 끌어안고 놓아주지 않았다. 나는 짧게 비명을 지르기도 했다.

"내가 그랬잖아요, 아버님이 다 알아서 하실 거라고."

아내는 비닐 팩에 아들의 수경과 수영 모자, 수영복 등을 따로 챙겨넣으면서 말했다.

"벌써 짐을 싸는 거야? 우리 화요일 출발 아닌가?"

"내일하고 모레는 다른 거 준비할 게 많아요. 그리고 원래 여행은 이렇게 캐리어를 쌌다 풀었다, 하는 재미라구요."

나는 앉은 자세 그대로 오른쪽 팔을 폈다 접었다, 스트레칭을 했다. 우리 가족은 화요일 오후 비행기로 푸껫을 가기로 되어 있었다. 내가 강의를 하러 다니는 한 대학교 교무처 직원인 아내의 여름휴가는 월요일부터 시작이었다.

"근데, 나요…… 나, 이번에 수영복 하나 새로 사려고 하는데……"

아내가 내 쪽으로 자세를 고쳐 앉으며 말했다.

"사면 되지, 뭐. 뭘 그런 걸 나한테 물어?"

나는 목을 뒤로 한껏 젖히며 퉁명스럽게 말했다.

"물을 만하니까 묻지요. 당신, 내가 수영복 몇 년 동안이나 입었는지 모르죠?"

나는 대답하지 않았다. 아들이 캐리어 옆에 있던 아내의 수영복을 두 손으로 들어올려 보였다.

"이거 당신이 고향집에서 논문 쓸 때 결혼기념일 선물로 사준 거잖아요. 기억 안 나요? 왜, 거 P읍 오일장 섰을 때 산 거라면서."

아내는 피식, 웃으면서 아들이 들고 서 있는 수영복을 바라보았다. 나도 그제야 그쪽으로 눈길을 돌렸다. 내가 저걸 언제 샀나, 싶을 정도로 촌스러운 분홍색 스트라이프 무늬의 비키니였다.

"저거, 당신이 용돈 쪼개서 사준 거라서 내가 버리지도 못하고……"

나는 또 무언가 낯설지 않은 기분을 느꼈다. 나는 표정이 딱딱

하게 굳을까봐, 그냥 두 눈을 감아버렸다.

"아휴, 근데 이젠 못 입겠어요. 나, 이번에 새로 사도 되죠?"

아내가 밝은 목소리로 물었다.

"그럼 되지. 이번엔 당신 마음에 드는 걸로 사."

나는 그렇게 말하곤 소파 팔걸이에 아예 머리를 기댄 채 누워버렸다. 두 눈은 계속 감고 있었다. 무언가 서늘한 기운이 내 안에서 퍼져나가는 것을 느꼈지만, 나는 그것을 애써 무시한 채 허리를 조금 더 웅크렸다. 나는 내가 어쩐지 낡은 사슬 같다는 생각이 들었다.

한정희와 나

정희가 우리집으로 오게 된 사연은 조금 길고도 복잡하다.

이야기는 1988년 봄까지 거슬러올라간다. 아내의 아버지, 즉 내 장인어른이 다니던 부천 춘의동 소재 한 주물공장이 사 개월 넘게 지속된 총파업과 그로 인한 고소 고발, 직장폐쇄 등의 과정을 거쳐 최종 부도가 나기까지의 이야기. 임금은 이전까지 총 육 개월 체불된 상태였고, 백이십 명에 가까운 노동자들이 퇴직금 한 푼 받지 못한 채 그대로 실직자 신세로 내몰리게 된 사연들. 거기에 충남 논산 출신의 사장이 공장 부지와 자재를 은밀하게 정리하여 서울 강남구청 사거리 근처에 육층짜리 빌딩을 지었다는 소식까지…… 나는 결혼하기 전부터 또 결혼하고 난 이후에도 장인어른에게 자주 그 이야기를 듣곤 했는데, 그도 그럴 만했던 것이 그 실직 이후 아내의 가족은 단 한 번도 함께 모여 살지 못했기 때문이다. 대출을 받아 장만한 연립주택은 바로 은행에 가압류를 당했고, 이내 법원 경매로 넘어갔다. 장인어른은 급한 대로 동인천역 뒤편 쪽방 밀집 구역에 거처를 구해 장모님과 초등학교 육학년, 일학년 두 딸을 살게 했지만, 불행은 거기에서 멈추지 않았다. 동인천역에서부터 강남구청까지 매일 두 시간 넘게 지하철과 버스를 갈아타며 출근하듯 옛 사장을 만나러 다녔던 장인어른은, 그해 5월 다른 직장 동료 네 명과 함께 업무방해 및 폭력행위 등 처벌에 관한 법률 위반으로 구속되고 말았다. 숫제 사람 취급을 안 했거든, 그 사장이…… 공장에 있을 때나 밖에 있을 때나…… 장인어른의 옛 사장은 새로 지은 빌딩 육층에 자신의 종친회 사무실을 열고 주로 거기에 앉아 서예를 하거나, 소식지 같은 것을 만들었다. 무슨 노론 출신인가 소론 출신인가 그렇다는데, 나는 모르지, 라고 장인어른은 말끝을 흐렸다. 옛 사장은 몇 번 장인어른의 동료들과 마주칠 때가 있었지만, 뒷짐을 진 채 끔벅끔벅 먼 곳을 바라보다가 아무런 말도 하지 않고 그냥 사무실로 들어가버리곤 했다. 그러던 어느 날 장인어른의 동료 한 명이 사장의 한쪽 팔을 잡고 "아니, 무슨 말씀이라도 좀 해주셔야죠? 늘 이렇게……"라고 실랑이를 벌이다가 그만, 후드득 사장의 양복 재킷 소매를 뜯어버리고 말았다. 그 순간, 장인어른과 동료들은 마치 그 자리에서 말라 죽은 나무들처럼 아무도 움직이지 못했는데, 그제야 처음으로, 공장이 부도난 이후 처음으로, 사장의 목소리를 듣게 되었다. 허어, 이거 날이 궂네, 날이 참 궂어…… 사장의 양복 재킷을 뜯은 장인어른의 동료는 한동안 얼굴을 붉힌 채 그 자리에 서 있다가 무안해서 그랬는지, 그도 아니면 모욕을 받았다고 생각해서 그랬는지, 다시 사장의 멱살을 잡고 달려들었고, 그게 도화선이 되어 사장의 운전기사와 장인어른, 장인어른의 동료들, 그리고 종친회 사무실 사람들까지 한데 뒤엉켜 건물 복도를 아수라장으로 만들어버렸다는 이야기. 1988년에, 올림픽까지 열렸던 그해에, 이게 무슨 동학혁명 이야기도 아니고…… 장인어른의 그 이야기를 들을 때마다 나는 속으로 그런 생각을 하기도 했다. 하도 많이 들어서 그런가, 아니면 너무 먼 거리의 이야기여서 그런가. 나는 고개를 갸웃거리기도 했다.

이야기는 계속 이어졌다.

장인어른이 구속된 직후, 두 딸과 살길이 막막해진 장모님은 인근 '함바집' 주방으로 일을 나가기 시작했는데, 그전에 우선 막내딸을 자신의 초등학교 동창생 집에 맡기기로 결심했다. 원래는 부평에 살고 있는 남동생이 두 딸을 모두 맡아주겠다고 나섰지만 장모님은 고심 끝에 그냥 첫째 딸만 부탁하기로 마음먹었다. 그쪽도 그해 막 결혼해 단칸방에 신접살림을 차렸는데…… 에휴, 사람이 염치가 있어야지. 장모님은 그렇게 말했다. 더구나 막내딸은 어려서부터 잔병치레가 많았고, 아토피도 심하게 앓고 있는 처지였다. 첫째 딸이야 이제 제 앞가림 정도는 스스로 할 나이여서 신경 쓸 일이 많지 않았지만, 막내딸은 사정이 달랐다. 그래서 장모님은 몇 번을 망설이다가 집 앞 공중전화로 나가 오래된 수첩에 적힌 친구의 전화번호를 꾹꾹 눌렀다. 바로 그 대목에서부터 '마석 엄마, 마석 아빠'가 처음 등장한다. 장모님의 부탁을 받고 한걸음에 달려온, 그때부터 초등학교를 마치기 직전까지 아내를 돌봐주었다는 경기도 남양주시 화도읍 마석역 인근에 살고 있던 장모님의 둘도 없는 친구, 그리고 그의 남편…… 걔네가 없었으면 어쩔 뻔했을까? 장모님은 때때로 그런 생각을 해볼 때가 많았다고 한다. 살 수야 있었겠지. 어떻게든 애들도 키웠을 테고…… 한데 나는, 나는 어떻게 됐을까? 나는 자빠지지 않고 버틸 수 있었을까? 그건 잘 모르겠더라구. 장모님은 그런 말도 덧붙였다.

아내와 결혼하기 직전, 그러니까 지금으로부터 구 년 전에 나는 그분들의 집을 처음이자 마지막으로 가본 적이 있었다. 국도변에 위치한 조그마한 슈퍼 안으로 들어가 그 뒷문을 통과하자, 다시 백일홍이 있는 정원과 파란 기와를 올린 작은 단층집이 나왔다. 그곳이 바로 아내가 초등학교 시절 오 년 넘게 머물렀던 집이자, 그분들의 안채였다. 아내가 왔다는 소식을 듣고 포도밭에 나가 있던 마석 엄마와 아빠 내외분은 오토바이를 타고 돌아왔는데, 두 분 다 무릎까지 오는 노란색 장화에 밀짚모자를 쓴 차림이었다. 마석 아빠라는 분은 키도 크고 피부도 구릿빛이어서 어쩐지 좀 무뚝뚝해 보였지만 마석 엄마라는 분은 어깨도 좁고 주름도 그리 많아 보이지 않았다. 마치 이제 막 정년퇴직한 선생님처럼 보이기도 했다. 개가 애 한 번 낳아본 적 없는 몸이잖아. 그래서 지금도 처녀처럼 몸이 호리호리해. 언젠가 나는 장모님에게 그런 말을 들은 적도 있었다.

마석 엄마와 아빠는 아내를 보자마자 포옹을 한 채 연신 머리를 쓰다듬어주었는데, 그 시간이 꽤 길었다. 왜 이렇게 오랜만에 왔니, 이 무심한 것아…… 마석 엄마는 아내를 안은 채 그렇게 울먹거리기도 했다. 그 모습을 옆에서 가만히 지켜보고 있자니, 왠지 나도 그 셋 사이로 다가가 품에 안겨야 할 것만 같은, 그런 기분이 들었다. 그래서 나도 살짝 아내의 뒤로 다가가 어깨를 기대려 했는데, 바로 그 순간 그들의 포옹이 끝나고 말았다. 포옹을 마친 마석 아빠의 눈시울은 벌겋게 충혈되어 있었다.

나는 아내와 함께 마석집을 둘러보았다. 원래는 마석 엄마가 슈퍼를 운영했는데, 지금은 세를 주고 마석 아빠와 함께 포도 농사를 짓는다고 했다. 마루에는 자개 장식장과 오래된 피아노가 한 대 놓여 있었고, 그 위마다 사진 액자들이 빼곡히 진열되어 있었다. 피아노 위에는 대부분 아내 사진들이었다. 하얀색 머리핀을 한 채 활짝 핀 백일홍 앞에서 브이 자를 그려 보이고 있는 아내, 피아노 앞에 앉아 있는 초등학교 삼학년 아내, 그리고 마석 엄마와 함께 케이크 위 촛불을 끄고 있는 아내까지. 그 사진들 속 아내는 행복해 보였고, 또 생기 있어 보였다. 아내 또한 그 사실을 부인하진 않았다. 자신의 인생을 통틀어 가장 많이 웃고, 또 가장 많은 사랑을 받았던 시절이라고 했으니까. 온전히 자기 소유의 피아노를 갖게 된 것도, 크레파스 걱정 없이 그림을 그리게 된 것도, 모두 그 시절이 준 유일한 기억이라고 했다. 아내는 중학교에 입학한 이후부턴 단 한 번도 피아노를 쳐보지 못했다.

피아노 옆 자개 장식장 위에는 아내가 재경 오빠라고 부르는 남자의 사진이 놓여 있었다. 그때까지 나는 그를 단 한 번도 만나본 적이 없었지만, 그렇다고 그가 누구인지 모르는 것은 아니었다. 아내가 마석을 떠나게 되자, 일 년 후 마석 엄마와 아빠가 입양한 사내아이. 고아원에서 중학교 삼학년까지 다니다가 어느 순간 부모님이 생겨버린 남자아이. 그것이 내가 그때까지 알고 있던 그에 대한 모든 것이었다. 나는 그 재경 오빠의 사진도 천천히 바라보았다. 덩치는 또래보다 조금 크고 상대적으로 눈은 작은, 장난기 많은 남자아이가 축구를 하고, 나무에 매달리고, 경주 불국사로 수학여행을 가고, 입대를 하는 시간들이 거기에 오롯이 담겨 있었다. 그리고 그때 이미 결혼을 해서 낳은 아이의 사진까지도……

마석역에서 다시 기차를 타고 청량리역으로 돌아오는 와중에 나는 아내로부터 더 많은 이야기를 듣게 되었다. 아내가 초등학교 졸업과 동시에 다시 장모님과 함께 살기로 결정되자, 마석 엄마와 아빠는 몹시 힘들어했다고 한다. 몇 년 동안 고이 키운 딸을 마치 남에게 떼어주는 심정이라고 했는데, 그래서 실제로 마석 아빠가 장인어른을 만나 간곡히 부탁하기도 한 모양이었다. 그때의 일은 장인어른도 선명하게 기억하고 있었다. 주희가 성인이 될 때까지만 그냥 우리가 키우면 안 되겠습니까? 우리 호적에 올리겠다는 게 아니고, 그냥 그 집과 우리집을 서로 왔다갔다하면서…… 마석 아빠의 제안을 장인어른은 정중하고 단호하게 거절했다. 교도소에서 출소한 후 따로 배관 기술을 배워 지방의 공사 현장을 떠돌며 일을 하던 장인어른은, 남의 집에 떼어놓은 막내딸 생각만 하면 갈비뼈 아래에 무슨 비누 거품 같은 것들이 가득 차오르는 듯 속이 더부룩하고 불편했다고 한다. 그래서 조금 무리를 해서 부천에 방 두 칸짜리 전셋집을 마련하고 서둘러 막내딸을 다시 부른 것이었다. 그래도 그때까지 막내딸을 키워준 사람들인지라 여간 조심스럽지 않았는데, 거기에서 그만 마석 아빠가 실수를 하고 만 모양이었다. 그렇게만 해주신다면 저희가 얼마 전에 땅을 하나 정리해서 마련한 돈이 있는데…… 그 말이 장인어른의 기분을 상하게 만들었고, 아내는 예정보다 일찍 부천으로 올라가게 되었다.

"너는, 너는 어땠는데?"

나는 아내에게 그렇게 물었다.

"나? 나는 잘 모르겠더라구…… 엄마 아빠하고 다시 같이 사는 게 맞다고 생각이 들면서도, 마석 엄마 아빠가 내 진짜 엄마 아빠 같기도 하고…… 피아노도 계속 치고 싶고…… 여기가 더 행복한 것 같기도 하고…… 그러니까 엄마 아빠가 괜히 원망스럽기도 하고…… 뭐, 그랬지……"

"마석 부모님이 많이 힘들었겠네……"

"그래서 그렇게 서둘러 재경 오빠를 입양했다나봐. 예전에 마석 엄마한테 들은 이야기인데, 구리에 있는 무슨 고아원에 찾아갔다가 거기에서 재경 오빠를 만났대. 그 고아원에서 제일 나이 많은 남자애…… 마석 아빠 말은 이왕이면 나하고 제일 닮지 않은 아이를 만나고 싶었다고…… 그게 재경 오빠였다고 하더라구."

아내는 그뒤로도 몇 번 더 마석집에 찾아갔다고 한다. 지방 공사 현장에 내려가 있던 장인어른은 싫어했지만, 장모님의 마음은 또 그렇지 않았으니까…… 무말랭이와 뜨개질한 스웨터, 숙주나물 같은 것들을 챙겨 일부러 부천에서부터 마석까지 심부름을 보낸 것이었다. 그 친구 가슴이 또 얼마나 텅 비어버렸을까. 장모님은 장바구니를 아내에게 들려주며 그렇게 말하곤 했다. 아내는 아침 일찍 마석집으로 출발했다가 밤늦게 돌아왔는데, 언제나 마석 아빠가 트럭으로 부천집 바로 앞까지 데려다주곤 했다. 그리고 그 때마다 항상 재경 오빠도 트럭 조수석에 함께 탄 채 부천까지 왔다. 아내의 기억 속 재경 오빠는 친절하고 목소리가 좋은 사람이었지만, 또 한편 어쩐지 모든 것을 다 장난으로 여기고 건성건성 받아들이는, 늘상 마음 한구석이 어디 다른 곳에 나가 있는 듯한 인상을 풍기는 중학교 삼학년 오빠였다. 마석 엄마와 아빠가 말할 땐 주의깊게 듣고 대답하는 것 같았지만, 손이나 발로는 항상 다른 짓을 했고, 그러다가 눈이 마주치면 물끄러미 바라보다가 이내 아무렇지도 않은 표정을 지어 보였다. 아내에게도 이런저런 것을 묻고 잘 웃어주었지만, 마석 엄마와 아빠가 자리에 없을 땐 아무런 말도 하지 않았다. 함께 먹고 있던 포도를 우물거리다가 퉤퉤, 씨를 함부로 마당에 뱉어대기만 했을 뿐. 아내는 그 모습이 꽤 오랫동안 기억 속에 남았다고 한다. 퉤퉤. 예의 없고 어쩐지 불량스럽기까지 한 포도 씨 뱉는 소리.

그 재경 오빠라는 남자가 우리집에 한 번 찾아온 적도 있었다. 육 년 전 가을이었나, 토요일 밤 열시쯤 누군가 초인종 대신 현관문을 거칠게 두들겨대서 나가보니 그가 서 있었다. 스포츠형 머리 스타일에 통이 넓은 양복바지, 흰색 와이셔츠를 차려입은 재경 오빠. 그는 자신의 직장 후배라는 남자와 함께 찾아왔는데, 키가 껑충한 그의 후배는 허리까지 오는 커다란 박스를 들고 서 있었다.

결혼식 때 스치듯 인사한 이후 처음 얼굴을 보는 것이었고 또 늦은 밤이었지만, 그는 거침이 없었다. 어, 이서방. 내가 애들 깰까봐 초인종을 누를 수가 있어야지. 그는 나와 겨우 한 살 차이였지만 아무렇지 않게 말을 놓았다. 그에게선 술냄새와 마늘 냄새가 났다. 아, 네…… 나는 조금 떨떠름한 표정으로 그를 맞았다. 야야, 넌 그거 그쪽에 잘 내려놓고 나가서 기다려라. 차 시동 걸어놓고. 그는 직장 후배에게도 함부로 말을 했다. 그게 그의 오래된 대화 방식인 것 같았다. 그는 근처를 지나다가 여동생 얼굴이 보고 싶어서 찾아왔다고 말했다. 결혼한 지 몇 년이나 지났는데 오빠라는 사람이 변변히 도와준 것도 하나 없어서 미안하다며, 바로 박스를 풀었다. 박스에서는 물레방아가 달려 있는 계곡 모형의 커다란 가습기가 나왔다. 계곡에서 물이 졸졸 떨어지면서 물레방아를 돌리는 가습기. 물레방아 옆에 초가집 모형도 하나 세워져 있는 가습기. 아내가 연년생 아이들을 재우고 마루로 나오자, 그는 왜 이렇게 얼굴이 안됐냐는 둥, 이서방이 잘 안 도와주느냐는 둥, 마치 오랜만에 며느리를 만난 시부모처럼 잔소리를 해댔다. 아내는 이미 몇 년 전부터 마석 엄마와 전화 통화를 하면서 간간이 그의 소식을 전해 들은 탓인지 데면데면 재경 오빠를 대했다. 그가 건강식품 사업을 한답시고 마석 아빠에게 보증을 서달라고 해서 포도밭을 모두 날려버리게 된 사연과 이혼한 후 어린 딸을 마석 엄마에게 맡겨놓고 생활비 한푼 보태주지 않은 일, 그러고도 또 마석집을 담보로 사업 자금을 대달라고 부탁한 일 등등. 아내는 마석 엄마와 통화를 끝내면 그 이야기들을 모두 내게 해주었는데, 왜 죄 없고 선량한 마석 엄마와 아빠가 말년에 이렇게 고통을 받아야 하는지 모르겠다고, 혹시 그 모든 게 자신으로부터 비롯된 일은 아닌지, 우울한 표정으로 말꼬리를 흐리곤 했다. 그런 사정을 아는지 모르는지, 재경 오빠는 어렵고 힘든 일 있으면 언제든지 연락하라며 아내에게 명함 한 장을 내밀었다. 명함에는 "첨단부동산투자개발 투자팀장 한재경"이라고 적혀 있었다. 그는 나에겐 일주일에 한 번씩 물레방아 가습기를 수세미로 박박 닦아주라는 말을 남겼다. 그가 집밖으로 나가자마자 아내는 제일 먼저 명함부터 재활용품 통에 집어던졌다.

재경 오빠는 그로부터 사 년 후, 사기 및 배임 혐의로 징역 삼 년 형을 선고받고 영월교도소에 수감되었다.

말하자면 정희는 바로 그 재경 오빠의 딸이었다. 재작년 겨울, 마석 아빠가 간암 3기 진단을 받고 방사선치료에 들어가기 직전, 마석 엄마가 아내에게 전화를 걸어온 모양이었다. 마석 엄마는 한참을 주저하다가 당분간 정희를 맡아줄 수 없겠냐며 넌지시 물어왔는데, 아내는 거기에 바로 답을 하지 못하고 전화를 끊고 말았다. 마석 엄마와 아빠의 처지를 생각하면 그 옛날 그분들처럼 한걸음에 달려가는 것이 맞았지만 또 그럴 수 없었던 것이 아내의 처지였다. 아직 유치원에 다니고 있는 연년생 남매 아이들도 아이들이었지만, 아내 입장에선 내 생각 또한 묻지 않을 수가 없었을 터. 더구나 그때 당시 나는 집에 있던 서재를 큰아이의 방으로 내주고 직장인 대학 연구실로 밤마다 다시 글을 쓰러 나가던 상황이었다. 이십육 평짜리 아파트였으니까, 나는 그게 당연하다고 생각했다. 그런 상황에서 식구가 한 명 더 늘게 된다는 것이……

"아이 생모는? 애 엄마는 아예 연락이 안 되는 거래?"

아내의 말을 듣고 나는 그 말부터 물어보았다.

"거기도 오빠랑 이혼하고 얼마 뒤에 바로 재혼을 했다나봐. 무슨 사정이 있는지 오빠도 아이도 두 번 다시 만나고 싶지 않다는 말만 하고…… 얼마 전에 아들 낳고, 부산 어디에서 산다더라구……"

"거참……"

나는 아내의 흐트러진 앞머리를 보면서 잠깐 말을 아꼈다. 누군가가 누군가를 돌본다는 것은 마음만으로 되는 일이 아니었다. 그건 어디까지나 물리적이고 체력적인 일이었다.

"나는 괜찮은데 당신이 문제지, 뭐…… 나야 늘 밖에서 일하는 사람이니까."

아내는 엄지손톱으로 득득, 소리나게 식탁 모서리를 긁으며 침묵했다. 그녀는 지쳐 보였고, 또 시무룩해 보였다.

"재경 오빠만 생각하면 나 몰라라 하고 싶지만…… 마석 엄마 아빠가 너무 안쓰러워서……"

아내는 그 대목에서 뚝뚝 눈물을 흘리기도 했다.

"당분간만, 당분간만 그렇게 할게…… 이제 초등학교 육학년 올라가는 아이라니까 손 가는 일도 얼마 없을 거야……"

그러니까 그때까지만 해도 아내도 나도 그게 정확히 어떤 의미의 일인지 잘 몰랐던 것이 맞았다. 두 아이를 키우면서도 그랬다. 한 사람을 한 사람으로 맞이한다는 것이 어떤 뜻인지, 어떤 시험이 우리를 기다리고 있는지, 잘 몰랐던 것이 맞았다. 그건 아이들을 아무리 많이 키우고 있다고 해도 저절로 알 수 있는 일이 아니었으니까. 세상에 예상 가능한 아이란 없는 법이니까……

그런 상태에서 정희를 맞이한 것이었다.

*

정희를 생각하면 언제나 한쪽 눈을 비스듬히 가린 앞머리와 휴대폰에 연결되어 있던 빨간색 이어폰, 그리고 흰둥이 캐릭터 열쇠고리가 달려 있는 분홍색 캐리어 같은 것들이 먼저 떠오른다. 어찌된 일인지 목소리는 잘 떠오르지 않고 계속 그것들만 생각난다. 그게 내가 본 정희의 첫 모습이어서 그런가? 한데, 그러면 첫 목소리는? 이상하게도 그것은 잘 기억나지 않는다.

정희는 키가 좀 작고 통통했지만, 이목구비는 예쁘장한 소녀였다. 갑작스럽게 마석에서 우리 사는 광역시까지 오게 되어 낯설고 불안할 법도 했을 텐데, 별다른 티를 내지 않았다. 저녁식사 자리에서 몇 번 내 얼굴을 곁눈질로 살폈을 뿐, 아내가 건네는 말에 대답도 잘했고, 일곱 살, 여섯 살 남매의 말도 안 되는 질문들에도—초등학교에 가면 정말 바깥놀이를 할 수 없는 거냐, 자기 꿈은 공주님인데 그러면 정말 아빠가 먼저 왕이 돼야 하는 것이냐 같은—콧잔등을 찡긋거리며 웃어주었다. 아내는 급한 대로 큰아이가 쓰는 방에 작은 조립식 세미나 테이블을 들여놓고 정희의 책상으로 쓰게 했다. 큰아이가 평상시엔 잘 자지도 않던 자기 침대를 누나에게 절대 양보하지 않겠다고 떼를 쓰는 바람에 좀 난감한 상황이 연출되었지만, 정희가 그냥 바닥에 요를 깔고 자면 된다고 해서 그 문제도 무난하게 해결되었다. 정희는 자신의 책상에 제일 먼저 남자 아이돌 그룹 사진을 올려놓았고('방탄소년단'이라는 그룹인데, 후에 나는 그들을 '방탕소년단'이라고 잘못 불렀다가 처음으로 정희에게 한소리 듣기도 했다), 손거울과 립밤, 로션 순으로 정리했다. 그리고 그 옆쪽에 교과서와 EBS 문제집들을 가지런히 세워두었다. 나는 아내와 함께 방문 앞에 서서 정희가 자신의 짐을 정리하는 모습을 가만히 지켜보았다. 아내는 어땠는지 몰라도, 나는 그 순간 마음이 좀 아팠는데, 이제 겨우 만으로 열두 살이 된 소녀가 낯선 곳에 자신의 짐을 푸는 심정이, 그러면서도 아무렇지 않으려고 노력하는 그 마음이 어떨까, 상상했기 때문이다. 그건 내가 경험해보지 못한 마음이었다. 더불어 나는 아내의 어린 시절을 다시 짐작해보았다. 아내 또한 내게 말로는 다 할 수 없었던 마음 같은 것들이 있었겠지, 아마 그랬겠지…… 나는 그날 자주 정희의 뒷모습과 옆에 서 있는 아내의 프로필을 번갈아가며 바라보았다.

꼭 그런 마음 때문만은 아니었지만, 나는 나름대로 정희에게 신경을 쓰고자 노력했다. 정희의 전학과 적응 문제 때문에 담임과 여러 번 통화를 하고 직접 면담도 한 차례 했다(정희의 담임은 나보다 다섯 살쯤 많은 여자 선생님이었는데, 알고 보니 나름 한국문학 애독자였다. 면담을 하던 도중 내가 작가라는 것을 알아본 선생님은 다짜고짜 나와 나란히 앉아 셀카를 찍기도 했다. 나는 뭐…… 그래서 한결 걱정을 덜었던 것도 사실이다). 남들 다 보내는 학원을 또 나 몰라라 할 수 없는 노릇이어서(거기에 가야 친구가 생긴다는 말을 들었다) 아파트 단지 앞 상가에 있는 수학학원 원장과 오랜 시간 상담을 하기도 했다. 정희만 따로 데리고 나가 뉴발란스 운동화를 사주기도 했고, 함께 스타벅스에 앉아 녹차라테를 마시면서 이것저것 학교생활에 대해서 묻기도 했다. 정희는, 처음 한 달 동안은 내가 묻는 말에만 짧게 짧게 대답했지만, 그 이후엔 그러지 않았다. 첫째 아이가 포켓몬을 너무 많이 봐서 걱정이라는 이야기, 수학학원 원장이 다른 아이를 데리고 오면 만원짜리 문화상품권을 준다는 이야기, 고모부(정희는 나를 고모부라고 불렀다)는 작가니까 우리 오빠들(말하자면 '방탄소년단') 팬픽을 대신 써줄 수 있지 않으냐는 이야기 등은 정희가 먼저 건넨 말이었다. 정희는 글자 수보다 이모티콘이 더 많이 포함된 카톡을 내게 보내오기도 했는데, "고모부, 집에 올 때 고모가 우유 꼭 사오래요"라는 간단한 말을 전하면서도 꼬박꼬박 컵과 젖소, 라이언과 무지 같은 캐릭터들을 잊지 않았다. 나는 그런 정희의 카톡을 보는 것이 꽤 즐거웠다.

5월 둘째 주 토요일에는 부안군 모항 근처에 있는 펜션으로 가족여행을 떠나기도 했다. 그곳 백사장에서 조개껍데기와 작은 게들을 손가락으로 톡톡 만져보다가 다 함께 셀카봉으로 사진을 찍었다. 우리 부부가 가장자리에 서고 첫째, 정희, 막내 순으로 자리를 잡았다. 아이들은 모두 벚꽃처럼 환하게 웃었고, 정희도 계속 미소를 잃지 않았다. 나는 그 사진을 정희에게 카톡으로 보내주었고, 정희는 다시 그 사진을 같은 반 친구들이 모여 있는 그룹 채팅방에 올렸다. 지금도 휴대폰에 남아 있는 그 사진을 나는 때때로 들여다보곤 했다. 그러면 늑골 아래로 스펀지 같은 것들이 꽉꽉 채워진 것처럼 마음이 말랑말랑해지곤 했다. 물론 지금은 그렇지 않다.

정희 아빠에게선 편지가 몇 통 왔는데, 이런저런 인사도 없이 "이서방, 내가 여기 들어온 전문가한테 들었는데, 영어는 잉글리시 무무라는 학원이 잘 가르친다고 하네. 동네에 그 학원이 있는가 한번 찾아봐주게. 우리 정희는 누가 가르쳐준 적도 없는데 다섯 살에 한글을 다 깨우친 아이라네" 같은 말들이 적혀 있곤 했다. 나는 정희 아빠의 그 부탁은 들어주지 않았다. 그 학원을 다니지 않는다 하더라도, 정희는 아무 문제 없어 보였기 때문이다. 수학학원 친구들과 떡볶이집도 자주 가고, 뷔페에서 하는 생일 파티에도 참석하고, 방과후 수업도 가고, 자기 나름대로 바쁜 나날을 보내고 있었다. 그러니 나 또한 아무 걱정도 하지 않은 것이 맞았다. 나중에 정희 때문에 가슴이 텅 비어버리는 일이 생기면 어떡하지? 가끔씩 그런 생각만 했을 뿐.

내가 전혀 예상하지 못한 문제가 터진 것은 그 학기가 거의 마무리되어가고 있던 7월 초순, 방학을 삼 주 정도 앞둔 때의 일이었다.

*

정희가 '학폭위'에 회부될 것 같다는 말을 전해준 사람은 정희의 담임이었다. 전화로 하기엔 조금 긴 사정이 생겼다는 말에 찾아갔더니, 대뜸 그 얘기가 나왔다.

"학폭위요?"
나는 멀뚱멀뚱한 눈으로 담임을 바라보았다.
"그게 뭐죠?"

'학폭위'는 '학교폭력대책자치위원회'의 준말로, 학교 폭력의 예방 및 대책에 관련된 사항을 심의하기 위하여 각 학교에 의무적으로 설치하는 위원회를 뜻한다. 위원회 구성은 선출된 학부모 대표 5인 이상으로 위촉되고 피해 학생 보호, 가해 학생에 대한 선도 및 징계, 분쟁 조정 등을 그 주요 목적으로 한다…… 징계는 피해 학생에 대한 서면 사과, 피해 학생에 대한 접촉, 협박 및 보복 행위의 금지, 학교에서의 봉사, 사회봉사, 심리 치료, 출석 정지, 학급 교체, 전학 등으로 정해지며……

나는 담임이 내민 학교 규정집을 읽다가 심각한 표정으로 다시 물었다.
"우리 정희가…… 누구한테 괴롭힘을 당했나요?"
담임은 잠깐 침묵을 지키다가 다른 서류를 내게 내밀면서 말했다.
"그게 아니라…… 정희가 가해 학생 중 한 명이라서요."
나는 뭐가 뭔지 정신이 하나도 없었다. 중학교, 고등학교에나 있을 법한 '학폭위'가 초등학교에 있다는 것도 낯설었지만, 전학

온 지 이제 겨우 한 학기도 지나지 않은 정희가 피해자가 아닌 가해자라는 것이…… 그게 더 이해가 되지 않았다.

담임이 내게 내민 다른 서류는 피해 학생 어머니가 직접 작성해서 제출한 '학교 폭력 발생 개요'였다.

1. 가해 학생들은 학기 초부터 ○○수학학원에 피해 학생과 함께 다니던 친구들로 올해 5월 카톡에 그룹 채팅방을 개설하기 전까지만 하더라도 관계가 원만한 사이였음.

2. 피해 학생에 대한 따돌림은 가해 학생 1로부터 시작되었는데, 카톡 단체 대화 도중 피해 학생에게 "너는 우리와는 좀 어울리지 않는 것 같다"라는 말을 여러 차례 함. 이후 피해 학생만 빼고 가해 학생 6명이 따로 팸을 구성, 피해 학생에 대한 집단 따돌림을 시작함.

3. 가해 학생들은 ○○수학학원 강의가 끝나면 피해 학생이 아직 강의실에 남아 있는데도 문밖에 있는 잠금장치에 못이나 젓가락 같은 것을 꽂아놓고 그대로 달아나는 행위 등을 함.

4. 피해 학생이 가해 학생들과 관계를 회복할 마음으로 한 명 한 명에게 손편지를 작성, 전달한 바 있으나 가해 학생 3, 가해 학생 5 등이 학급 교탁 앞으로 나가 찢어버리는 행동을 함.

5. 가해 학생 2와 가해 학생 4는 피해 학생에게 답장을 아파트 우편함에 넣어두었다고 연락함. 우편함에는 답장 대신 개 배

설물을 넣어둠(CCTV 캡처 화면 첨부).

6. 가해 학생 1은 손편지 사과 사건 이후에도 가해 학생들의 집단행동을 부추김. 피해 학생에게 지속적으로 모욕적인 문자 발송(휴대폰 문자 수신 내용 첨부).

7. 이후 피해 학생은 극심한 스트레스와 우울증, 자살 충동을 겪고 현재 정신건강센터 내원 치료중(상담 소견서 첨부).

나는 서류를 넘겨보다가 휴대폰 문자 수신함 캡처 사진에서 잠깐 머물렀다.

"한데 이 찐찌버거란 말은 뭐죠?"

담임이 머리를 한 번 쓸어올리면서 답했다.

"찐따 찌질이 버러지 거지요."

"아……"

나는 다시 서류를 넘겨보았다.

"그러면 우리 정희가……?"

"가해 학생 1이래요. 그래서 제가 작가님을 제일 먼저 뵙자고 연락드린 거예요."

나는 서류를 담임의 책상 위에 내려놓고 길게 한숨을 내쉬었다. 할말은 딱히 떠오르지 않았다.

*

피해 학생은 같은 반 송미주라는 학생이었다. 초등학교 바로 옆, 3단지 임대 주공에 살고 있었고, 가족은 보험설계사이자 싱글맘인 엄마가 전부였다.

"미주 어머니께서 학교에 정식으로 말하기 전에 경찰서부터 갔다 오신 모양이에요. 그쪽 여성청소년과 학교 전담 경찰관이 우리 쪽으로도 연락을 해오셨고……"

담임은 그러면서 다음주쯤 학교 내에 진상조사위원회가 꾸려질 예정이라고 말했다. 진상조사위원회의 의견에 따라 '학폭위' 개최 여부가 최종 결정될 텐데, 대체로 피해 학생의 의견을 존중해주는 것이 관례라고 했다.

"작가님, 그러니까요, 학폭위가 열리기 전에 해결을 하시는 쪽으로…… 그게 서로에게 좋은 거 아니겠어요?"

"해결이요?"

담임은 잠깐 말없이 내 얼굴을 바라보더니 무언가를 포스트잇에 적어주었다.

"이게 그쪽 학생 주소인데…… 작가님이 한번 찾아뵙는 게 어떨까요? 아무래도 학폭위가 열리게 되면 기록이라는 게 남게 되고 또 그러면 누구든 상처받는 사람이 생길 텐데…… 저는 담임교사로서 그런 상황까지는 안 갔으면 해서요……"

"아, 네……"

나는 담임에게 별다른 말을 하지 못한 채 자리에서 일어났다. 담임은 '제가 주소를 가르쳐드렸단 말씀은 하지 마시라'고 몇 번이나 당부했다. 담임은 내가 교실을 나서기도 전에 다시 또 누군가에게 전화를 걸기 시작했다.

나는 담임에게서 건네받은 주소를 지갑 안에 넣어두고, 우선 정희부터 만나보기로 했다. 카톡을 보내니 마침 정희는 수학학원에서 나와 집으로 가는 길이라고 했다. 학교에서 한 블록 떨어진 '파리바게뜨'에서 만나자고 했더니 채 십 분도 지나지 않아 나풀나풀 뒤로 질끈 묶은 머리칼을 날리며 정희가 달려왔다. 여름이었다. 오후 세시가 넘어서도 여전히 해가 정수리 위에 있는 것만 같은 여름. 그늘은 짙어지고 거미줄은 더 촘촘해지는 여름. 에어컨 바람을 쐬면 땀에 젖은 티셔츠가 선뜩하게 느껴지는 여름.

정희와 나는 딸기빙수를 사이에 두고 마주앉았다. 정희는 자리에 앉자마자 수학학원 원장이 맨발에 슬리퍼를 신고 강의를 하는데, 엄지발가락에 난 털이 징그러워 죽겠다고 인상을 찡그리면서 말했다. 웩, 웩, 구토하는 시늉을 내기도 했다. 그건 정희가 나를 웃기고자 하는 말이었다. 나는 몇 번 웃으려고 노력했지만 잘 안 됐다. 에어컨 바람 때문인지 딸기빙수 때문인지, 팔뚝이 서늘하게 느껴져 몇 번 쓰다듬었을 뿐이다.

나는 주저하다가 미주 이야기를 꺼냈다. 담임을 만난 일도 숨기지 않았다. 말을 하면서도 계속 정희의 얼굴을 살폈는데, 정희는 스푼을 입에 문 채 바닥을 드러낸 딸기빙수만 내려다보았을 뿐, 당황하거나 긴장하진 않았다.

"걱정하실 거 없어요."

정희가 스푼을 내려놓으면서 말했다. 정희는 어이없다는 듯 짧게 웃기도 했다.

"걔가 원래 자존감 쩔어서 그런 거예요."

"자존감?"

"네, 그게 다 우리끼리 연기한 거거든요, 연기. 몰래카메라 같은 거."

"아니, 정희야…… 고모부는 그게 잘 이해가 안 되는데……"

"그냥 일종의 팸놀이 같은 거라구요. 따돌림받았을 때 어떤 기분인가, 누가 더 세게 나오는가, 그런 반응을 보는 거, 걔도 그거 다 알 텐데 혼자만 그렇게 예민하게……"

"정희야…… 이게 그렇게 단순한 문제가 아니고…… 네가 걔한테 문자도 막 보냈다면서? 찐따 찌질이, 뭐 그런 거……"

"아이 참, 고모부. 그건 그냥 우리끼리 늘 하는 말이에요. 안여돼, 뭐 그런 거 같은……"

"안여돼?"

"안경 쓴 여드름 돼지요."

"그 말도 보낸 거니?"

정희는 가만히 고개를 끄덕였다.

*

정희의 담임을 만난 그 다음다음날 저녁, 나는 퇴근하는 길에 미주네 집으로 찾아갔다.

아내와는 그 문제를 두고 이틀 내내 자정 무렵까지 이야기했는데, 결론은 늘 같았다. 담임이 하라는 대로 하는 것. '학폭위'가 열리지 않도록 해결책을 찾는 것. 다른 학부모들하고 함께 가는 게 낫지 않을까? 그 부분에선 아내와 내 생각이 달랐다. 우르르 찾아가면 더 기분 나쁠 거 같은데…… 한 명 한 명 따로 찾아가는 게 낫지. 그게 더 효과적이지 않겠어? 아내의 말에 나는 손바닥으로 얼굴을 한 번 문질렀다. 가서 뭐라고 그러지? 나는 좀 막막한 심정이었다. 무조건 사과해야지, 뭐…… 아직 어린아이들이라서 장난과 장난 아닌 것을 제대로 구별하지 못했다고, 앞으로 주의시키겠다고…… 나는 그 정도만으로는 미주 어머니를 설득시킬 수 없을 거 같았다. 저기, 말이야…… 그쪽 어머니한테 정희 사정을 좀 얘기해보는 건 어떨까? 아내는 그 의견엔 얼마 동안 침묵을 지켰다. 팔짱을 낀 채 내 얼굴을 바라보기도 했다. 당신이 상황을 봐서 판단해…… 그게 더 나을 거 같으면 그렇게라도 해야지, 뭐…… 아내와 나의 대화는 거기에서 멈췄다.

3단지는 지은 지 십오 년쯤 된, 엘리베이터가 없는 오층짜리 아파트 여섯 동으로 이루어진 단지였다. 미주네 집은 그중 407호였다. 과일이라도 사갈까 하다가 어쩐지 그 모습이 더 상처를 줄 것만 같아 빈손으로 사층까지 걸어올라갔다.

"누구세요?"

초인종을 누르자 인터폰에서 피곤한 기색이 역력한 중년 여자의 목소리가 흘러나왔다.

"저는 저기…… 그러니까 미주 학생과 같은 반에 다니는 정희 고모부 되는 사람인데요……"

인터폰 저편에선 짧은 침묵이 흐르더니 이내 말없이 끼릭, 끊는 소리가 들렸다.

나는 망설이다가 다시 초인종을 눌렀다.

"저기 미주 어머니, 저한테 잠깐만 시간을 내주실 수 없을까요? 잠깐이면 되는데요."

인터폰에 대고 몇 번을 그렇게 반복해서 말하자, 철컥 현관문이 열렸다.

미주 어머니는 덩치가 좀 컸는데, 이제 막 퇴근을 했는지 반팔 블라우스에 감청색 정장 바지 차림이었다. 눈이 크고 조금 돌출되어 있는 인상이었다. 언젠가 갑상선이 안 좋으면 그런 증상이 나타난다는 글을 본 적이 있었다.

"우리집 주소 누가 가르쳐줬어요? 담임 그 여자예요?"

"미주 어머니, 제가 사과를 드리고 싶어서요……"

"그러니까 그 사과, 학폭위에서 하시라구요. 이렇게 갑자기 남의 집에 찾아와서 사람 불안하게 만들지 마시구요."

미주 어머니는 조금도 누그러지지 않은 목소리로 쏘아붙였다.

"저희 정희가 시골에서 갑자기 친척집으로 올라오는 바람에…… 친구 관계가 많이 서툴렀나봐요……"

"친척집에 얹혀사는 애가 다른 애들 앞에서 임대 주공에 사는 거지 어쩌구저쩌구 떠들어대요? 필요 없다구요, 돌아가시라구요!"

미주 어머니는 소리나게 문을 닫고 돌아섰다.

나는 얼굴에 벌겋게 열이 오르는 것을 느끼며 그 자리에 서 있었다. 열은 올랐지만, 땀은 흐르지 않았다.

*

작가로 십오 년 넘게 살아오는 동안 나는 다른 많은 사람의 이야기를 쓰고 또 써왔다. 어수룩한 사람들의 이야기를 쓸 때도 있었고, 이 세상에 없을 것만 같은 사람들의 이야기도 썼지만, 그래도 내가 가장 많이 쓰고자 했던 것은 고통받는 사람들에 대한 이야기였다. 그걸 쓰지 않는다면 작가가 또 무엇을 쓴단 말인가? 나는 그렇게 배웠고, 그런 소설들을 되풀이해서 읽었으며, 주변에 널려 있는 제각각의 고통에 대해서, 그 무게에 대해서, 오랫동안 고민하고자 노력했다. 그걸 쓰는 과정은 단 한 번도 즐겁지 않았다. 고통에 대해서 쓰는 시간들이었으니까…… 어느 땐 나도 모르는 감각이 나도 모르게 찾아와, 쓰고 있던 문장 앞에서 쩔쩔맸던 적도 있었다. 그리고 다시 거기에서 빠져나오려고 일부러 책상 옆에서 팔굽혀펴기 같은 것을 하기도 했다. 작가는 숙련된 배우와도 같아서 고통에 빠진 사람에 대해서 그릴 때도 다음 장면을 먼저 계산해야 하고, 또 목소리 톤도 조절해야 한다고 들었는데, 그게 잘 되지 않아서 고통스러웠던 적이 많았다. 그게 잘 되지 않는 고통…… 어느 땐 내가 이해할 수 있는 고통이란 오직 그것뿐인 것 같다는 생각이 들기도 했는데, 그런 생각이 들 때면 어쩐지 내가 쓴 모든 것이 다 거짓말 같았다. 누군가의 고통을 이해해서 쓰는 것이 아닌, 누군가의 고통을 바라보면서 쓰는 글. 나는 그런 글들을 여러 편 써왔다.

내겐 환대, 라는 단어도 마찬가지였다. 나는 어느 책을 읽다가 '절대적 환대'라는 구절에서 멈춰 섰는데, 머리로는 그 말이 충분히 이해되었지만, 마음 저편에선 정말 그게 가능한가, 가능한 일을 말하는가, 계속 묻고 또 묻지 않을 수가 없었다. 신원을 묻지 않고, 보답을 요구하지 않고, 복수를 생각하지 않는 환대라는 것이 정말 가능한가, 정말 죄는 미워하되 사람은 미워하지 않는 일이 가능한 것인가, 그렇다면 죄와 사람은 어떻게 분리될 수 있는가, 우리의 내면은 늘 불안과 절망과 갈등 같은 것들이 함께 모여 있는 법인데, 자기 자신조차 낯설게 다가올 때가 많은데, 어떻게 그 상태에서 타인을 이해하고 받아들일 수 있는가…… 나는 그게 잘 이해가 되질 않았다. 나 자신이 다 거짓말 같은데……

정희는 별다른 변화가 없었다. 계속 수학학원을 다녔고, 집에 오면 소파에 앉아 하리보를 먹으면서 음악 방송을 보았다. 내게 카톡을 보내진 않았지만, 누군가에게서 전화가 걸려오면 거실 베란다로 나가 오랫동안 통화를 하기도 했다. 발을 동동거리면서 큰 소리로 웃을 때도 있었는데, 그럴 때면 나는 조금 사나운 마음이 들곤 했다. 베란다 한편에 놓인, 정희 아빠가 가져다준 물레방아가 있는 가습기와 정희의 얼굴을 번갈아가며 바라보기도 했다. 어떻게 지금 이 순간에 웃으면서 전화 통화를 할 수 있는가? 아무리 어린 나이라고 해도, 어떻게 그게 가능한가?

그런 생각이 들 때면 나는 자주 담배를 들고 집밖으로 나갔다.

*

'학폭위'가 열린 것은 8월 초순의 일이었다.

원래는 7월 말로 일정이 잡혀 있었지만 가해 학생 학부모 중 한 명이 학기말 시험을 이유로 두 차례나 연기 신청을 내는 바람에 예정보다 며칠 더 늦춰졌다. 나는 여름 양복을 꺼내 입고 정희와 함께 학교까지 걸어갔다. 걸어가면서 우리는 서로 아무런 말도 하지 않았다. 오전 아홉시가 막 지난 시간이었지만 등줄기에선 땀이 줄줄 흘러내렸다. 인도에는 지나다니는 사람이 거의 없었고, 길고양이 한 마리만 느리게 우리 앞을 가로질러갔다. 정희는 길고양이가 사라진 화단 앞에서 잠깐 멈춰 앉아 있기도 했다.

위원회는 책임 교사가 사건의 개요를 설명하는 것으로 시작했는데, 얼마 지나지 않아 웬 남자가 손수건으로 땀을 훔치면서 불쑥 회의실 안으로 들어왔다. 모두의 시선이 그에게 쏠리자, 가해 학생 3 어머니가 자리에서 일어나 양해를 구했다. 서울에서 내려온 '학폭위' 전문 변호사인데, KTX가 연착되는 바람에 조금 늦었다는 것이다. '학폭위' 위원 중 한 명이 "변호사가 여기 참석해도 되나요?" 하고 교감에게 묻자, 변호사가 대신 대답했다. 법적으로 아무 문제 없습니다. 오히려 더 깔끔하죠. 변호사는 들고 온 가방에서 서류를 꺼내놓으면서 말했다. 미주는 계속 고개를 숙인 채 앉아 있었다.

그날, 나는 '학폭위' 위원들 앞에서 정희 아빠 얘기를 했다. 아울러 정희가 우리집에 오게 된 사정도 더듬더듬 이야기했다. 그 이야기를 하지 않고선 정희와 나의 관계를 달리 설명할 길이 없었기 때문이다. 미주와 미주 어머니, 정희와 다른 가해 학생들, 그리고 나머지 학부모들은 모두 회의실 밖에서 대기하고 있었다. 학부모 한 명 한 명씩 들어가 의견을 진술하는 순서였다. '학폭위' 위원들은 내게 더 할말이 없냐고 물었고, 나는 아이를 제대로 보살피지 못해서 죄송하다는 말을 했다. 그 말을 하는 동안 이상하게도 계속 오른쪽 정강이가 당겼다. 하지만 그렇게 오래가지는 않았다. 그것으로 내 차례는 모두 끝났기 때문이다.

*

정희는 여름방학이 다 끝나기도 전에 우리집에서 떠났다.

학교에서 오후 늦게까지 대학원 세미나 준비를 하고 있었는데, 아내에게서 전화가 걸려왔다. 아침 일찍 수학학원으로 간 정희가 지금까지 돌아오지 않고, 연락도 안 된다는 것이었다. 나는 컴퓨터 위에 걸려 있는 벽시계를 힐끔 올려다보았다. 오후 다섯시가 넘은 시간이었다. 곧 돌아오겠지, 뭐. 학원 끝나고 친구들하고 극장 같은 델 갔을 수도 있고…… 말은 그렇게 했지만 마음 한편이 계속 찜찜했다. 정희가 우리집에 온 이후, 그런 일은 단 한 번도 없었기 때문이다. 일을 대충 마무리하고 집으로 돌아가보니, 여전히 정희에게선 아무런 연락이 없었다. 알고 보니 그날 수학학원엔 아예 오지도 않았고, 정희를 봤다는 친구들도 한 명 없었다. 어떻게 해야 하나, 경찰에 연락을 해야 하나, 망설이고 있을 때 아내의 휴대폰이 울렸다. 마석 엄마였다.

"아니, 얘가 그 먼 곳에서부터 버스를 타고 혼자 여길 왔네. 할머니 보고 싶다면서…… "

마석 엄마는 막 요양 병원에서 돌아오는 참이라고 했다. 돌아와 보니 애가 마루 피아노 의자에 기대 잠들어 있었다는 말도 함께 전했다.

정희가 우리집을 떠나기 사흘 전, 나는 학교장의 직인이 찍힌 '학폭위' 결정 통지문을 등기로 받아보았다. 결과는 가해 학생 모두 '서면 사과' 조치. 후에 아내에게서 전해 들은 바로는 가해 학생 3 어머니가 데리고 온 변호사의 활약이 대단했다고 한다. 아이들의 카톡 메시지와 메일함을 샅샅이 뒤져 미주가 예전에 했던 욕과 아이들과 함께 나눴던 수학학원 원장에 대한 험담, 미주가 먼저 머리끄덩이를 잡아당겼던 일, 미주도 함께 다른 아이를 따돌렸던 사례들을 일목요연하게 표로 정리해 제출했다고 한다. 쌍방의 잘못으로, 일상적이고 무지한 잘못으로 몰아가는 것. 그것이 변호사의 전략이었던 것 같았다. 가해 학생 3 어머니는 '서면 사과' 조치도 부당하다며 따로 재심을 청구한다는 소식이었다.

"거봐요, 고모부. 제가 아무것도 아니라고 했잖아요."

정희는 내가 결정 통지문을 보여주자 대뜸 그렇게 말했다. 그러면서 "서면 사과? 그럼 사과문을 쓰라는 건가?" 하고 혼잣말을 했다. 나는 정희의 책상 옆에 말없이 서 있었다.

"그러면 고모부. 이거 고모부가 대신 써주면 안 돼요? 고모부는 작가니까 이런 거……"

왜 그랬는지 모르겠지만, 나는 그 순간 폭발하고 말았다. 하지 않았으면 좋았을 말들과 해서는 안 되는 말들을 아이에게 하고 말았다. 말을 하는 도중에도 나는 내가 무슨 잘못을 하고 있는지 알지 못했다.

"너 정말 나쁜 아이구나. 어린 게 염치도 없이……"

*

그후로 정희는 마석에서 다시 부산으로 거처를 옮겼다.

엄마와 함께 살게 되었다는데, 그 자세한 사정은 아내도 나도 알 수 없었다. 다만 정희 엄마가 문자로 주소를 보내와 그쪽으로 정희의 남은 짐을 부쳐주었을 뿐이다. 정희의 짐을 부치고 며칠 후, 나는 큰아이 방에 있던 조립식 세미나 테이블을 분리해 베란다 다용도실에 넣었다. 그걸 뺐는데도 큰아이 방은 그리 큰 여유가 생기지 않았다. 나는 아파트 단지 앞 마트에서 작은 책장을 사와 그곳 빈자리에 들여놓았다. 책장에는 안방에 있던 아이의 동화

책과 백과사전 전집을 꽂아놓았는데, 그러자 비로소 안방이 한결 더 여유로워졌다.

아내와 나는 가끔 산책을 하면서 정희 이야기를 했다. 잘 지내고 있을까? 아내가 그렇게 물어오면 그때마다 나는 잘 지내겠지 뭐, 하고 자신 없는 목소리로 대답했다. 나는 아내에게 차마 그 말은 하지 못했다. 내가 하지 않았으면 좋았을 말들과 해서는 안 되는 말들. 그 말을 들은 정희의 표정…… 그건 아내에게도 너무 가혹한 일이 될 거라고 생각했기 때문이다.

요즈음도 나는 밤마다 글을 쓰기 위해 다시 학교 연구실로 걸어나간다. 원래는 차를 타고 나갔는데, 얼마 전부턴 건강을 생각해서 백팩을 메고 걸어다닌다. 눈이 많이 내린 날이나 기온이 영하 십 도 아래로 내려간 날도 나는 빠짐없이 그 길을 걸었다. 때때로 그렇게 귀가 시리고 얼굴 전체가 쩡쩡 얼어버릴 것 같은 길을 걷다보면, 아, 어쩐지 대단한 글을 쓸 것만 같은 착각에 빠지기도 한다. 그러면서 한편 이런 생각을 하기도 한다. 이렇게 춥고 뺨이 시린 밤, 누군가 나를 찾아온다면, 누군가 나에게 도움을 요청한다면, 그때 나는 그를 어떻게 맞이할 것인가? 그때도 나는 과연 그에게 손을 내밀 수 있을까?

그 생각을 하면 나는 좀처럼 글을 잘 쓸 수가 없었다.

김형중의 해설

다시, '환대'에 대하여

김형중(문학평론가)

1. 이야기의 윤리

이기호의 이전 소설집 『김 박사는 누구인가?』(문학과지성사, 2013, 이하 『김 박사』)는, 비유적으로 말해 완전히 양식이 다른 두 종류의 언어 간에 전투가 벌어지는 일종의 전장이었다. 한편에 제도로서의 언어, 곧 행정과 법의 언어가 있다. 학적부(「행정동」), 탄원서(「탄원의 문장」), 개명신청서(「이정而丁—저기 사람이 나무처럼 걸어간다 2」), 정신과 의료 상담(「김 박사는 누구인가?」) 등을 포함하는 이 언어는 "입학 연도와 졸업 연도, 주소 이외의 모든 내용은 그대로 생략할 것"(「행정동」, 20~21쪽)을 명령하는 언어이고, "형용사 하나 없이" "주어와 목적어와 술어로만" 이루어진 채 "오로지 입증 가능한 사실들"을 지시하면서 "결론들을 향해서만, 무정하게 내달"(「탄원의 문장」, 193쪽)리는 언어다. 말하자면 배제하고 생략하고 익명화하는 언어다.

다른 한편에 '이야기' 양식, 곧 소설의 언어가 있다. 「내겐 너무 윤리적인 팬티 한 장」과 「밀수록 다시 가까워지는」의 화자는 이 언어에 대해 각각 다음과 같이 말한 적이 있다.

> 이해되지 않고, 알 수 없는 것들을 이해하기 위해선, 우선 그것들에 대해서 차근차근 이야기해야 한다. 그것이 내가 알고 있는, 유일한 윤리이다. 오직 그 윤리 때문에 이야기는 존재하는 것이다.(「내겐 너무 윤리적인 팬티 한 장」, 339쪽)

> 사람들은 저마다 이야기 속에 한 가지씩 여백을 두고, 그 여백을 채우려 다른 이야기들을 만들어내는 법인데, 그게 이 세상 모든 이야기들이 태어나는 자리인데, 그때의 나는 그것을 미처 알지 못하고 있었던 것이다.(「밀수록 다시 가까워지는」, 85쪽)

생략'하거나' 배제'하는' 것이 아니라 오히려 (법과 행정 언어에 의해) 생략'되거나' 배제'된' 여백에서 태어나는 말들, 입증을 필요로 하는 세계가 아니라 입증 불가능한 세계의 사연들을 차근차근 옮기는 말들, 그것이 이기호에게는 특출하게 윤리적인 말하기

양식로서의 '이야기', 곧 '소설'이었다.

전장이 소설의 지면상에 있었으므로, 두 언어 간의 전투에서 대체로 승리한 것은 후자였다. 그래서 『김 박사』에는 후자가 전자와의 전투에서 얻은 전리품들이 많았다. 좀체 잊어버리기 힘든 고유하고도 특이한 인물들과 그들의 사연…… 나는 특별히 「밀수록 다시 가까워지는」의 후진 안 되는 프라이드와, 「화라지송침」의 두루마리 화장지 공포증자 기종씨를 기억한다. 작가 이기호가 그 둘에 얽힌 '입증 불가능한' 사연들을 '차근차근' 이야기하자, 단 한 사람을 향해 수십만 킬로미터를 전진한 고물 프라이드는 '절대 자동차'가 되고, 두루마리 화장지 공포증자 기종씨는 '능동적 수동성의 윤리'를 필경사 바틀비만큼이나 완벽하게 체현한("아닌데요. 전, 괜찮은데요" "고맙습니다. 전, 괜찮은데요!"(「화라지송침」, 287, 288쪽)) 성자가 된다. 공식적인 언어로는 말할 수 없는 삶의 여백에서 탄생한 그 이야기들을, 나는 '소설의 윤리란 무엇인가'란 해묵은 질문에 대한 잠정적 모범 답안으로 읽었다. 그리고 이제 새 소설집 『누구에게나 친절한 교회 오빠 강민호』에 실린 일곱 편의 작품들을 읽어보자니, 역시나 이기호에게는 여전히 그 "빌어먹을 윤리적인 태도"(「탄원의 문장」, 183쪽)가 문제다.

2. 고유명사의 윤리

이번 소설집에서 가장 먼저 눈에 띄는 것은 작품들의 제목에 선명하게 각인된 고유명사들이다. 최미진, 나정만, 권순찬, 박창수, 김숙희, 강민호, 한정희…… 너무 평범해서 도저히 소설의 주인공을 지시한다고는 믿기 힘든 이 이름들이야말로 말의 엄밀한 의미에서 '고유명사'다. '김형중'이나 '이기호'란 이름이 그 자체로는 평론가나 소설가의 상징 혹은 은유가 될 수 없는 것처럼, 저 흔하디흔한 이름들은 그렇게 불리는 어떤 인물 외에 아무것도 지시하지 않는다. 단 하나의 기의만을 가진 기표이므로, 일반적인 소설적 작명법의 원리에 따라 저 이름들에서 해당 인물의 성격이나 암시된 주제를 찾으려고 한다면, 그것은 헛수고다. 아이러니하게도 어떤 명사는 그 말이 지시하는 바로 그것 외에 아무것도 지시하지 않기 때문에 '고유명사'라 불린다.

현대사회의 익명화와 획일화 현상을 이니셜(K, H, Y, ……) 명명법으로 암시하곤 했던 것이 그간의 유력한 소설적 관습이었음을 고려할 때, 거기서 벗어난 저와 같은 작명법을 '고유명사의 윤리'라고 불러도 좋겠다. 왜냐하면 앞서 살펴본 대로 이기호에게 소설의 윤리란 법과 행정의 언어 반대편에서만 찾을 수 있는 것이기 때문이다. 제도의 언어는 고유한 인물을 허락하지 않는다. 배제하고 삭제함으로써 (고유할 수밖에 없는) 개인들의 삶을 (누구나 이해 가능한, 즉 평준화된) '요지'로 만들어놓고야 마는 것이 제도의 언어다. 제도의 언어 안에서 이름은, 마치 상품이 사용가치로부터 소외되듯 인물로부터 소외된다. 반대로 소설의 언어는 그에 맞서 항상 요지를 초과하게 마련인 삶의 여백과 입증 불가능한 사연들을 이야기한다. 그럼으로써 한 인물에게 고유성을 되돌려준다. 이기호에게 소설이 윤리적인 장르라면, 그것은 소설이라는 장르가 익명화된 개인들을 다시 고유명사화할 수 있는 역량을 가지고 있기 때문이다.

그런데, 한 인물에게 고유한 이름과 사연을 부여한다는 것은, 그를 우리가 이미 알고 있는 익숙한 범주 내로 동일화하지 않는다는 말이기도 하다. 동일자로 환원되지 않는 자, 곧 절대적 타자만이 고유할 수 있다. 왜냐하면 고유한 자는 말의 의미 그대로 지상의 누구와도 '같지 않은' 자이고, 누구와도 '차이 나는' 삶을 살았던(사는) 자이기 때문이다. 그러므로 고유명사의 윤리는 타자를 항상 '나와 다른 자' '짐작 불가능한 자'로 정의할 수밖에 없게 한다. 바로 그 짐작 불가능성을 유지한 채로, 타자를 나에게 이해된 바가 아닌 그 자신의 이름에 따라 호명하고, '차이 속에서' 관계 맺는 것이 고유명사의 윤리다. 얼마간 유행했던 데리다와 레비나스의 '환대의 윤리'란 말이 함의하고 있었던 바도 아마 이것이었을 것이다. 이방인의 정체를 심문하지 않는 환대, 그 어떠한 조건도 없이 나와 다른 자(그래서 고유한 자)를 인정하고 맞아들이는 환대…… 그래서 환대의 윤리는 항상 무조건적일 수밖에 없다.

이기호식으로 말해, 이 윤리는 우리로 하여금 '누구에게나 친절한 교회 오빠 강민호'가 되기를 명령한다. '누구에게나'…… 친절을 베풀어야 할 사람들을 선별하거나, 친절을 베풀지 않아도 될 사람들을 배제한다면 그 과정에 반드시 타자에 대한 검열과 동일화 기제가 작동되기 때문이다. 나와 같지 않으므로, 그는 고유하다. 그래서 고유함은 항상 짐작 불가능한 속성을 그에게 부여하지만, 그럼에도 불구하고 그를 이웃으로 맞아들이는 일이 고유명사의 윤리이자 환대의 윤리이다.

3. 빌어먹을 윤리적인 태도

우리는 모두 '누구에게나 친절한 교회 오빠 강민호'가 되어야 한다. 고유명사의 윤리에 따를 때 그것은 정언명령이다. 그러나 그게 그리 쉬운 일일까? 정언명령들은 대체로 화끈하지만, 안타깝게도 '일상적으로는 거의 실현 불가능함'이란 공통점을 갖는다. 『누구에게나 친절한 교회 오빠 강민호』에 실린 이기호의 소설들이 슬슬 불편하게 읽히는 지점이 여기다. 독자를 전혀 불편하게 하지 않는 소설은 훌륭한 소설이 아니라는 신념이 내게는 있으니, 이번 소설집을 통틀어 나를 가장 불편하게 했던 문장들을 군데군데 생략한 채로나마 여기 길게 옮겨본다.

작가로 십오 년 넘게 살아오는 동안 나는 다른 많은 사람의 이야기를 쓰고 또 써왔다. 어수룩한 사람들의 이야기를 쓸 때도 있었고, 이 세상에 없을 것만 같은 사람들의 이야기도 썼지만, 그래도 내가 가장 많이 쓰고자 했던 것은 고통받는 사람들에 대한 이야기였다. 그걸 쓰지 않는다면 작가가 또 무엇을 쓴단 말인가? (……) 그걸 쓰는 과정은 단 한 번도 즐겁지 않았다. (……) 작가는 숙련된 배우와도 같아서 고통에 빠진 사람에 대해서 그릴 때도 다음 장면을 먼저 계산해야 하고, 또 목소리 톤도 조절해야 한다고 들었는데, 그게 잘 되지 않아서 고통스러웠던 적이 많았다. 그게 잘 되지 않는 고통…… 어느 땐 내가 이해할 수 있는 고통이란 오직 그것뿐인 것 같다는 생각이 들기도 했는데, 그런 생각이 들 때면 어쩐지 내가 쓴 모든 것이 다 거짓말 같았다. (……)

내겐 환대, 라는 단어도 마찬가지였다. 나는 어느 책을 읽다가 '절대적 환대'라는 구절에서 멈춰 섰는데, 머리로는 그 말이 충분히 이해되었지만, 마음 저편에선 정말 그게 가능한가, 가능한 일을 말하는가, 계속 묻고 또 묻지 않을 수가 없었다. 신원을 묻지 않고, 보답을 요구하지 않고, 복수를 생각하지 않는 환대라는 것이 정말 가능한가, 정말 죄는 미워하되 사람은 미워하지 않는 일이 가능한 것인가, 그렇다면 죄와 사람은 어떻게 분리될 수 있는가, 우리의 내면은 늘 불안과 절망과 갈등 같은 것들이 함께 모여 있는 법인데, 자기 자신조차 낯설게 다가올 때가 많은데, 어떻게 그 상태에서 타인을 이해하고 받아들일 수 있는가…… 나는 그게 잘 이해가 되질 않았다. 나 자신이 다 거짓말 같은데……(「한정희와 나」, 264~266쪽)

마치 작가의 육성처럼 들리는 저 솔직한 고백체의 문장들이 아니더라도, 이기호가 그간 "고통받는 사람들"에 대해 썼다는 사실은 맞는 말이다. 그랬던 그가 이번에는 그런 이야기들을 쓸 때 작가로서 느꼈던 자신의 고통을 호소한다. 그러고는 항변한다. "정말 그게 가능한가, 가능한 일을 말하는가"……

"신원을 묻지 않고, 보답을 요구하지 않고, 복수를 생각하지 않는" "절대적 환대"에 대해 말한 이는 데리다였으니, 작중 화자(그는 작가의 분신으로 보인다)가 읽었다는 "어느 책"은 데리다의 『환대에 대하여』가 틀림없다. 말하자면 그는 데리다의 '모두에게 친절한 오빠가 되어라'라는 요지의 정언명령에 내포된 과도한 염결성에 반발하고 있는 셈이다. 그러나 데리다 아닌 나로서도 저 구절을 읽으며 불편한 감정을 숨기기는 힘들었는데, 나 역시 이런 구절을 쓴 적이 있었기 때문이다.

레비나스나 데리다가 말하는 환대는 '나그네와 고아와 과부'처럼 환대하기에 적합하도록 '선별된' 이방인들에 대한 환대만은 아니다. 절대적 외부로부터 도래한 이방인이 항상 동정과 연민을 불러일으키는 온순하고 가난한 자들이라는 보장은 없다. 타자에게 이름을 묻고, 소속을 묻고, 위험 여부를 확인하는 것은 환대의 윤리가 아니다. 타자의 절대적 외부성이 보장될 때만, 환대는 윤리가 된다.(김형중, 「사건으로서의 이방인—'윤리'에 관한 단상들 1」, 『살아 있는 시체들의 밤』, 문학과지성사, 2013, 24쪽)

작가가 저 구절들을 읽었는지에 대해 나는 알 수 없다. 그러나 나는 저 글을 쓰던 당시 데리다와 레비나스의 사도였고, 아무데서나 '타자의 절대적 외부성' '무조건적 환대의 윤리' 같은 말들을 남발하곤 했다. 그랬으니 내 귀엔 작가 이기호의 항변이 나를 향한 것으로 들리는 불편을 감수하지 않을 도리가 없었다. 게다가 그런 유의 불편함은 이기호가 이전부터 독자들, 특히 나 같은 비평가들에게 종종 주곤 했던 일종의 선물이기도 해서, 이전 소설집에 실린 표제작의 다음과 같은 구절을 읽을 때 느꼈던 불편함과 묘하게 중첩되기도 했다. "김 박사님, 김 박사님…… 김 박사님께서 해주신 이야기 잘 들었어요. 하지만 김 박사님…… 이 개새끼야, 정말 네 이야기를 하라고! 남의 이야기를 하지 말고, 네 이야기, 어디에 배치해도 변하지 않는 네 이야기 말이야!"(「김 박사는 누구인가?」, 130쪽)

단순히 내 성이 김씨이고, 최종 학력이 박사여서 불편했던 것만은 아니다. 실은 작가 이기호가 저 소설을 쓰던 즈음, '환대의 윤리' 운운하던 만큼이나 내가 자주 남용했던 말이 '실재와 대면하는 윤리'였고, 그래서 저 소설이 극화하고 있는 정신분석 상담 상황이 작가와 비평가의 대화 상황과 자꾸 겹쳤기 때문이다. 실재와 대면하는 일에는 거의 죽음을 불사하는 용기가 필요하다는 사실을 알고 있으면서도, 작가들에게 그 윤리를 실천하라고 간단하게 말하고 다니던 나는, 저런 식으로 작중에서 호명당해 발가벗겨진다는 느낌이 들었고, 그것이 불편함의 정체였다. 물론 이후로 윤리란 말을 좀 아껴 썼으니, 그건 좀 고마운 일이다.

아마 적당한 기회에 변명할 수도 있었을 것이다. 이론이란 그런 게 아니라고, 이론은 항상 극한을 사유하고 정합한 개념을 대상과 재료로 삼는 것이지 일상적인 삶이 가져다주는 우연과 예외를 다루는 것이 아니라고…… 그러나 소설가로서도 재반박할 수 있었으리라. 소설이란 이론을 다루는 것이 아니라고, 소설의 가장 넓은 밑바닥은 항상 삶과 접면을 형성하고 있어서, 대체로 개념의 정합성과 삶의 우연성이 갈등을 일으키는 비식별역 같은 데서 쓰이는 것이 소설이라고…… '그래야 할 바'와 '그리할 수 없음'이 매일매일 긴장과 갈등을 일으키는 곳이 소설이라는 이름의 전장이라고, 소설의 윤리란 그러니까 삶의 이름으로 제도만이 아니라 개념과도 싸우는 것이라고, 개념에 닿지 못하거나 개념을 초과하는 곳에 소설의 터전이 있지 않겠느냐고……

먼길을 돌아와놓고 말을 바꾸는 셈이 되겠지만, 그러므로 이기호의 소설집 『누구에게나 친절한 교회 오빠 강민호』는 '환대의 윤리'에 관해(서만) 말하는 책이 아니다. 그것은 '환대의 불가능성'에 관한 책, 혹은 무조건적 환대의 정언명령과 이방인을 쉽사리 환대할 수 없는 인간 조건 간의 갈등에 관한 책이다. 순진하고 단순하게 환대의 윤리를 향해 직진하는 책이 아니라, 아이러니와 비애 속에서 그 "빌어먹을 윤리적인 태도"의 어려움에 대해 말하는 책이다. 이제 그렇게 작품들을 읽어보자.

4. 예상 가능한 아이란 없는 법이지만

오래, 그리고 자주 읽으면 착해지지 않을 도리가 없을 것만 같은 이기호의 소설들에서 환대의 윤리를 실천하는 인물들을 찾기는 어려운 일이 아니다. 가령 「한정희와 나」에 등장하는 '마석 엄마와 아빠'가 있다. 화자의 아내 주희는 초등학교 시절 내내 이 부부의 집에서 살았다. 친부모의 사정이 갑자기 어려워져서였는데, 그러나 그녀는 남의집살이를 했던 이 시절을 되레 "인생을 통틀어 가장 많이 웃고, 또 가장 많은 사랑을 받았던 시절"(244쪽)로 기억한다. 주희는 자신의 집에서보다 타인의 집에서 더 환대받았다. 피 한 방울 섞이지 않은 친구의 딸을 친부모보다 더 사랑해준 마석 부모가 보여준 선행을 무조건적 환대라는 말 외에 달리 표현하기는 힘들어 보인다. 이 작품의 화자(나, '이기호')가 보여준 태도 역시 환대의 윤리란 이름에 값할 만하다. 아내 주희로부터 마석 부모의 이야기를 오래전부터 들어왔던 그는, 곤란에 처한 그들의 손녀 '한정희'를 아무런 조건도 보상도 없이 맞아들인다. 그는 한정희를 마음을 다해 돌보는데, "나중에 정희 때문에 가슴이 텅 비어버리는 일이 생기면 어떡하지?"(255쪽)라는 생각이 들 만큼 그의 환대는 극진하다.

「나를 혐오하게 될 박창수에게」「누구에게나 친절한 교회 오빠 강민호」「권순찬과 착한 사람들」에서도 그런 인물들은 쉽게 찾을 수 있다. 김숙희의 남편은 아내에 의해 죽임을 당하던 순간까지 오로지 아내를 위해서만 살았고, 교회 오빠 강민호는 작은아버지와 교회 후배들과 아내에게 두루 친절했으며, G시의 모 아파트 단지 주민들 역시 딱한 처지에 빠진 이방인 권순찬씨를 오로지 '근린애'로 대했다. 경우가 좀 다르기는 하지만 「최미진은 어디로」에 등장하는 실명 작가 '이기호'가 생면부지의 독자 최미진에게 "좋은 인연"이라고 서명할 때, 그 역시 상대에게 아무것도 묻지 않았으니 '누구에게나' 친절하기는 마찬가지였다.

"예상 가능한 아이란 없는 법"(「한정희와 나」, 251쪽)임에도 불구하고, 그 어떤 심문과 배제의 절차도 없이 호의와 친절을 베푼 그들은 윤리적으로 떳떳하다. 당당해도 될 듯하고, 얼마간 윤리적

자부심을 드러내도 미워할 수 없을 듯하다. 그러나 그게 꼭 그렇지만도 않은 것이, 소설들은 대체로 이렇게 끝난다.

> 아내와 나는 가끔 산책을 하면서 정희 이야기를 했다. 잘 지내고 있을까? 아내가 그렇게 물어오면 그때마다 나는 잘 지내겠지 뭐, 하고 자신 없는 목소리로 대답했다. 나는 아내에게 차마 그 말은 하지 못했다. 내가 하지 않았으면 좋았을 말들과 해서는 안 되는 말들. 그 말을 들은 정희의 표정…… 그건 아내에게도 너무 가혹한 일이 될 거라고 생각했기 때문이다.(「한정희와 나」, 271쪽)

소설이 끝날 때쯤, 이기호의 인물들이 거의 예외 없이 느끼는 감정은 저와 같은 '부끄러움'이다. 타인의 손녀를 최선을 다해 환대했던 자의 부끄러움…… 누구에게나 친절했던 강민호도, 어떤 독자들이나 호의로 대했던 소설가 이기호도, 남편 김준수를 죽인 김숙희도, 용산 참사를 기록하겠다고 용기를 낸 소설가도 이 부끄러운 감정에서 자유로울 수는 없다. 우선은 납득하기 힘든 이 역설적인 감정이, 실은 환대의 윤리와 관련해 이기호가 이번 소설집의 독자들에게 던지고 있는 진일보한 질문에서 유래한다는 사실은 중요하다. 그 질문은 다음과 같다. "당신의 환대는 무조건적일 수 있는가? 그리고 환대받은 타인은 당신의 환대를 감당할 수 있을까?"

5. 부끄러움에 대하여

그렇게 읽자니 『누구에게나 친절한 교회 오빠 강민호』에 실린 모든 작품들이 결국은 부끄러움에 대한 이야기들이다. 부끄러운 감정은 대체로 두 가지 연원을 갖는 것으로 보인다. 한편에 환대한 자가 "당신의 환대는 무조건적인가?"라는 질문 앞에서 느끼는 부끄러움이 있다. 그리고 다른 한편에 환대받은 자가 "당신은 타인의 환대를 감당할 수 있는가?"라는 질문 앞에서 느끼는 부끄러움이 있다. 후자에 김숙희 연작 두 편(「나를 혐오하게 될 박창수에게」 「오래전 김숙희는」)이 속하고, 전자에 나머지 작품들이 속한다.

먼저 환대 주체의 경우, 아이러니한 일이지만 매번 작품 말미에 추궁을 당하는 것은 환대의 대상이 아니라 바로 이들이다. 이런 장면들이 있다.

> "아저씨…… 아저씨는 우리 미진이도 잘 모르잖아요…… 모르면서 그냥 좋은 인연이라고 쓴 거잖아요…… 그건 그냥 쓴 게 맞잖아요…… 씨발, 아무것도 모르면서…… 내가 왜 책을 파는지…… 내가 당신이 쓴 글씨를 얼마나 오랫동안 바라봤는지…… 우리 미진이가 어디서 어떻게 사는지…… 아무것도 모르잖아요……"(「최미진은 어디로」, 30~31쪽)

나, 근데 아까부터 진짜 궁금한 게 하나 있었어요…… 아니, 아니, 다른 게 아니고…… 거 용산에서 일어난 그거 말이에요…… 지금 형씨가 그걸 쓰겠다고 이러는 거 아니에요…… 그거 때문에 우리가 그 난리를 쳤고…… 한데요…… 그걸 쓰려고 하는 사람이…… 하필 왜 나를 찾아왔어요? 기출이 그 새끼한테 다 듣고서도, 그러고서도 나를 찾아온 거잖아요? 그러니까, 난 그게 진짜 이상하다는 거예요…… 거기 있었던 사람들을 만났어야지, 거기에 갔던 크레인 기사를 만났어야지, 왜 나를 찾아왔냐…… 나는 그게 진짜 궁금한 거예요…… 그게 정상 아니에요? 거기에 갔던 크레인 기사를 만나는 게? 아니에요?(「나정만씨의 살짝 아래로 굽은 붐」, 66~67쪽)

"기억을 못하는 건가요, 아니면 아예 기억을 안 하고 사는 건가요? 오빠가 어떻게 저한테 삼 년 만에 찾아와서 그런 말을 할 수가 있는 거죠?"(「누구에게나 친절한 교회 오빠 강민호」, 232쪽)

작중 소설가 이기호가 무심코 독자 최미진에게 베푼 호의는, 뜻하지 않았지만 그녀의 남자친구에게 벗어나기 힘든 상처를 준다. 차마 입에 담기 힘든 용산 참사에 대해 쓰겠다는 소설가의 윤리적 결단에는, 부끄럽게도 무의식적인 방어기제가 끼어든다. 그가 정말 용산 참사라는 실재에 직면하고자 했다면, 그는 참사 당일 거기에 가지 않은 나정만이 아니라 거기에 갔던 크레인 기사를 만났어야 했다. 그의 용기에는 비윤리적인 도피의 흔적이 역력하다. 본인은 다 잊어버렸지만, 강민호는 같은 시기 아내와 윤희에게 모두 친절했던 적이 있다. 그리고 그의 친절은 오해를 불러 윤희의 인생을 엉뚱하게도 히잡 안에 가둔다. 자, 그렇다면 그들의 환대는 무조건적인가? 이쯤에서 사랑에 빠진 사람은 대상을 사랑하는 것이 아니라 사랑받는 자기 자신을 사랑하는 것이라는, 그러니까 모든 사랑은 자기애라는 오래된 교훈을 도용해보고 싶어지는 것도 무리는 아니다. 환대는 정말 무조건적일 수 있을까? 환대는 환대받는 대상을 향해 있는가, 아니면 환대하는 주체 자신을 향해 있는가? 당신은 타인을 환대하는가, 아니면 타인을 환대하는 자기 자신의 이미지를 환대하는가? 비단 작중인물들에게만 국한시키기 힘든 이 부끄러움 앞에서 환대의 정언명령은 쉽사리 대답하기 힘든 질문에 봉착한다.

그러나 이기호의 질문은 더 이어진다. 당신이 타인을 환대할 때, 환대받는 타인의 감정에 대해 생각해본 적이 있는가? 타인은 당신의 환대를 감당할 수 있을까? 가령 남편을 파이프 렌치로 때려죽일 수밖에 없을 만큼 강렬하게 김숙희를 사로잡았던 감정의 정체는 무엇이었는가?

한데, 오빠랑 계속 만나다보니까, 이게 어떻게 된 건지…… 오빠 때문에 내가 자꾸 부끄러워지는 거야…… 내가 더 찌질해 보이고…… 나 때문에 부끄러워지는 게 아니고…… 오빠 때문에 내가 부끄러워지더라구…… 부끄러운 건 원래 나 때문에 생겨야 하는 거 아닌가…… 나는 그렇게 말하다가 잠이 들어버리곤 했다.(「나를 혐오하게 될 박창수에게」, 125쪽)

부끄러움이다. 타인이 베푸는 절대적 환대 앞에서의 부끄러움…… 환대하는 자와 환대받는 자 사이의 불균등성에서 필연적으로 발생할 수밖에 없는 부끄러움…… 환대의 주체가 환대의 대상이 가질 법한 감정을 헤아리지 못할 때, 이 부끄러움은 금세 의심할 만한 것이 되고 만다. 남편 김준수에 대한 김숙희의 적개심은 그러므로 충분히 수긍할 만하다. 김숙희는 진술서에 이렇게 쓴다. "우리는 저마다 각기 다른 여러 개의 선을 가지고 있는데, 그것을 하나의 선으로만 보려는 것은 그 사람 자체를 보려는 것이 아닌, 그 사람을 보고 있는 자기 스스로를 보려는 것이라고, 나는 그렇게 의심을 하게 될 때가 더 많아졌다."(「나를 혐오하게 될 박창수에게」, 131~132쪽) 그렇다면 김준수는 어떤 의미에서 악처 김숙희에게 살해당한 것이 아니라, 타인의 감정을 고려하지 않은 채로 행한 자신의 환대에 의해 살해당한 셈이다.

환대하는 자의 부끄러움과 환대받는 자의 부끄러움, 이 이중의 부끄러움 앞에서 독자들은 몹시 불편해진다. 쉽게 권장하고 질타

하는 경우가 많다지만, 환대의 윤리를 실천한다는 것은 이렇게도 어려운 일이다.

6. 법과 법들 사이에서

그러나 그런 방식으로 읽는 이들을 불편하게 하고, 또 부끄럽게 만드는 이기호의 소설은 여전히 윤리적이다. 실은 더 깊은 차원에서 윤리적이기도 한데, 이제 이기호가 환대의 윤리에 대해 던진 저 질문들과 함께 데리다를 다시 읽어볼 때가 된 듯도 하다. 지나치게 화끈한 정언명령으로서의 '절대적 환대'를 강조하느라, 우리가 간과하거나 의도적으로 홀대한 데리다의 다른 문장들이 있다.

> 달리 말하면 이율배반이 있다. 환대의 법과 환대의 법들 사이엔 해결할 수 없는 이율배반, 변증법화할 수 없는 이율배반이 있는 듯하다. 한편 환대의 법은 무제한적 환대에의 무조건적 법(도래자에게 자신의 자기-집과 자기 전체를 줄 것, 그에게 자신의 고유한 것과 우리의 고유한 것을 주되 그에게 이름도 묻지 말고 대가도 요구하지 말고 최소의 조건도 내세우지 않을 것)인가 하면, 다른 한편 환대의 법들은 언제나 조건 지어지고 조건적인 권리들과 의무들로서, 그리스-라틴 전통이, 유대-그리스도교적 전통이 규정하고 있

으며, 칸트 그리고 특히 헤겔까지의 모든 권리(법)와 모든 법철학이 가족·시민사회·국가에 걸쳐 규정하고 있는 환대의 권리들과 의무들이기 때문이다.(자크 데리다, 『환대에 대하여』, 남수인 옮김, 동문선, 2004, 104~105쪽)

이제 다시 읽자니 데리다는 대문자 환대의 '법(Law)'에 대해서만큼이나 강조해서, 소문자 환대의 '법들(laws)'에 대해서도 말한 적이 있었다. 『환대에 대하여』의 상당 부분이 실은 바로 그 법과 법들 간의 이율배반을 논의하는 데 할애된다. 그에 따르면 환대의 윤리는 정언명령이자 대문자 '법'이다. 그러나 우리는 실제로 그 법이 명하는 바를 우리가 속한 가족과 시민사회와 국가의 '법들' 속에서만 수행할 수 있다. 말하자면 항상 부족한 환대, 항상 제한적인 환대, 항상 특정 조건과 상황 속에서만 실행되는 환대…… 무조건적 환대 같은 것은 애초에 불가능하다. 환대는 그래서 항상 부끄러움을 수반한다. 이렇게 말할 수도 있으리라. 부끄러움은 환대의 윤리에 대해 구성적이다. 환대하는 자는 항상 자신의 불철저한 환대에 대해 부끄러워하는 자이기도 하다. 그러니 부끄러움 속에서 환대하라.

윤리적이기 그지없는 작가 이기호에게 황순원문학상의 영예를 안긴 작품 「한정희와 나」의 마지막 구절이, 한없는 부끄러움 속에서 이 글을 쓰는 내내, 내게 일깨워준 교훈이 그것이다.

때때로 그렇게 귀가 시리고 얼굴 전체가 꽝꽝 얼어버릴 것 같은 길을 걷다보면, 아, 어쩐지 대단한 글을 쓸 것만 같은 착각에 빠지기도 한다. 그러면서 한편 이런 생각을 하기도 한다. 이렇게 춥고 뺨이 시린 밤, 누군가 나를 찾아온다면, 누군가 나에게 도움을 요청한다면, 그때 나는 그를 어떻게 맞이할 것인가? 그때도 나는 과연 그에게 손을 내밀 수 있을까?

그 생각을 하면 나는 좀처럼 글을 잘 쓸 수가 없었다.(271쪽)

이기호의 말

잠깐만,

자네에게 아직 할말이 조금 더 남아 있다네.

별건 아니고……

사실 이 책 『누구에게나 친절한 교회 오빠 강민호』 원고를 출판사에 넘긴 건 작년 6월의 일이었다네. 나는 원래 문예지에 발표한 소설을 손대지 않고 고스란히 모아 책으로 내는 편이라서, 그러면 가을쯤이면 출간할 수 있겠구나, 혼자 예상했다네. 문학동네 담당 편집자인 이성근씨는 또 얼마나 성실한 사람이던지, 원고를 보낸지 얼마 지나지 않아 1차 교정지를 보내왔다네. 그러니, 아무 문제 없었다네. 광주까지 배송된 1차 교정지를 검토한 후 출판사로 발송하고, 다시 2차 교정지를 받은 다음 같은 절차를 거치고, 최종 교정지까지 PDF 파일로 확인하면 끝. 가을에 책이 나오면 미뤘던 장편을 시작해야지. 간간이 단편도 써야지, 그렇게 생각하고 있었다네. 야아, 이건 진짜 공무원이 따로 없구나, 피식 혼잣말도 했다네.

한데, 한데 그러지 못했다네……

1차 교정지를 받고 휘휘 끝까지 한 번 훑어본 후 음, 내일부터 천천히 살펴봐야겠는걸, 마음먹고 작업실 싱크대 서랍에 넣어두었는데…… 그뒤로 반년이 넘도록, 여름이 가고 가을이 지날 때까지도, 그 서랍을 계속 열어보지 못했다네. 다른 일이 있었던 건 아니라네. 매일 빠짐없이 작업실에 나갔고, 큰 병을 앓지도 않았다네. 다니던 직장을 그만두지도 않았고, 갑작스럽게 경제 상황이 나빠지는 일도 없었다네. 평범하고 조용한 생활이 이어졌지. 한데도, 계속 서랍을 열지 못했다네. 이성근씨의 전화를 받을 때마다 네, 네, 곧 보내드릴게요, 라고 거짓말을 했고, 문학동네의 또다른 편집자인 이상술씨가 전화했을 땐 하하하, 그러게 말입니다, 보고 있긴 한데…… 하면서 역시 거짓말을 했다네. 자네도 알다시피 내가 작업실로 쓰고 있는 전라남도 나주시 남평읍 동사리에 위치한 작은 월세 아파트는 단편 「권순찬과 착한 사람들」의 배경이 된 곳이기도 하다네. 학교에서 그곳으로 가려면 차가 거의 다니지 않는 국도를 자동차로 이십 분쯤 달려야만 하지. 어느 날 자정 무렵인가, 그 길을 달리다가 커다란 멧돼지 한 마리와 마주쳤는데, 그제야 비로소 겨울이 온 것을 깨달았다네. 곧 새해가 온다는 것도 알게 되었고…… 한데도 나는 계속 그 서랍을 열지 못했다네. 그 뒤로도 고라니 두 마리를 더 만나고(고라니는 자동차 헤드라이트와 눈이 마주치면 이삼 초 동안 '얼음' 상태가 된다네. 그러곤 '땡' 하고 다시 제 갈 길을 가지), 심지어 말도 한 마리 만났는데(나는 처음에 헛것을 본 줄로만 알았다네. 야밤에 내 자동차 옆으로 무언가 함께 달리는 듯한 환영을 보았는데, 다시 한번 바라보니 갈색 말이더군. 야, 이젠 별게 다 보이는구나, 조만간 타조나 낙타도 함께 달리겠구나, 생각했다네. 나중에 알고 보니, 작업실 근처에 무슨 승마장이 있다고 하더군), 상황은 나아지질 않았다네. 왜 그러지? 왜 자꾸 피하려고만 하지? 아니, 왜 보고 싶은 마음 자체가 들지 않는 거지? 멍하니 작업실 의자에 앉아서 계속 같은 질문만 반복했다네.

그러다가…… 그러다가…… 올해 1월 하순엔 급기야 자동차로 사람을 치는 일까지 벌어지고 말았다네.

그러니까 이 글은 바로 그 일에 대한 것이라네.

자동차로 사람 친 이야기, 갑자기 눈앞에 솟아오른 진실에 대한 이야기.

내가 아직 할말이 조금 더 남아 있다고 하지 않았는가?

이야기는 아직 끝나지 않았다네.

*

내가 자동차로 그 남자를 친 건 올해 1월 21일 밤 열시 무렵의 일이었다네.

근무하고 있는 학교 연구실에서 학생들이 두고 간 소설을 읽다가, 그러나 실상은 대부분의 시간을 까무룩까무룩 졸다가 어, 안 되겠다, 작업실에 가서 본격적으로 자야겠다, 생각하고 나선 길이었다네. 오전부터 눈발이 날리다가 그치길 반복했는데(자네 그거 아는가? 광주는 유독 눈이 많이 내리는 고장이라네), 그래서인지 주차장에 세워져 있던 내 차 유리창에는 라테 거품처럼 쌓인 눈이 단단하게 얼어붙어 있었다네. 차 이름은 '모닝'인데, 어째서 차 주인은 아침에 일어나지 못하는 것일까? 운전석에 잔뜩 웅크리고 앉아 시동을 걸고 히터를 작동시키면서 잠깐 그런 생각을 하기도 했다네. 하늘엔 여전히 먹장구름이 껴 있었고, 곧 또 눈이 내릴 것만 같았다네. 세상은 고요했고, 나뭇가지에선 불규칙적으로 눈뭉치가 떨어졌다네.

날이 추워서, 나는 운전석 쪽 유리창에 쌓인 눈만 설렁설렁 치우고 천천히 주차장을 빠져나왔다네. 어느새 십 년째 다니고 있는 직장이었다네. 그 말인즉슨 십 년째 같은 길을 운전했다는 말이기도 하지. 나는 이제 대충 감각만으로도 학교 정문 우측 횡단보도 신호등이 언제 녹색불이 되었다가 언제 다시 빨간불로 변하는지 알 수 있었다네. 그건 반대편 차선만 봐도, 정문 대리석에 반사된 색깔만 봐도 알 수 있는 일이었으니까. 그래도 눈길이어서, 나는 최대한 브레이크 페달에서 발을 떼지 않은 상태로 우회전을 했다네. 그리고 그 순간, 조수석 쪽에서 무언가 둔탁한 소리가 들려왔다네.

처음, 나는 주차 금지 표지판과 부딪친 줄로만 알았다네. 거기엔 늘 두 개의 빨간색 주차 금지 표지판이 세워져 있었으니까…… 그래서 그냥 갈까, 잠깐 망설이기도 했다네. 기껏해야 조수석 쪽 헤드라이트에 금이 갔거나, 범퍼에 흠집이 생겼겠지. 날도 추운데 확인해서 뭐하나. 나는 그저 귀찮기만 했다네(그때 그냥 갔다면…… 나는 이 글을 쓰는 대신 피의자 심문조서를 먼저 작성했을 걸세). 그래도 마음 한구석이 영 찝찝해 십 미터쯤 더 가다가 차를 멈추고 밖으로 나왔는데…… 내가 지나온 길에 한 남자가 누워서 앓는 소리를 내고 있는 걸 보고 듣게 된 걸세.

남자의 이름은 김영성(물론 가명이라네). 나이는 59세. 직업은 대리운전 기사. 그날 그때 그 장소에서 나는 그를 처음 만나게 되었다네. 물론, 그때까지만 해도 나는 그로부터 보름 뒤, 내가 그의 옆에 앉아 뚝뚝 눈물을 흘리게 될 줄은 상상도 하지 못했다네. 상상이 다 무언가? 자네가 알고 있을지 모르겠지만, 작가의 상상이나 예감은 무언가를 쓰고 있을 때나 비로소 생기는 거라네. 열쇠수리공의 숙련된 손끝 감각과 비슷한 거지. 그러니…… 그때의 나는 아무것도 예감하지 못한 게 맞는다네. 예감은커녕 눈앞에 무슨 일이 벌어졌는지도 몰라서 그저 한참 동안 멍하니 서 있기만 했으니까……

*

나는 정신을 차리고, 쓰러져 있는 그를 내 차에 태우려고 노력했다네. 그는 나보다 키도 더 크고 몸무게도 더 많이 나갔는데, 아무리 일으켜세우려 애를 써도 도무지 꿈쩍을 하지 않았다네. 내가 힘을 줄 때마다 아아아, 아아아, 신음 소리만 냈다네. 119를 부를까? 머릿속에 그 생각이 스치고 지나갔지만, 그럴 여유가 없었다네. 날은 춥고 눈 쌓인 길바닥에 사람이 쓰러져 있으니…… 다행히 학교 정문 앞을 지나던 남학생 두 명의 도움으로 낑낑, 그를 내 모닝 조수석에 태우고 근처 병원으로 향했다네. 그리고…… 그때 처음 그의 제대로 된 목소리를 듣게 되었다네.

"아이, 나는 녹색불 깜빡거리는 거 보고 건넜는데…… 좀 조심하지 그러셨어요?"

무슨 소리…… 그땐 분명 빨간불이었는데…… 하지만 나는 거기에 대해선 아무런 말도 하지 못했다네. 생각해보게, 내가 친 사람을, 내가 모는 자동차로, 급히 병원으로 데리고 가면서, 그 안에서 서로 빨간불이네, 녹색불이네, 어찌 다툴 수 있겠는가? 더군다나 그는 내 바로 옆 조수석에 앉아 있었다네. 모닝처럼 작은 경차 운전석 조수석에 나란히 앉아 있으면 아무리 나쁜 사이라도 무슨 친밀한 짝꿍처럼 느껴진다네. 약간 연인 느낌도 나고…… 그러니, 내 입에서 무슨 말이 나왔겠는가……

"죄송해요. 제가 이런 적이 없었는데……"

병원에 도착해 김영성씨가 엑스레이를 찍는 동안, 나는 보험회사에 사고 접수를 했다네. 보험회사 사고 처리 담당 직원은 마치 문학동네 이성근씨처럼(이분은 이메일을 보내면 오 분 만에 답장을 해준다네) 통화한 지 채 오 분도 지나지 않아 응급실 보호자 대기실에 도착했는데, 밤 열시가 넘은 시간이었지만 말쑥한 양복에 단정한 헤어스타일을 유지하고 있었다네.

"고객님, 얼마나 놀라셨어요? 이제 걱정하지 마십시오. 저희가

다 알아서 처리해드리겠습니다."

그는 내 두 손을 꼭 붙잡고 말했는데, 이상하게도 그 말이 정말 위로가 되었다네. 그제야 얼굴에 올라와 있던 열도 좀 내리는 기분이었고, 백 미터 달리기를 마친 것처럼 가빴던 숨도 좀 잠잠해지는 것 같았다네.

나는 대기실 의자에 앉아 사고 경위를 설명했다네. 다른 건 아무 말 없이 받아 적던 그가, 역시나 횡단보도 신호등 색깔 부분에 선 내 얼굴을 빤히 바라본 채 재차 질문했다네.

"그러니까 우리 고객님은 빨간색이었다는 거고, 피해자분은 녹색이었다는 거죠?"

"네……"

"차에, 어떻게…… 블랙박스는 없고요?"

"그게…… 있긴 있는데…… 전원을 꺼놓고 다녀서……"

"아하, 이거 참……"

보험회사 직원은 볼펜을 든 채 심각한 표정을 지었다네. 보호자 대기실에 앉아 있던 몇몇 사람들이 우리 쪽을 바라보았고, 응급실 쪽에선 누가 내지르는 것인지 알 수 없는 신음이 계속 들려왔다네. 창밖에선 또 눈이 내리기 시작했고.

나는 불쑥 보험회사 직원에게 말했다네.

"그냥 녹색불로 해주시죠."

"네?"

"그냥 녹색불로 해달라구요. 어차피 제 잘못이 크니까……"

나는 마치 입고 있던 구명조끼를 옆에 있는 다른 사람에게 벗어주는 것처럼 비장한 목소리로 말했지만…… 실은 마음 한구석, 보험회사라는 든든한 배경을 믿었던 것이 사실이라네. 빨간불이나 녹색불이나 어차피 보험회사를 통해서 보상이 이루어질 텐데…… 내년에 보험료가 많이 오르겠지만, 그 정도는 내가 감수해야지, 뭐…… 나는 그렇게 마음속으로 계산했다네. 모닝에 부딪혔는데…… 속도도 아주 느렸는데…… 엑스레이 찍어봐야 별 이상 없을 거야…… 그러니 녹색불이든 빨간불이든…… 그러니까 그게 내 윤리적 감각이었다네. 속으로 딱 보험료 계산을 하고 마는 감각…… 딱 그 정도의 손해를 감수하는 감각.

"그러면 이게 백 퍼센트 고객님 책임이 되는 건데……"

"어쩔 수 없죠, 뭐……"

나는 좀 전 김영성씨가 모닝 안에서 했던 말을 떠올렸다네. 또 거기에 차마 반박하지 못하고, 그저 죄송하다고 했던 내 말을 떠올렸다네. 그러니, 뭐…… 그게 맞는다는 생각을 했다네.

"자, 그럼 이제 가셔도 됩니다. 나머지는 저희가 잘 알아서 처리하겠습니다."

"가, 가요……? 이대로요?"

"네, 뭐 하실 건 다 하셨으니깐요."

보험회사 직원은 아무렇지도 않게 말했지만, 그러나 나는 가지 않았다네. 어찌 그럴 수 있겠는가? 내가 무슨 담벼락을 들이받은 것도 아니고, 전봇대를 다치게 한 것도 아닌데…… 나는 계속 보호자 대기실에 보험회사 직원과 함께 앉아 있었다네. 그게 맞는다, 그게 인간적 도리다…… 스스로 생각하면서 계속 앉아 있었다네. 사람이 말이야, 소설은 그렇게 쓰면서…… 나는 그런 말들도 계속 머릿속에 떠올렸다네.

그날 김영성씨에게 떨어진 최종 진단은 좌측 족부 입방골 골절이었다네.

*

보험회사 직원으로부터 다시 전화가 걸려온 것은 그로부터 닷새가 지난 뒤의 일이었다네.

"고객님, 혹시 피해자 쪽에서 따로 연락받은 건 없으신가요?"

나는 없다고 대답했다네. 내가 먼저 보험회사를 통해 김영성씨에게 연락을 해보려고 했지만…… 또 그게 마음처럼 잘 되지 않았다네. 그 마음은 마치 내가 작업실 싱크대 서랍에 넣어두고 계속 꺼내보지 않는 원고와도 같은 것이었다네. 해야 하는데, 무작정 피하고 싶은 마음……

"이게 좀…… 문제가 복잡해져서요……"

보험회사 직원의 말에 따르면, 김영성씨는 처음 입원한 병원에서 하루 만에 퇴원, 광주광역시 북구에 위치한 다른 한방병원으로 옮겼다고 했다네. 처음 입원한 병원에서 발급한 진단서는 전치 6주, 한방병원에서 발급한 진단서는 전치 8주로 늘어났다는 말도 전했다네.

"그게 전부가 아니고요…… 어제 한방병원에서 다시 정형외과 전문병원으로 옮겼는데…… 거기선 전치 10주 진단을 받으셨다나봐요."

나는 그게 어떤 의미인지 정확히 알지 못했다네. 그저 저런, 보험회사가 입원 보상을 많이 해줘야겠구나, 쯧쯧쯧, 하고 말았는데…… 보험회사 직원의 입에선 내가 전혀 예상하지 못한 말이 튀어나오고 말았다네.

"이렇게 되면…… 고객님께서도 직접 피해자분과 형사 합의를 보셔야 해서……"

"형사 합의요? 그건 보험회사에서 하셔야 하는 일 아닌가요?"

"저희는 민사 합의만 하구요…… 이번처럼 횡단보도 보행자 사고는 11대 중과실 사고에 포함되거든요. 그럼 고객님께서 따로 피해자분과 형사 합의를 보셔야 해요…… 전치 8주 이상은 형사처벌 대상이라서……"

나는 어안이 벙벙해졌다네. 이건 또 뭔가……?

"아니, 그게 무슨 말씀인지 저는 도무지……"

"고객님께서 녹색 보행 신호에 피해자를 추돌하신 게 맞잖아요? 그러니까 11대 중과실 사고에 들어가는 게 맞고…… 피해자 부상 정도가 10주 이상이 나왔으니까……"

보험회사 직원은 형사 합의를 보지 않을 경우 원칙적으로 구속 가능성도 있다고 했다네. 그래서 다들 그전에 따로 합의를 본다는 말도 했고…… 합의를 무엇으로 보겠는가? 진솔한 사과 편지? 따뜻한 말 한마디? 우정 어린 술 한잔? 무슨 소리…… 결국 다 돈이 아니겠는가? 피해자가 원하는 만큼의 액수를 맞춰주는 것, 그것이 필요하다고 보험회사 직원은 알려주었다네.

"피해자가 이런 쪽 전문가이신가봐요. 손해사정사도 벌써 구하셨다고 하고…… 일단 피해자분 기분을 맞춰드리는 게……"

나는 더이상 아무런 말도 하지 못한 채 휴대폰만 들고 있었다네. 구속 가능성이라니…… 기분을 맞추라니……

*

"핵심은요, 선생님이, 학교 선생님인 것을 밝히면 안 된다는 거예요. 그게 포인트예요. 완전 백수 컨셉으로 가는 거."

"음…… 백수 말이지……"

"그렇죠. 병원에 찾아갈 때 최대한 불쌍한 표정…… 아니, 아니, 최대한 불쌍한 옷…… 아니, 그냥 인생 자체가 완전 불쌍한 사람인 거처럼 보여야만 해요. 망했는데 거기에 한번 더 망한 느낌."

"망했는데 한번 더 망한 느낌……? 좀 어려운데……"

두번째인가 세번째인가 병원으로 김영성씨를 찾아가기 전, 나는 대학원 제자 한 명과 통화를 했다네. 제자는 직장을 다니면서 동화를 쓰는 친구였는데, 친척 중 한 명이 손해사정 사무소 소장이라고 했다네. 그러니까 합의문을 쓰기 전, 전문적인 조언을 구한 것인데…… 평소 아이들의 때묻지 않은 순수함과 인간에게 버려진 각종 개와 고양이와 장수풍뎅이의 이야기를 문장으로 담아내던 제자는, 내게 계속 망하고 또 망한 티를 내야 한다고 강조했다네.

"어려워도 하셔야죠. 선생님이 학교 선생님이라는 게 밝혀지는 순간, 합의금 액수가 금방 천 단위로 오른다구요. 직장이 괜찮은 사람이면 그게 더 약점이 되는 거라구요."

설마, 그럴까……? 나는 혼자 생각했다네. 제자와 통화하기 며칠 전, 나는 병원으로 김영성씨를 찾아갔는데, 그는 사람 좋은 웃음을 지으며 너무 신경쓰지 말라고, 그냥 합리적인 수준에서 합의문을 작성하자고, 내가 사들고 간 홍삼 음료 한 병을 건네주며 말했다네. 힘들게 자주 찾아올 필요도 없다고, 깁스한 발에 목발까지 짚고 굳이 엘리베이터 앞까지 배웅해주었다네. 그래서 나는 그가 말한 합리적인 수준을 맞춰주기 위해, 그 합리적인 수준의 조언을 듣고자 대학원 제자한테 전화한 것인데……

"골절이니까, 오백 선에서 맞춰주세요. 깎을 수 있으면 더 깎고요. 그냥, 모닝도 다 팔아서 마련한 돈이라고 하세요."

사고 이후, 나는 계속 모닝을 몰지 못하는 처지였다네. 운전대만 잡으면 무언가에 부딪치는 감각이 자꾸 되살아나서…… 브레이크 페달에서 발을 떼기가 두려웠다네. 아예 이번 기회에 모닝을 팔아버릴까? 그래서 오백을 마련할까? 그러면 작업실은 또 어떻게 가나? 거기에, 거기 싱크대 서랍에, 내 소설집 원고가 그대로 놓여 있는데……

나는 계속 오백만원만 생각하고 앉아 있었다네.

*

소설에 등장하는 '이기호'와 소설을 쓰는 '이기호' 사이에는 과연 어떤 벽이 세워져 있는가? 그 두 사람은 완전히 다른 존재이고, 개별적이며 고유한 영혼을 지닌 인물인가?

자네에게만 말하는 거지만…… 처음 이 책 『누구에게나 친절한 교회 오빠 강민호』의 교정지를 받아본 직후, 나는 그 벽을 보았다네. 아니, 계속 그 벽만 보였다네. 쓸 땐 미처 몰랐지만, 다시 보니 남은 것은 오직 그 벽뿐이라는 생각이 들었다네.

소설 속 화자와 실제 작가는 분리해서 바라봐야 한다고, 그걸 구분해서 보지 못하는 사람들은 아마추어라고, 우리는 배웠다네. 하지만 실제론 그러지 않는다는 것을 자네도, 나도, 잘 알고 있지 않은가. 아마추어든 숙련된 독자든, 은근슬쩍 그 벽 너머를 보려고 애쓰는 사람들이지. 작가 또한 일부러 그 벽에 숭숭 구멍을 뚫어 살짝살짝 보여주기도 하고…… 그러면서도 못 본 척, 서로 속고 속이고 눈감아주고 작품 볼 줄 안다, 상찬을 늘어놓는 거라네. 그것이 소설을 읽는 우리의 윤리적인 태도라네. 나는 그 태도가 싫었다네. 소설이, 작가가 뭐 대단한 거라고…… 나는 '작품'이라는 말도 싫어했다네. 그 'ㅁ' 자 받침으로 끝맺는 단어 속에 어쩐지, 무언가를 구분 짓고자 하는 이상한 태도가 엿보였기 때문이라네. 그래서 나는 아예 그 태도를 무너뜨리려는 마음으로 글을 썼다네. 주인공 이름도 대놓고 '이기호'라고 짓고, 이게 소설인지 에세이인지, 장르 구분조차 무의미하게, 그렇게 애쓰면서 글을 썼다네. 소설을 쓸 땐 그게 의도대로 되는 줄로만 알았는데……

결과적으로 나는 실패했다네. 문학동네 이성근씨가 보내온 교정지를 처음 읽는 순간, 나는 그것을 느꼈다네. 그러니까 교정지를 쉬이 다시 꺼내볼 용기를 내지 못한 거겠지……

소설 속 인물의 이름만 '이기호'라고 한다고, 어찌 그 벽이 허물어지겠는가? 오히려 그건 또다른 알리바이로, 또다른 벽 뒤로, 나를 데려다놓았을 뿐이라네. 오히려 이중 삼중의 벽 뒤에 숨은 느낌이지…… 결정적으로 나는 소설 속 '이기호'가 느낀 부끄러움을, 뒤에서 가만히 바라만 봤다네. 같이 느낀 것이 아니라, 다른 위치에서 바라봤다는 뜻이라네…… 그래야 소설을 계속 진행시킬 수 있을 거라고 믿었으니까. 그렇게 한 편 두 편 소설을 써나갔더니, 남은 게 무엇인지 아는가? 계속 '부끄러워하는 자'와 그것을 '바라보고 있는 자'뿐이더군. 부끄러움에 대해서, 환대에 대해서, 윤리에 대해서 말하면서도, 늘 뻔한 내가 있더군.

그 '뻔함' 가운데에서 김영성씨를 만난 것이라네.

*

김영성씨와 나는 정형외과 전문병원 팔층 엘리베이터 앞 소파에 앉아 형사 합의문을 썼다네. 사고가 일어난 지 정확히 보름이 흐른 시점, 김영성씨가 한방병원에서 정형외과 전문병원으로 옮긴 지 딱 열하루 뒤의 일이었다네. 마주보는 소파가 아닌, 이인용 소파에 나란히 앉아, 햇빛 잘 드는 유리창 옆에 앉아, 합의문을 썼다네.

합의문엔 김영성씨와 나의 주민번호, 주소가 차례차례 적혀 있었고, "형사처벌을 원치 않는다"는 문장도 포함되어 있었다네. 합의문엔 오직 하나, 합의금 액수만 빈칸으로 남겨져 있었지.

분홍색 계열의 환자복을 입은 김영성씨는 그새 덥수룩하게 수염이 자라 있었는데, 그래서인지 처음 봤을 때보다도 훨씬 더 나이들어 보였다네.

그는 합의문에 적혀 있는 내 이름을 가만히 내려다보다가 불쑥 이렇게 물어왔다네.

"대학교 선생님이세요?"

"네?"

나는 못 들은 척 되물었다네.

"그 대학교 선생님이시냐구요? 그때, 사고 났을 때, 그 학교에서 나오셨잖아요?"

"그게……"

나는 머뭇거렸다네. 짧은 순간이었지만, 나에겐 많은 목소리가 들려왔다네.

"아니에요……"

"아니에요? 그럼 왜 그 시간에 학교에서……?"

"그게…… 자격증 공부를 하고 있거든요. 그 학교 평생교육원에서…… 경비지도사 자격증이라고……"

김영성씨는 말없이 고개만 끄덕거렸다네.

"집이 남평읍 동사리예요?"

"네……"

나는 합의문에 작업실 주소를 적어놓았다네. 작업실 보증금 확정일자 때문에 주소를 그쪽으로 옮겨놓았기 때문이라네.

"나, 여기 이 아파트 잘 아는데……"

김영성씨는 내 얼굴을 한 번 바라보았다네. 나는 계속 고개를 숙이고 있었다네.

"가족은요? 가족은 없어요?"

"가족은 있는데…… 지금은 따로 살고 있어요."

내 말에 김영성씨는 길게 한숨을 한 번 내쉬었다네. 우리 두 사람은 그렇게 잠깐 침묵을 지키고 앉아 있었다네.

김영성씨가 손에 들고 있던 합의문을 내려놓으며 말했다네.

"나보다 젊은 사람이니까 그냥 편하게 말할게요…… 내가 지금 대리운전 기사를 하고 있잖아요? 인생이 꼬이고 꼬인 뒤에 이 일을 시작한 건데…… 뭐 나쁘지 않아요. 뛰어다닌 만큼 정직하게 버는 일이니까. 사는 것도 그럭저럭 살아요. 남들도 다 그렇게 사는 거 같고…… 내가 지금 왜 이런 말을 하냐면…… 젊은 사람이 이런 일 생겼다고 실망할까봐, 망했다고 생각할까봐 그러는 거예요. 그렇게 생각하지 마요. 그렇게 생각하지만 않으면 또 그럭저럭 살게 되는 거 같아요."

김영성씨는 그렇게 말하면서 내 등을 툭툭, 두들겨주었는데…… 그때까지도 계속 고개를 숙이고 앉아 있던 나는…… 그 순간…… 별안간…… 뚝뚝 눈물을 흘리기 시작했다네. 그 눈물은 내가 미처 예상하지 못한 눈물이었다네. 예상하지 못했던 눈물이 나오는 이유를…… 도무지 알 수 없었다네……

"에구, 참 내가…… 안쓰러워서……"

김영성씨는 계속 토닥토닥 내 등을 두들겨주었다네.

그날 김영성씨가 합의문에 적은 합의금 액수는 사백칠십만원이었다네.

*

자네, 윤리를 책으로, 소설로, 배울 수 있다고 생각하나?

책으로, 소설로, 함께 부끄러움을 느낄 수 있다고 생각하나?

내가 보기엔 그건 거의 불가능한 일이라네.

불가능하다는 것을 깨닫는 것. 그것이 우리가 소설이나 책을 통해 배울 수 있는 유일한 진실이라네.

이 말을 하려고 여기까지 왔다네.

진실이 눈앞에 도착했을 때, 자네는 얼마나 뻔하지 않게 행동할 수 있는가?

나는 아직 멀었다네.

2018년 봄

이기호

문학동네 소설집
누구에게나 친절한 교회 오빠 강민호

1판 1쇄 2018년 5월 28일
1판 8쇄 2022년 10월 31일

지은이 이기호
책임편집 이성근 | 편집 김필균 정은진 김내리 이상술
디자인 윤종윤 유현아
마케팅 정민호 이숙재 박치우 한민아 이민경 안남영 왕지경 김수현 정경주
브랜딩 함유지 함근아 김희숙 고보미 박민재 박진희 정승민
제작 강신은 김동욱 임현식 | 제작처 한영문화사

펴낸곳 (주)문학동네 | 펴낸이 김소영
출판등록 1993년 10월 22일 제2003-000045호
주소 10881 경기도 파주시 회동길 210
전자우편 editor@munhak.com | 대표전화 031) 955-8888 | 팩스 031) 955-8855
문의전화 031) 955-2689(마케팅) 031) 955-2675(편집)
문학동네카페 http://cafe.naver.com/mhdn
인스타그램 @munhakdongne | 트위터 @munhakdongne
북클럽문학동네 http://bookclubmunhak.com

ISBN 978-89-546-5112-7 03810